호르헤 루이스 보르헤스　　Jorge Luis Borges

1899년 아르헨티나의 부에노스아이레스에서 태어났다.
1919년 스페인으로 이주, 전위 문예 운동인 '최후주의'에
참여하면서 본격적인 문학 활동을 시작한 그는
부에노스아이레스에 돌아와 각종 문예지에 작품을 발표하며,
1931년 비오이 카사레스, 빅토리아 오캄포 등과 함께
문예지《수르》를 창간, 아르헨티나 문단에 새로운 물결을
가져왔다. 한편 아버지의 죽음과 본인의 큰 부상을 겪은 후
보르헤스는 재활 과정에서 새로운 형식의 단편 소설들을
집필하기 시작한다. 그 독창적인 문학 세계로 문단의 주목을
받으며 세계적인 명성을 얻기 시작한 그는 이후 많은
소설집과 시집, 평론집을 발표하며 문학의 본질과 형이상학적
주제들에 천착한다. 1937년부터 근무한 부에노스아이레스
시립 도서관에서 1946년 대통령으로 집권한 후안 페론을
비판하여 해고된 그는 페론 정권 붕괴 이후 아르헨티나
국립도서관 관장으로 취임하고 부에노스아이레스 대학에서
영문학을 가르쳤다. 1980년에는 세르반테스 상, 1956년에는
아르헨티나 국민 문학상 등을 수상했다. 1967년 66세의
나이에 처음으로 어린 시절 친구인 엘사 미얀과 결혼했으나
3년 만에 이혼, 1986년 개인 비서인 마리아 코다마와
결혼한 뒤 그해 6월 14일 제네바에서 사망했다.

말하는

보르헤스

말하는

보르헤스

보르헤스
논픽션 전집   3

Borges oral

호르헤 루이스 보르헤스
송병선 옮김

민음사

일러두기

I.　이 작품집은 1979년 발간된 『말하는 보르헤스』를 1부로, 1980년 발간된 『7일 밤』을 2부로 구성해 담았다.

차례

I부
말하는 보르헤스

서문
9

책
I I

불멸
28

**에마누엘
스베덴보리**
47

탐정 소설
66

시간
85

2부
7일 밤

첫째 밤 ─ 『신곡』
105

둘째 밤 ─ 악몽
136

셋째 밤 ─ 『천하루
밤의 이야기』
161

넷째 밤 ─ 불교
186

다섯째 밤 ─ 시
212

여섯째 밤 ─ 카발라
238

일곱째 밤 ─ 실명
259

후기
284

작품 해설
293

작가 연보
301

1부

말하는
보르헤스

서문

벨그라노 대학에서 다섯 차례의 특강을 청탁받고, 내가 선택한 주제는 시간이 지날수록 나와 더욱 밀접한 관계에 있게 된 다섯 가지입니다.

첫 번째는 책입니다. 이 도구가 없는 내 삶은 상상할 수도 없으며, 그것은 내게 손이나 눈만큼 소중합니다. 두 번째는 불멸입니다. 수많은 세대가 꿈꾸었고 대부분의 시가 추구하는 그 공포 또는 희망입니다. 세 번째는 스베덴보리입니다. 그는 죽은 사람들이 의지에 따라 지옥이나 천국을 자유롭게 선택하고 결정한다고 쓴 환상 작가입니다. 네 번째는 에드거 앨런 포가 남긴 정확하고 엄격한 장난감, 즉 탐정 소설입니다. 다섯 번째는 시간입니다. 이것은 내게 아직도 형이상학의 근본 문제입니다.

관용을 베풀어 준 청중 덕분에, 크게 기대하지 않았고 또한 그럴 자격도 없었음에도 나는 특강을 성공리에 마칠 수 있었습니다.

독서처럼 강연도 합작품입니다. 강연을 듣는 청중 역시 강연자만큼 중요합니다.

이 책에는 그 일련의 강연에 대한 내 개인적인 부분이 담겨 있습니다. 청중들이 강연을 풍요롭게 해 주었듯이 독자 여러분도 그렇게 해 주었으면 좋겠습니다.

1979년 3월 3일,
부에노스아이레스에서
호르헤 루이스 보르헤스

책

인간이 만든 다양한 도구 중에서 가장 놀랍고 굉장한 것은 당연히 책입니다. 그 나머지는 인간의 육체를 확장한 것에 지나지 않습니다. 현미경과 망원경은 시력을 확장한 것이며 전화는 목소리를 확장한 것입니다. 그리고 쟁기와 칼은 팔을 확장한 것입니다. 그러나 책은 다릅니다. 책은 기억과 상상을 확장한 것입니다.

조지 버나드 쇼[1]는 『카이사르와 클레오파트라』라는 책에서 알렉산드리아 도서관을 인류의 기억이라 칭했습니다. 사실 우리의 과거가 일련의 꿈이 아니라면 무엇이겠습니까? 꿈을

I   George Bernard Shaw(1856~1950). 아일랜드의 극작
       가, 소설가, 수필가, 비평가. 1925년 노벨 문학상을 수
       상했다.

기억하는 것과 과거를 떠올리는 것이 어떤 점에서 다르다고 하겠습니까? 그것이 바로 책이 구현하는 기능입니다.

나는 언젠가 책의 역사를 쓰겠다고 생각했습니다. 물질적 관점에서의 책을 말하는 게 아닙니다. 나는 물질로서의 책에는 관심이 없습니다. 내 관심의 대상은 장서가들이 소장하는 값비싼 책이 아니라 책에 대한 다양한 평가입니다. 오스발트 슈펭글러[2]는 나보다 먼저 이런 생각을 했습니다. 그는 『서구의 몰락』에서 책에 대해 아주 멋진 글을 썼습니다. 나는 슈펭글러의 글에 몇 가지 개인적인 의견을 덧붙이고자 합니다.

고대인들은 우리처럼 책을 숭배하지 않았습니다. 내가 보기엔 아주 놀라운 일입니다. 그들은 책을, 구술된 말의 대용품이라고 생각했습니다. 책에 관해 말할 때면 항상 인용되는 구절이 있습니다. 바로 "스크립타 마넨트, 베르바 볼란트(Scripta manent, verba volant)."라는 구절로, '입에서 나온 말에는 날개가 있지만 글로 쓰인 말은 그대로 있다.'라는 의미입니다. 그러나 이것은 입으로 하는 말이 일회적이라는 뜻이 아니라, 글로 쓰인 말이 항구적이며 죽은 것이라는 의미입니다.[3] 입으로 하는 말은 날아다니는 가벼운 것이자, 플라톤이 말했듯이, 날개가 있으며 성스러운 것입니다. 흥미롭게도 인류의 위대한 스승들

---

2   Oswald Spengler(1880~1936). 독일의 역사가이자 철학자. 대표작으로 『서구의 몰락』과 『인간의 기술』이 있다.

3   이 말은 움직임 없이 죽어 있는 종이 위의 조용한 말에 비해, 날개가 있어 날아갈 수 있는 큰 목소리의 말을 찬미하기 위해 만들어졌다.

은 웅변의 대가들이었습니다.

첫 번째 예로 피타고라스를 들어 보겠습니다. 우리가 알기로 피타고라스는 생각은 깊이 했지만 그것을 글로 남기지는 않았습니다. 그가 글을 쓰지 않은 것은 문자로 된 단어에 얽매이고 싶지 않았기 때문입니다. 그는 "문자는 사람을 죽이고 성령은 사람을 살린다."고 믿었던 듯합니다. 이 말은 이후 성경에도(「코린토 신자들에게 보내는 둘째 서간」 3장 6절) 나옵니다. 그래서인지 아리스토텔레스는 피타고라스학파에 대해서만 언급할 뿐, 피타고라스에 대해서는 한 번도 말하지 않았습니다. 예를 들어 그는 피타고라스학파가, 많은 시간이 흐른 후 니체가 발견하게 될 '영원한 회귀'에 대한 믿음과 학설을 주장했다고 말합니다. 영원한 회귀란 순환적 시간 사상을 가리키는데, 성 아우구스티누스가 『신국론』에서 이 사상에 반론을 제기합니다. 성 아우구스티누스는 대단히 아름다운 은유를 사용하여 그리스도의 십자가가 우리를 스토아학파의 순환의 미로에서 구해 준다고 말했습니다. 순환적 시간 사상은 흄[4]과 블랑키[5]를 비롯한 수많은 철학자들에 의해서도 다루어졌습니다.

피타고라스는 의식적으로 글을 쓰지 않았습니다. 그는 자

---

4   데이비드 흄(David Hume, 1711~1776). 스코틀랜드 출신의 철학자, 경제학자, 역사가. 경험주의 철학과 스코틀랜드 계몽 운동을 대표하는 인물이다.

5   루이 오귀스트 블랑키(Louis Auguste Blanqui, 1805~1881). 프랑스의 사회주의자로 청년 마르크스에게도 사상적인 영향을 미쳤다. 옥중에서 쓴 『천체를 통해 본 영원성』에서 '영원한 회귀' 이론을 주장한다.

신의 사상이 육체의 죽음을 넘어서 제자들의 마음에 살아 있기를 바랐습니다. 여기서 바로 "마기스테르 딕시트(Magister dixit)(나는 그리스어를 모르기 때문에 라틴어로 말합니다.)", 즉 "스승께서 그렇게 말씀하셨다."라는 구절이 나왔습니다. 이것은 스승이 말했기 때문에 거기에 속박되거나 제한받아야 한다는 뜻이 아니라, 오히려 스승의 처음 사상을 계속 생각할 수 있는 자유가 있음을 밝혀 줍니다.

피타고라스가 순환하는 시간이라는 교리를 창시했는지는 알 수 없지만, 그의 제자들이 그런 믿음을 공언했던 것은 분명합니다. 자신의 육체는 죽지만, 일종의 윤회를 통해(아마 피타고라스는 이 말을 몹시 마음에 들어 했을 것입니다.) 그들은 그의 사상을 생각하고 또 생각했으며, 새로운 것을 말한다는 비난을 받을 때면 "스승님께서 그렇게 말씀하셨다."라는 공식[6]으로 몸을 숨겼습니다.

그러나 또 다른 예도 있습니다. 우리에게는 플라톤이라는 매우 훌륭한 본보기가 있습니다. 그는 책이 스핑크스와 같다고 말했습니다.(그는 조각품이나 그림을 생각했을 수도 있습니다.) 우리는 책이 살아 있다고 믿지만, 책은 질문에 대답하지 못합니다. 그래서 책의 이런 벙어리 상태를 고치기 위해 플라톤은 '대화'를 시작합니다. 다시 말하면, 플라톤이 소크라테스, 고르

---

6   이 공식은 '권위에 의한 논증'으로 알려져 있으며, 권위에 의해 명제가 참이라는 것을 증명하는 귀납적 추론의 하나이기도 하다.

기아스⁷ 같은 인물로 증식되는 것입니다. 어쩌면 플라톤은 소크라테스가 계속 살아 있다고 생각함으로써 소크라테스의 죽음에 대해 위안을 얻고자 했을 수도 있습니다. 모든 문제 앞에서 그는 '소크라테스라면 과연 뭐라고 말했을까?'라고 생각합니다. 아무것도 글로 남기지 않았던 소크라테스는 이런 식으로 불멸하게 되었습니다. 어쨌든 그 역시 웅변의 대가였으니까요.

그리스도는 어떨까요? 우리는 그가 단 한 번 바닥에 몇 단어를 썼으며, 그 글자마저 모래에 지워졌다는 사실을 압니다. 그는 우리가 알 만한 것만 썼지 다른 것은 쓰지 않았습니다. 부처 역시 말로 가르쳤습니다. 그의 설법은 남아서 전해집니다. 이제 우리는 성 안셀무스⁸의 구절을 염두에 두어야 합니다. 그는 "무지한 사람의 손에 책을 쥐여 주는 것은 어린아이의 손에 칼을 쥐여 주는 것만큼 위험하다."라고 말했습니다. 일반적으로 사람들은 책을 그렇게 생각했습니다. 동양권에서 책은 아직도 무언가를 드러내는 역할이 아니라, 단지 발견하도록 도와주는 역할만 해야 한다고 여겨집니다. 나는 히브리어를 모

---

7   Gorgias(기원전 483~기원전 376). 고대 그리스의 소
     피스트이자 철학자, 웅변가.

8   캔터베리의 안셀무스(Anselmus Cantuariensis, 1033~
     1109). 이탈리아의 기독교 신학자, 철학자. 1093년부
     터 1109년까지 캔터베리 대주교를 지냈다. 스콜라 철
     학의 창시자로서, 신 존재를 대상으로 한 존재론적 신
     논증을 제시하고 공개적으로 십자군을 반대한 것으로
     유명하다.

르지만 카발라⁹에 대해 공부했으며, 『조하르 또는 빛나는 책』과 『세퍼 예치라 또는 창조의 책』의 영어 번역본과 독일어 번역본을 읽었습니다. 그러고 이 책들이 이해될 수 있도록 쓰인 것이 아니라 해석될 수 있도록 쓰였으며, 독자가 계속 생각하도록 만드는 자극이자 동기라는 것을 알게 되었습니다.

고전 고대¹⁰에는 지금처럼 책이 중시되지 않았습니다. 마케도니아의 알렉산드로스는 베개 아래에 『일리아드』와 칼이라는 두 개의 무기를 두었습니다. 당시 호메로스는 매우 존경받았지만, 성스러운 작가로 여겨지지는 않았습니다. 다시 말하면, 오늘날 우리가 그에게 부여하는 '성스러운'의 의미는 없었던 것입니다. 고대인들은 『일리아드』와 『오디세이』가 성스러운 작품이라고 생각하지 않았습니다. 훌륭하긴 하지만, 또한 공격의 대상이 될 수도 있는 작품이라고 여겼던 것입니다.

플라톤은 자신의 『공화국』에서 시인들을 추방했으나 이단이란 혐의를 받지는 않았습니다. 고대인들이 책을 탐탁지 않게 여겼다는 이런 증언에, 매우 흥미로운 세네카의 경우도 덧

---

9   히브리어로 유대인의 밀교적 부분, 입에서 귀로 전수된 '구전' 또는 '전통'을 의미한다. 신을 신앙의 대상이 아니라 인식의 대상으로 본다.

10   고전 고대(classical antiquity)는 지역적으로 지중해 유럽을 중심으로 하는 고대 그리스와 로마 시대를 가리키는 명칭으로 기원전 8세기부터 기원후 5세기까지의 기간을 지칭한다. 이 지역과 이 시대에 만들어진 문화와 문명이 현재의 유럽 문화의 기반이 되었기 때문에 모범이 된다는 의미의 '고전(classical)'이라는 수식어를 덧붙인다.

붙일 수 있습니다. 『루킬리우스에게 보낸 서간집』이라는 그의
멋진 책에는 아주 잘난 척하는 어느 사람에 대하여 말하는 편
지가 한 통 수록되어 있습니다. 세네카는 그가 100권이나 되는
서재를 갖고 있다고 말하면서 누가 100권이나 되는 책을 읽을
시간이 있겠느냐고 묻습니다. 하지만 지금은 소장 도서가 많
은 도서관이 높게 평가됩니다.

　책을 숭배하는 우리와 달리 책을 다루는 고대의 개념에는
이해하기 힘든 부분이 많습니다. 그들은 항상 책에 적힌 문자
를 입에서 나온 말의 대용품으로 생각했습니다. 그런데 동양
에서 새로운 개념, 즉 고전 고대와 완전히 다른 개념이 도입됩
니다. 바로 '성스러운 책'이라는 개념입니다. 두 가지 예를 들어
보겠습니다. 우선 시간적으로 우리와 가장 거리가 먼 이슬람교
도들부터 시작하겠습니다. 이들은 『코란』이 천지 창조 이전에
나왔으며, 아랍어보다 앞선다고 생각합니다. 또한 하느님의 작
품이 아니라 하느님의 속성 중 하나이며, 하느님의 자비나 정
의처럼 완전히 알 수 없다고 여깁니다. 『코란』은 매우 모호한
형태로 '책의 어머니'에 대해 말합니다. '책의 어머니'는 천국에
서 쓰인 『코란』의 한 부입니다. 이것은 후에 플라톤이 말하는
원형이 됩니다. 『코란』은 바로 그 책이 천국에서 쓰였으며, 하
느님의 속성이며, 창조 이전의 것이라고 말합니다. 술렘, 그러
니까 이슬람 학자들의 주장은 그렇습니다.

　이제 우리 시대와 보다 근접한 예를 몇 가지 더 살펴보겠습
니다. 바로 『성경』, 보다 구체적으로는 『토라』나 『모세 5경』입
니다. 이 책들은 성령이 구술한 것으로 여겨집니다. 이는 매우
흥미로운 사실입니다. 여러 작가와 여러 시대에 걸쳐 저술된

책의 저자를 하나의 영혼으로 돌리기 때문입니다. 그러나『성경』은 성령이 불고 싶은 대로 바람을 일으킨다고 말합니다. 히브리인들은 여러 시대의 여러 문학 작품을 모아서 한 권의 책을 만들겠다고 생각했는데, 그 책의 이름이 바로『토라』(그리스어로는 성경)입니다. 이 모든 책은 한 명의 작가, 즉 성령에 의해 쓰인 것으로 여겨집니다.

언젠가 버나드 쇼는 성령이『성경』을 썼다고 믿느냐는 질문을 받자 이렇게 대답했습니다. "여러 번 읽을 가치가 있는 모든 책은 성령이 썼다고 할 수 있지요." 다시 말해 책은 작가의 의도를 초월한다는 것입니다. 작가의 의도는 틀릴 수도 있는 가련한 인간의 산물이지만, 책에는 그 이상의 것이 있어야 합니다. 예를 들어『돈키호테』는 기사도 소설에 대한 풍자 그 이상입니다. 그것은 우연이 절대 개입되지 않는, 절대적인 작품입니다.

이런 생각의 결과에 대해 생각해 봅시다. 가령 나는 이렇게 말합니다.

투명하고 깨끗하고 맑은 강물
당신이 바라보는 강물의 나무
시원한 그늘로 덮인 푸른 초원

세 행은 분명히 열두 음절로 이루어졌습니다. 그건 작가가 의식적으로 그렇게 한 것입니다.

그런데 성령이 쓴 작품과 비교하면, 그리고 문학 작품을 용인하고 책을 구술하는 신성의 개념과 비교하면 그것은 무엇을 의미할까요? 성령이 쓴 책에는 어떤 우연도 개입할 수 없으며, 모든 것이 정당화되어야 하며, 글자들은 모두 합리화되어야만 합니다. 예를 들어 『성경』의 시작인 '베레시트 바라 엘로힘(Bereshit Bara Elohim)'[11]은 B로 시작되어야 합니다. 그것이 '축복하다(Bless)'에 해당하기 때문입니다. 이는 성경이 우연적인 것이 아무것도 없는, 절대적으로 아무것도 없는 책이라는 뜻입니다. 이것은 우리를 카발라로 이끌고, 글자 연구, 즉 신성이 구술한 성스러운 책으로 이끕니다. 바로 옛날 사람들이 생각했던 것과는 완전히 다른 책의 개념으로 말입니다.

그들은 뮤즈를 아주 막연하게 생각했습니다. 호메로스는 『일리아드』의 시작 부분에서 "뮤즈여, 아킬레우스의 분노를 노래하라."라고 말합니다. 여기서 뮤즈는 영감에 해당합니다. 반면에 성령을 생각할 때는 보다 구체적이고 보다 강력한 것을 떠올립니다. 바로 문학을 조용히 받아들이시는 하느님입니다. 책을 쓰시는 분은 하느님입니다. 그리고 그 책에는 우연적인 것이 하나도 없습니다. 심지어 글자의 숫자나 각 행의 음절 분량까지도 우연이 아닙니다. 또한 우리가 글자를 가지고 말장난을 할 수 있는 것도, 글자의 숫자를 중요시하게 된 것도 절대 우연이 아닙니다. 모든 것은 이미 깊이 숙고된 결과입니다.

다시 반복하는데, 책에 대한 두 번째 위대한 개념은 바로 하느님의 작품일 수 있다는 사실입니다. 아마도 책을 구어의 대체재로 보았던 옛사람들의 생각보다 요즘 우리가 생각하는 개

11　'태초에 하느님께서'라는 의미이다.

념에 더욱 가까울 것입니다. 이후 성스러운 책에 대한 믿음은 다른 믿음으로 대체됩니다. 가령 한 권의 책이 각국을 대표한다는 믿음 같은 것으로 말입니다. 이슬람교도들은 '책의 사람들'이라고 일컬어지는 이스라엘 사람을 악마처럼 생각한다는 사실을 기억합시다. 그리고 조국이 한 권의 책인 국가, 즉『성경』을 유대인의 나라라고 말한 하인리히 하이네[12]의 말을 기억합시다. 여기서 우리는 새로운 개념을 갖게 됩니다. 각국은 한 권의 책으로, 수많은 책을 썼을 수도 있는 한 사람의 작가로 대표된다는 개념을 말이지요.

지금까지는 주목받지 못했겠지만, 흥미롭게도 많은 나라들은 자기 나라와 별로 유사해 보이지 않는 개인을 대표자로 선택했습니다. 예를 들어 우리는 영국을 대표하는 작가로 새뮤얼 존슨[13]을 생각할지도 모릅니다. 하지만 그렇지 않습니다. 영국은 셰익스피어를 선택했습니다. 그런데 셰익스피어는 영국 작가들 중에서 가장 영국적이지 않은 작가라고 할 수 있습니다. 영국의 전형적인 스타일은 '적은 말수', 즉 사물에 대해 조금 말을 아끼는 것입니다. 반면에 셰익스피어는 과장이라는 은유법을 즐겨 사용하던 작가입니다. 이탈리아 사람이나 유대인이었다 해도 전혀 놀랍지 않을 정도입니다.

---

12 Heinrich Heine(1797~1856). 유대계 독일의 시인, 작가, 평론가. 괴테와 더불어 독일이 낳은 세계적인 시인으로 칭송받는다.

13 Samuel Johnson(1709~1784). 영국의 시인, 비평가, 수필가, 사전 편찬자.

다른 경우로 독일을 들 수 있습니다. 너무나 쉽게 열광에 빠지는 것으로 존경스러운 국가인 독일은 전혀 열광적이지 않고 관대하고 아량 있는 사람을 골랐습니다. 조국이라는 개념을 그다지 신경 쓰지 않은 그는 바로 괴테입니다. 독일은 괴테로 대표됩니다.

프랑스는 한 사람의 작가를 선택하지 않았지만 빅토르 위고로 기우는 경향이 있습니다. 어쨌건 나는 위고를 무척 존경합니다. 하지만 위고는 전형적인 프랑스인이 아닙니다. 오히려 그는 프랑스에서 이방인입니다. 위대하게 치장되고 굉장한 수식어로 장식되는 위고는 프랑스의 전형이 아닙니다.

하지만 더 이상한 예는 스페인에서 발견됩니다. 스페인은 로페 데 베가[14]나 칼데론[15] 혹은 케베도[16]로 대표될 수도 있었습니다. 하지만 그렇지 않았습니다. 스페인을 대표하는 작가는 미겔 데 세르반테스입니다. 세르반테스는 종교 재판소가 본격적인 활동을 시작하던 시기의 사람이지만 종교에 대해 관용적이었으며, 스페인 사람들의 장점이나 단점을 가지고 있지 않았습니다.

---

14   Lope de Vega(1562~1635). 스페인의 극작가. 대표작으로 『과수원지기의 개』, 『정복된 예루살렘』 등이 있다.

15   페드로 칼데론 데 라 바르카(Pedro Calderón de la Barca, 1600~1681). 스페인의 극작가. 대표작으로는 『살라메아 촌장』, 『인생은 꿈』 등이 있다.

16   프란시스코 데 케베도(Francisco de Quevedo, 1580~1645). 스페인의 시인, 극작가. 대표작으로 『부스콘의 인생사』, 『꿈』 등이 있다.

마치 각국이 자기 나라와는 다른 누구, 그러니까 일종의 개선책 또는 테리아카처럼 결점을 치료하는 일종의 항독제(抗毒劑)로 대표되어야 한다고 생각하는 것 같습니다. 우리는 아르헨티나의 책으로 사르미엔토[17]의 『파쿤도』를 선택할 수도 있었습니다. 그러나 실상은 그렇지 않았습니다. 군대와 칼의 역사를 자랑스럽게 여기는 우리는 탈영병의 기록을 우리의 책으로 선택했습니다. 바로 『마르틴 피에로』[18]입니다. 아무리 선택될 가치가 있는 책이라도, 어떻게 우리의 역사가 사막을 정복한 탈영병으로 대표된다고 할 수 있을까요? 그러나 그것이 사실입니다. 마치 각 나라는 그런 필요성을 느끼는 것 같습니다.

정말 많은 작가들이 책에 대해 너무나 멋지게 썼습니다. 나는 그중 몇 사람을 언급하고자 합니다. 우선 책에 대해 에세이 한 편을 바친 몽테뉴[19]를 언급하겠습니다. 그의 에세이에는 기억에 남을 만한 구절이 있습니다. "나는 즐거움이 없는 일은 어떤 것도 하지 않는다."라는 말입니다. 몽테뉴는 필독이 잘못된 개념이라고 지적합니다. 그는 책을 읽다가 힘든 대목을 만나

---

17   도밍고 파우스티노 사르미엔토(Domingo Faustino
      Sarmiento, 1811~1888). 아르헨티나의 정치인, 작가,
      군인. 1868년부터 1874년까지 아르헨티나 대통령을
      역임했다.

18   호세 에르난데스(José Hernández)가 1872년에 발표한
      장편 서사시.

19   미셸 에켐 드 몽테뉴(Michel Eyquem de Montaigne,
      1533~1592). 프랑스의 철학자, 사상가, 수필가. 대표
      작으로 『수상록』(1580)이 있다.

면 거기서 멈춘다고 합니다. 그 이유는 그가 즐겁기 위해 독서
를 하기 때문입니다.

　오래전에 미술이란 무엇인가에 관한 설문이 실시되었던
적이 있습니다. 내 여동생 노라는 이 설문에, 미술이란 색과 형
태로 기쁨을 주는 예술이라고 답했습니다. 나는 문학 역시 기
쁨의 형식 중 하나라고 말하고 싶습니다. 우리가 무언가를 읽
을 때 그것이 힘들게 생각된다면 이는 작가의 실패입니다. 그
래서 나는 제임스 조이스 같은 작가는 본질적으로 실패했다고
생각합니다. 그의 작품은 읽는 데에 엄청난 노력을 요구하기
때문입니다.

　책은 노력을 요구해서는 안 됩니다. 행복도 노력을 요구해
서는 안 됩니다. 그래서 나는 몽테뉴의 말이 맞다고 생각합니
다. 그는 자기가 좋아하는 작가들을 열거합니다. 그리고 베르
길리우스를 인용하면서, 자기는 『아이네이스』보다 『농경 시』
를 더 좋아한다고 말합니다. 나는 『아이네이스』를 더 좋아하지
만 그것은 중요하지 않습니다. 몽테뉴는 책에 관해 열정적으
로 말하면서, 책은 행복을 주지만 그것은 뭔가 께느른한 쾌감
이라고 말합니다.

　하지만 책에 관해서라면 누구 못지않게 훌륭한 작업을 남
긴 에머슨[20]은 이와 상반된 말을 합니다. 어느 강연에서 에머슨
은 도서관을 두고 마법의 방 같은 것이라고 말합니다. 그 방에

20　랠프 월도 에머슨(Ralph Waldo Emerson, 1803~1882).
　　미국의 시인이자 사상가. 대표작으로 『위인이란 무엇
　　인가』, 『자연』 등이 있다.

는 인류 최고의 영혼들이 마법에 걸린 채로 갇혀 있으며, 벙어리 상태에서 벗어나기 위해 우리를 기다립니다. 그 영혼들은 우리가 책을 펼쳐야만 깨어납니다. 인류가 탄생시킨 최고의 인물들에게 기댈 수 있음에도 우리는 그들을 찾지 않은 채 그들에 관한 논평이나 비평을 읽는 것을 선호할 뿐, 그들이 하는 말에는 귀를 기울이지 않는다고 지적합니다.

나는 부에노스아이레스 대학교의 인문 대학에서 20년 동안 영국 문학 교수로 재직했습니다. 나는 항상 학생들에게 참고 문헌은 조금만 찾고, 비평도 읽지 말고, 직접 책을 읽으라고, 그러면 아마도 거의 이해하지 못하겠지만, 항상 쾌감을 느끼고 누군가의 목소리를 듣게 될 거라고 말했습니다. 나는 작가에게 있어 가장 중요한 것은 억양이라고 말하고 싶습니다. 그리고 책에서 가장 중요한 것은 작가의 목소리, 즉 우리에게 다가오는 그 목소리라고 말하고자 합니다.

나는 인생의 일부를 문학에 바쳤고, 독서를 행복의 형태 중하나라고 믿습니다. 독서만큼은 아니더라도 또 하나 행복한 것이 있다면 시 창작, 그러니까 우리가 창작이라고 부르는 것입니다. 창작은 우리가 읽었던 것을 망각하고 기억하면서 만들어지는 혼합체라 할 수 있습니다.

우리에게 기쁨을 주는 것만 읽어야 하며, 책이 행복의 한 형태가 되어야 한다고 생각한다는 점에서 에머슨은 몽테뉴와 생각이 같습니다. 우리는 문학에 많은 빚을 지고 있습니다. 나는 새로운 것을 읽기보다 읽은 것을 다시 읽으려고 더 노력했습니다. 나는 다시 읽는 게 새로운 것을 읽는 것보다 중요하다고 생각합니다. 하지만 다시 읽기 위해서는 이미 읽은 것이 있

어야 합니다. 이것이 내가 책을 예찬하는 방법입니다. 감동적
으로 보이도록 말할 수도 있지만 그러고 싶지는 않습니다. 여
러분 각자에게 내 속내를 털어놓듯이 말하고 싶습니다. 여러분
모두가 아니라 여러분 각자에게 말입니다. 여러분 모두라는 것
은 추상적인 개념이고, 각자라는 것은 진실이기 때문입니다.

나는 눈이 멀지 않은 척, 계속 책을 구입하며, 내 집을 책으
로 가득 채웁니다. 언젠가 브로크하우스 백과사전 1966년판을
선물받은 적이 있습니다. 내 집에서 그 책의 존재를 느끼며 나는
행복한 느낌을 받았습니다. 집에는 지도와 삽화가 담긴 20권 이
상의 책이 있습니다. 나는 그것들을 볼 수도 없고 읽을 수도 없
지만, 책은 그곳에 있습니다. 나는 책이 다정하게 나를 끌어당
기는 느낌을 받았습니다. 지금은 책이야말로 우리 인간이 맛
보는 여러 가지 행복 중 하나라고 생각합니다.

사람들은 책이 사라졌다고들 말합니다. 그러나 나는 그것
은 있을 수 없는 일이라고 믿습니다. 책과 신문 또는 음반이 어
떻게 다르냐고 묻는 사람도 있을 겁니다. 차이점은 신문은 잊
기 위해 읽는 것이고, 음반 역시 잊기 위해 듣는 것이라는 사실
입니다. 그것은 기계적인 것이고, 따라서 하찮은 것입니다. 하
지만 책은 기억하기 위해 읽는 것입니다.

『코란』이나 『성경』 또는 네 권의 베다서(書)가 세상을 창
조했다고 적은 『베다 문헌』[21]과 같은 성서의 개념은 이미 유행

---

21   베다, 베다서 혹은 베다 문헌이라 일컬어지며, 고대 인
        도를 기원으로 하는 신화적, 종교적, 철학적 문헌들을
        가리킨다. 리그베다, 사마베다, 야주르베다, 아타르바

이 지났을 수도 있지만, 책은 아직도 일종의 신성함을 지니고 있으며, 우리는 그 느낌을 잃지 않으려고 노력해야 합니다. 책을 집어서 펼치는 동작에는 미학적 가능성이 존재할 수 있습니다. 책에 누워 있는 글자는 무엇일까요? 그 죽은 상징들은 무엇일까요? 절대적으로 아무것도 아닙니다. 우리가 책을 펼치지 않는다면 책은 무엇일까요? 그것은 페이지가 적힌 종이와 거죽으로 만들어진 육면체에 불과합니다. 그러나 책을 읽으면 이상한 현상이 일어납니다. 나는 그것이 읽을 때마다 바뀐다고 믿습니다.

이미 수없이 말했듯이, 헤라클레이토스는 그 누구도 똑같은 강물에 몸을 두 번 적실 수 없다고 했습니다. 그것은 강물이 바뀌기 때문입니다. 하지만 가장 끔찍한 것은 우리가 강물보다 유동적이지 않다는 사실입니다. 우리가 읽을 때마다 책은 바뀌고, 단어에 함축된 의미는 달라집니다. 뿐만 아니라 책에는 과거가 가득 담겨 있습니다.

나는 앞에서 비평을 평가 절하했습니다. 이제 그 말을 번복하려 합니다. 사실 나는 번복하는 것을 별로 개의치 않습니다. 『햄릿』은 셰익스피어가 17세기 초에 구상했던 것과 똑같은 『햄릿』이 아닙니다. 『햄릿』은 콜리지, 괴테, 브래들리의 『햄릿』입니다. 『햄릿』은 다시 태어났습니다. 동일한 현상이 『돈키호테』에도 일어납니다. 레오폴도 루고네스[22]와 에세키엘 마르

베다로 이루어져 있다.

22 Leopoldo Lugones(1874~1938). 아르헨티나의 시인, 에세이 작가, 언론인. 대표작으로는 시집 『정원의 황

티네스 에스트라다[23]에게도 똑같은 일이 일어납니다. 『마르틴
피에로』는 그 책이 발표되었을 때와 같지 않습니다. 독자들이
계속 책을 풍요롭게 만들었기 때문입니다.

　오래된 책을 읽는 것은 그 책이 쓰인 날부터 우리가 읽는 날
까지 흘러간 모든 시간을 읽는 것과 같습니다. 책을 지속적으
로 예찬해야 하는 이유가 바로 그것입니다. 책이 오탈자로 가
득할 수도 있고, 우리가 작가의 의견에 동의하지 않을 수도 있
습니다. 그러나 그 안에는 아직도 성스러움이나 신성함이 담
겨 있습니다. 미신을 맹신하듯 무조건적으로 존경하는 것이
아니라, 행복을 발견하고 지혜를 발견하려는 욕망을 예찬해야
합니다.

　이것이 바로 오늘 여러분에게 하고 싶었던 말입니다.

1978년 5월 24일

혼』과 『풍경의 책』 등이 있다.

23　　Ezequiel Martínez Estrada(1895~1964). 아르헨티나의
　　　시인, 비평가, 에세이 작가. 대표작으로는 『팜파의 엑
　　　스선』이 있다.

불멸

윌리엄 제임스[24]의 책은 모두 훌륭합니다. 그중 하나인 『종교적 체험의 다양성』에서 그는 개인의 불멸 문제에 단 한 페이지만을 할애합니다. 그러고는 자기에게는 그것이 별로 중요한 문제가 아니라고 밝힙니다.

불멸은 분명 시간이나 지식, 외부 세계처럼 철학의 근본적인 문제는 아닙니다. 제임스는 개인의 불멸 문제는 종교 문제와 엉켜 있다고 말합니다. "대부분의 사람들, 그러니까 일반 시민들에게 하느님은 각 개인들에게 제각각으로 이해되는 불멸의 생산자다."

이 말이 농담이라는 사실을 깨닫지 못한 채, 미겔 데 우나무

---

24   William James(1842~1910). 미국의 철학자, 심리학자.
      철학을 확립한 것으로 알려져 있다.

노[25]는 『생의 비극적 감정』에서 "하느님은 불멸의 생산자다."
라며 그 말을 그대로 반복합니다. 그러나 그는 자기가 미겔 데
우나무노로 계속 존재하고 싶다는 말을 자주 합니다. 나는 이
말이 잘 이해되지 않습니다. 나는 호르헤 루이스 보르헤스로
계속 존재하고 싶은 생각이 없습니다. 나는 다른 사람이 되고
싶습니다. 나는 내가 완전히 죽기를, 육체와 영혼이 완전히 죽
기를 바랍니다.

　오늘 나는 개인의 불멸에 대해 말하려고 합니다. 그리고 이
지상을 떠날 때 기억을 간직하고 다른 세상에서 나의 죽음을
기억할 영혼에 대해 말하려고 합니다. 이것이 너무 야심찬 시
도인지, 아니면 겸손한 시도인지, 충분히 합당한 시도인지는
모르겠습니다. 언젠가 여동생 노라가 집에 있다가 이런 말을
했습니다. "「지상의 향수」라는 제목으로 그림을 그릴 생각이
야. 복 받은 사람이 지상을 생각하면 어떤 느낌이 드는지가 이
그림의 내용이 되겠지. 어렸을 때 보았던 부에노스아이레스의
요소들을 가지고 그림을 그려 볼까 해." 나도 이와 유사한 주제
로 시를 쓴 적이 있습니다. 내 여동생이 모르는 시입니다. 나는
예수를 생각합니다. 예수는 갈릴리의 비를 떠올리고, 목공소
의 냄새와 천국에서 한 번도 보지 못했던 것을 떠올리면서, 그
것에 향수를 느낍니다. 바로 별들이 가득한 창공에 말입니다.

25　　Miguel de Unamuno(1864~1936). 스페인의 소설가이
　　　자 철학자. 20세기 스페인 문학과 사상에 지대한 영향
　　　을 끼쳤다.

단테 게이브리얼 로세티[26]도 천국에서 지상을 그리워하는 내용의 시를 썼습니다. 천국에 있는 여자에 관한 시인데, 그녀는 사랑하는 사람과 함께 있지 못해 불행해합니다. 그녀는 사랑하는 사람이 도착하기를 간절히 희망하지만, 그는 죄를 지었기 때문에 절대 천국에 오지 못합니다. 그래도 영원히 그를 기다리겠다는 내용입니다.

윌리엄 제임스는 자기에게는 불멸이 중요한 문제가 아니라고 말합니다. 그러면서 철학의 중요한 문제는 시간, 외부 세계의 현실과 지식이라고 말합니다. 철학에서 불멸은 중요한 부분이 아니라는 겁니다. 그가 생각하기에 불멸은 철학보다 시와 어울리는 주제입니다. 물론 신학, 그러니까 모든 신학이 아니라 몇몇 신학과도 관련이 있지만요.

다른 해결 방법도 있습니다. 바로 영혼의 윤회입니다. 물론 이것은 시적이고 흥미로운 해결책입니다. 과거의 우리를 기억하면서 현재의 상태를 계속 살아가는 것보다 말입니다. 나는 감히 이것이 정말 형편없는 주제라고 말하겠습니다.

나는 어렸을 때 본 열 개 내지 열두 개의 이미지를 잊어버리려고 애씁니다. 사춘기를 떠올릴 때면 과거의 나에게 집착하지 않고, 다른 사람이 되었으면 더 좋았을 거라는 생각을 하곤 합니다. 동시에 이런 모든 것이 예술에 의해 변형되고, 시의 주제가 되기도 합니다.

---

26   Dante Gabriel Rossetti(1828~1882). 영국의 시인이자 화가. 단테를 한없이 동경하여 여러 번 시와 그림의 소재로 삼았다.

　　모든 철학 작품 중에서 가장 애절한 책은 플라톤의 『파이
돈』입니다. 물론 이 작품은 애절함을 추구하지 않습니다. 이 대
화집은 소크라테스의 마지막 날 오후를 언급합니다. 그의 친
구들은 델로스에서 배가 도착했으며, 소크라테스가 그날 독
약을 마시게 되리란 걸 압니다. 소크라테스도 자기가 처형될
것을 아는 채로 감방에서 그들을 맞습니다. 그는 한 사람을 제
외하고 모든 친구들을 만납니다. 여기서 우리는 막스 브로트
(Max Brod)가 지적한 것처럼 플라톤이 평생 썼던 글 중에서 가
장 감동적인 구절을 만나게 됩니다. 바로 "플라톤이 병에 걸린
것 같아요."라는 구절입니다. 브로트는 그것이 플라톤이 모든
방대한 대화집에서 유일하게 자기 이름을 거론하는 대목이라
고 지적합니다. 만일 플라톤이 대화를 썼다면, 당연히 그 대화
집에 있었을 것입니다. 물론 있고 없고는 중요하지 않습니다.
플라톤은 제3자로 자기 자신을 지칭합니다. 요약하자면, 이것
은 그가 그토록 중대한 순간에 그곳에 있었다는 사실을 불확
실하게 여기고 있음을 보여 줍니다.

　　많은 사람들은 플라톤이 좀 더 자유로워지고 싶어서 그 문
구를 덧붙였다고 추측했습니다. 그것은 마치 "나는 소크라테
스가 살아 있는 날의 마지막 오후에 뭐라고 말했는지 모르지
만, 이런 것들을 이야기하기를 바랐습니다."라거나 혹은 "나는
이런 것들을 이야기하는 그의 모습을 상상할 수 있습니다."라
고 말하는 것 같습니다.

　　나는 플라톤이 "플라톤이 병에 걸린 것 같아요."라고 말하
면서 이루 말할 수 없는 문학적 아름다움을 느꼈으리라 믿습
니다.

이후 정말로 경탄할 만한 말이 나옵니다. 아마도 대화집에서 가장 멋진 말일 겁니다. 친구들이 들어오고, 소크라테스는 침대에 앉아 있습니다. 이미 쇠고랑은 풀려 있었습니다. 그는 무릎을 문지르면서 쇠고랑의 무게를 느끼지 않는 데 쾌감을 느낍니다. 그러고는 말합니다. "정말 이상해요. 쇠고랑이 나를 짓눌렀는데, 그것은 일종의 고통이었어요. 지금 나는 안도감을 느끼는데 그건 쇠고랑이 없기 때문이에요. 쾌감과 고통은 정말 멋진 한 쌍입니다. 마치 쌍둥이 같아요."

얼마나 멋진 말인가요? 그 순간, 그러니까 인생의 마지막 순간에 그는 자신의 죽음에 대해 말하는 대신, 쾌감과 고통은 따로 뗄 수 없는 것이라고 말하고 있는 겁니다. 이것은 플라톤의 작품에서 발견되는 가장 감동적인 말입니다. 용감한 사람, 곧 죽음을 앞두고도 그 죽음에 대해 말하지 않는 사람을 보여 주기 때문입니다.

그런 다음 그는 그날 독약을 마셔야 한다는 말을 듣습니다. 이후엔 우리가 보기에 공허한 토론이 이어집니다. 두 존재, 즉 영혼과 육체라는 두 개의 본질에 대한 토론이지요. 소크라테스는 육체가 없으면 심리적 실체(영혼)는 더 잘 살 수 있으며, 육체는 장애물이며 골칫거리에 불과하다고 말합니다. 그는 인간이 육체에 갇혀 있다는, 고대의 일반적인 교리를 떠올렸던 겁니다.

여기서 나는 영국의 위대한 시인 루퍼트 브룩[27]의 시구를

---

27   Rupert Brooke(1887~1915). 영국의 시인. 가장 널리
      알려진 작품으로는 소네트 연작 『1914년』이 있다.

떠올리지 않을 수 없습니다. 훌륭하고 아름답지만 철학적으로
는 형편없었던 그의 시는 이렇게 말합니다. "죽고 난 다음/ 더
이상 우리는 손으로 더듬지 못하기에 만질 수 있고/ 더 이상 우
리의 눈이 멀지 않았기에 보게 될 것이다." 훌륭하긴 하지만 이
시가 훌륭한 철학을 담고 있다고는 말하지 못하겠습니다. 구
스타브 슈필러[28]는 훌륭한 심리학 저서에서 신체가 절단되거
나 머리를 한 방 맞는 것 같은 육체의 불행을 생각하는 것은 영
혼에 전혀 유익하지 않다고 말합니다. 육체의 재앙이 영혼에게
이로우리라 생각할 이유는 어디에도 없습니다. 그러나 이런 두
가지 현실, 즉 영혼과 육체를 믿는 소크라테스는 영혼이 육체
에서 벗어나면 생각에 전념할 수 있을 거라고 주장합니다.

　이것은 우리에게 데모크리토스[29]의 신화를 떠올리게 합니
다. 일설에 따르면, 그는 어느 정원에서 자기 눈을 빼 버렸다고
합니다. 외부 세계에 한눈을 팔지 않고 생각에 전념하기 위해
서였습니다. 물론 거짓이지만, 이는 매우 아름다운 신화입니
다. 주인공은 시각적 세계를, 그러니까 내가 잃어버린 일곱 색
깔의 세상을 순수한 생각을 방해하는 장애물로 보고, 차분하
게 계속 생각을 이어 가기 위해 자기 눈을 빼 버린 사람으로 묘
사되었습니다.

28　　Gustav Spiller(1864~1940). 헝가리에서 태어나 영국
　　　에서 활동한 윤리 운동가이자 사회학자.

29　　Demokritos(기원전 460년경~기원전 380년경). 고대
　　　그리스의 철학자. 물질주의를 바탕으로 한 원자론을
　　　주장했다.

이제 우리는 영혼과 육체의 이런 개념을 의심의 눈으로 바라봅니다. 철학사를 간단하게 떠올려 보겠습니다. 존 로크[30]는 유일하게 존재하는 것은 지각과 감각, 그리고 그런 감각에 대한 기억과 지각이라고 말했습니다. 그리고 물질은 존재하며, 오감은 우리에게 물질에 관해 알려 준다고 말했습니다. 이후 조지 버클리[31]는 물질은 일련의 지각이며, 이런 지각은 그것들을 지각할 수 있는 의식 없이는 생각될 수 없다고 주장합니다. 빨간색이란 무엇일까요? 빨간색을 빨갛게 보는 것은 우리의 눈이며, 우리의 눈 역시 지각 계통에 속합니다. 그러자 흄은 이두 가지 가정을 반박합니다. 그는 영혼과 육체를 파괴합니다. 영혼이 무언가를 지각하는 것이 아니면 무엇일까요? 물질이 지각된 것이 아니면 무엇일까요? 주어가 삭제된다면, 세상은 아마도 술어 안에 축소될 것입니다. 흄이 말하듯이, 우리는 "나는 생각한다."라고 말하지 말아야 합니다. '나'는 주어이기 때문입니다. '비 오다'라고 말하는 것과 마찬가지로 '생각된다'라고 말해야 할 것입니다. 두 경우의 술어에서 우리는 주어 없는 행위를 갖게 됩니다. 데카르트는 "나는 생각한다. 고로 나는 존재한다."라는 말 대신 "생각된다"라고 말해야 했을 겁니다. '나'는 하나의 실체를 상정하는데, 우리에겐 그런 실체를 상

---

30   John Locke(1632~1704). 영국의 철학자이자 정치 사
      상가. 영국의 첫 경험론 철학자로 평가받는다.

31   George Berkeley(1685~1753). 영국의 철학자이자 성
      공회 주교. "존재하는 것은 지각되는 것이다."라는 명
      제로 요약될 수 있는 경험론을 주장했다.

정할 권리가 없기 때문입니다. 아마도 "생각된다. 고로 존재된
다."라고 말해야 했을 겁니다.

　이제는 개인의 불멸성을 옹호하는 주장에는 어떤 것이 있
는지 살펴보겠습니다. 두 사람을 인용하지요. 구스타프 페히
너[32]는 인간의 의식은 일련의 욕망과 욕구와 희망과 두려움으
로 구성되며, 이런 것들은 한 개인의 삶이 지속되는 기간과 일
치하지 않는다고 지적합니다. 한편 단테는 "우리 인생길 반 고
비에"라는 말로 『신곡』의 「지옥편」을 시작함으로써, 성경에
제시된 우리의 삶이 70년이라는 사실을 상기시킵니다. 70년이
라는 삶을 보내면서(불행하게도 나는 그 한계를 이미 넘었습니다.
지금 내 나이는 일흔여덟입니다.) 우리는 이 삶에 아무 의미가 없
다는 것들을 느낍니다. 페히너는 태아를, 즉 어머니의 배 속에
서 나오기 이전의 육체를 생각합니다. 그 육체에는 다리가 있
고, 팔과 손도 있지만, 배 속에 있을 때는 아무런 소용이 없습니
다. 그것은 이후의 삶에서야 의미를 갖습니다. 우리에게도 똑
같은 일이 일어난다고 생각해야 합니다. 희망과 공포와 추측이
가득하며, 죽을 수밖에 없는 삶에서 우리는 그것들이 어떤 의
미를 갖는지 정확하게 말할 수 없습니다. 우리는 동물들이 가
지고 있는 것은 분명하게 말할 수 있습니다. 동물들은 이런 모
든 것, 그러니까 나중에 보다 명백한 다른 삶에서 사용될 수 있
는 것들을 잊어버릴 수 있습니다. 이것은 불멸의 편에 있는 주
장입니다.

32　　　　Gustav Theodor Fechner(1801~1887). 독일의 자연 과
　　　　　학자, 철학자, 정신 물리학의 창시자.

그럼 최고의 스승이라는 성 토마스 아퀴나스를 인용해 봅시다. 그는 우리에게 "정신은 스스로 영원하기를 소망하며, 영원히 존재하고자 한다."라는 금언을 남겼습니다. 이에 대해 우리는 다른 것들도 소망하며, 그만 존재하고자 원하는 경우도 수없이 많다고 답할 수 있을 것입니다. 자살의 경우가 그렇습니다. 잠이 필요한 일반 사람들도 마찬가지입니다. 잠은 일종의 죽음이기 때문입니다. 죽음을 감각으로 보는 사상에 근거한 시를 인용해 보겠습니다. 가령, 스페인의 대중 민요는 이렇게 노래합니다. "오라/ 너무나 깊이 숨겨진 죽음이여/ 너는 오고 싶어 하지 않는구나/ 죽는 쾌감이/ 나를 다시 삶으로 되돌리지 않을 테니." 그리고 익명의 세비야 시인은 이렇게 노래했습니다. "차분하지 않게, 너는 보았는가?/ 무언가 완벽한 것을. 오, 죽음이여! 조용히 오거라/ 네가 불과 두런거림으로 가득한/ 요란한 기계가 아니라/ 세공된 이중 금속의 우리 집 현관이 아니라/ 항상 화살을 타고 오듯이." 그리고 프랑스 시인 르콩트 드릴[33]의 한 소절도 있습니다. "시간과 숫자와 공간에서 그를 해방시켜 주소서/ 그에게 없는 안식을 되돌려 주소서."

우리에게는 많은 갈망이 있는데, 그중에는 삶에 대한 갈망과 영원을 추구하는 갈망이 있습니다. 그러나 또한 그만 살고자 하는 갈망뿐 아니라 두려움, 그리고 그에 반대되는 희망에 대한 갈망도 있습니다. 이 모든 것은 개인의 불멸 없이도 이루

---

33 샤를마리르네 르콩트 드릴(Charles-Marie-René Leconte de Lisle, 1818~1894). 프랑스의 시인. 고답파의 선구자로 여겨진다.

어질 수 있으며, 그것을 반드시 필요로 하지도 않습니다. 개인
적으로 나는 불멸을 원하지 않으며 오히려 두려워합니다. 내
가 계속 살리라는 걸 안다는 것은 정말 끔찍한 일이고, 내가 계
속 보르헤스로 산다는 것은 생각만 해도 몸서리가 쳐지는 일
입니다. 나는 나 자신과 내 이름 그리고 내 명성이 지겹습니다.
이런 모든 것에서 해방되고 싶습니다.

　내게는 타키투스[34]에게서 발견하고, 괴테가 다시 사용했던
일종의 절충안이 있습니다. 타키투스는 『아그리파의 삶』에서
"위대한 영혼은 육체와 함께 죽지 않는다."라고 말했습니다.
타키투스는 불멸은 몇몇 사람에게만 준비된 선물이라고 믿었
습니다. 그러면서 몇몇 영혼은 일반인이 아니지만 불멸할 자
격이 있으며, 소크라테스가 말하는 레테의 강을 건넌 이후 자
신들이 누구였는지 기억할 만한 가치가 있다고 지적했습니다.
괴테는 이런 생각을 다시 채택하고는, 친구인 빌란트[35]가 죽자
이렇게 씁니다. "빌란트가 영원히 죽었다고 상상하는 것은 끔
찍한 일이다." 그는 빌란트가 다른 어떤 곳에서 계속 존재할 것
이라고 생각해야만 했습니다. 그는 모든 사람의 불멸이 아니
라 빌란트 개인의 불멸을 믿었습니다. "위대한 영혼은 육체와
함께 죽지 않는다."라고 말했던 타키투스처럼 말입니다. 우리

34　푸블리우스 코르넬리우스 타키투스(Pubulius Cor-
　　nelius Tacitus, 56~117). 고대 로마의 역사가. 대표작으
　　로 『역사』, 『게르만족의 기원과 위치』 등이 있다.

35　크리스토프 마르틴 빌란트(Christoph Martin Wieland,
　　1733~1813). 독일의 시인. 대표작으로 『아가톤의 이
　　야기』, 『아브데라의 사람들』 등이 있다.

는 불멸이 몇몇 사람, 즉 위대한 사람들의 특권이라고 생각합니다. 그러나 우리는 각자 자기 자신이 위대하고, 따라서 불멸할 자격이 있다고 생각하는 경향이 있습니다. 나는 그렇게 생각하지 않지만요.

후에 우리는 다른 불멸성을 갖게 되는데, 나는 그것이 중요하다고 생각합니다. 우선 윤회 또는 환생 사상이 옵니다. 이런 사상은 피타고라스와 플라톤에서 찾아볼 수 있습니다. 플라톤은 윤회를 하나의 가능성으로 보았습니다. 윤회는 행운과 불행을 설명하는 데 도움이 됩니다. 우리가 현생에서 행복이나 불행을 느낀다면 그것은 전생 때문입니다. 즉, 처벌을 받거나 포상을 받고 있는 것입니다. 이 경우, 보다 복잡하고 어려운 문제가 있습니다. 힌두교나 불교가 믿듯이, 우리 개인의 삶이 전생에 의해 좌우된다면, 그 전생은 동시에 그 이전의 전생에 좌우되기 때문입니다. 그렇게 삶은 과거를 향해 무한하게 이어집니다.

시간이 무한하다면 과거로 가는 삶의 수도 무한해지는데, 이는 모순이라는 지적이 있었습니다. 만일 그 수가 무한하다면 어떻게 무한한 것이 현재까지 이를 수 있을까요? 나는 시간이 무한하다고 믿습니다. 그런데 시간이 무한하다면 그 무한한 시간 안에 모든 현재가 포함되어야 한다고 생각합니다. 그리고 모든 현재 속에 이곳 벨그라노 대학에서 여러분이 나와 함께 있는 현재도 있어야 하지 않겠습니까? 그 시간 역시 포함되어야 하지 않겠습니까? 시간이 무한하다면 모든 순간 우리는 시간의 중심에 있는 셈입니다.

파스칼은 우주가 무한하다면 우주는 모든 곳에 원주가 있고 그 어느 곳에도 중심이 없는 구체라고 생각했습니다. 그렇

다면 현재의 순간이 그 뒤에 무한한 과거, 즉 무한한 어제를 가
지고 있다고 말하지 못할 이유는 없겠지요. 과거가 이 현재를
지나가고 있다고 생각하지 못할 이유도 없겠고요. 모든 순간
우리는 무한한 선의 중심에 있으며, 무한한 중심이 어디에 있
건 공간과 시간이 무한하니 공간의 중심에 있다고 생각할 수
있지 않겠습니까?

　불교 신자들은 우리가 무한히 많은 삶을 살았다고 믿습니
다. 여기서 무한하다는 것은 엄격한 의미에서의 끝없는 숫자
를 말합니다. 그러니까 시작이나 끝이 없는 숫자, 즉 게오르크
칸토어[36]의 근대 수학이 말하는 초한수(超限數)와 비슷한 것
말입니다. 모든 순간은 중심이기에, 이제 우리는 그 무한한 시
간의 중심에 있습니다. 지금 우리는 대화를 나누고 있고, 여러
분은 내가 말하는 것을 생각하고 있으며, 이 말에 고개를 끄덕
이거나 거부하고 있습니다.

　윤회는 우리에게 인간의 육체건 동식물의 육체건, 육체에
서 육체로 이동하는 영혼의 가능성을 제공합니다. 피에트로
디 아그리젠토[37]의 시를 살펴봅시다. 그는 트로이 전쟁 때 자기
가 쓰던 방패를 알아보았다고 이야기합니다. 그리고 셰익스피
어보다 약간 후의 사람인 존 던[38]은 「영혼의 진보에 관하여」라

36　　Georg Cantor(1845~1918). 러시아 태생의 독일 수학
　　　자. 현대 수학의 바탕이 되는 집합론을 창시했다.
37　　아마도 이 이름이 아니라, 아그리젠툼 출신인 그리스
　　　의 철학자 엠페도클레스(Empedocles, 기원전 493~기
　　　원전 430)를 지칭하는 것으로 보인다.
38　　John Donne(1572~1631). 영국의 시인. 형이상학파

는 시에서 "나는 무한한 영혼의 진보를 노래한다."라고 말합니다. 그 영혼은 하나의 육체에서 다른 육체로 옮겨 갑니다. 그는 성경 다음으로 훌륭한 책을 쓰겠다고 공언했습니다. 그의 계획은 야심찼습니다. 비록 구체화되지는 못했지만, 매우 아름다운 시를 포함했습니다. 그는 과일 속의 씨방에 있는 영혼으로부터 시작합니다. 보다 정확하게는 아담의 과일, 즉 죄악의 과일을 말합니다. 씨방 속에 있던 그 영혼은 이브의 배 속으로 옮겨 가 카인을 낳습니다. 그리고 각 연마다 한 육체에서 다른 육체로 옮겨 갑니다. 그중의 하나가 영국의 엘리자베스 여왕입니다. 시는 결국 완성되지 못합니다. 그것은 던이 한 육체에서 다른 육체로 영혼이 영원히 옮겨 간다고 믿었기 때문입니다. 어느 서문에서 존 던은 영혼의 윤회에 관한 출처로서 피타고라스와 플라톤의 학설을 언급합니다. 그는 두 개의 출처, 즉 피타고라스의 것과 소크라테스가 마지막 대화로 사용하는 영혼 윤회설을 이야기합니다.

소크라테스가 마지막 날 오후 친구들과 이야기를 나누면서 애절하게 작별하고 싶어 하지 않았다는 사실은 흥미롭습니다. 그는 아내와 아이들을 내보내고, 울고 있던 친구도 그곳에서 내쫓고는 차분하게 대화를 나누기 원했습니다. 그는 계속해서 대화하고 계속해서 생각하고 싶어 했습니다. 자신이 죽는다는 사실은 그에게 영향을 끼치지 않았습니다. 그의 역할과 습관은 다른 것이었습니다. 즉 토론하는 것, 다른 방식으로

시인의 선구자로 여겨진다. 대표작으로 『벼룩』, 『일출』, 『관』 등이 있다.

토론하는 것이었습니다.

그는 왜 독약을 마시게 된 것일까요? 그 이유는 언급되지 않습니다.

그는 흥미로운 이야기를 합니다. "오르페우스는 종달새로 변했을 것입니다. 사람들의 목자인 아가멤논은 독수리가 되었을 것입니다. 그리고 이상하게도 오디세우스는 가장 천하고 가장 알려지지 않은 사람이 되었을 겁니다." 계속 이어지던 소크라테스의 대화는 결국 죽음으로 인해 끊어집니다. 파란색 죽음이 그의 다리로 올라옵니다. 그는 이미 독약을 마신 상태입니다. 그는 한 친구에게 아스클레피오스[39]에게 했던 맹세, 즉 수탉을 한 마리 바치기로 했던 약속을 떠올리라고 말합니다. 이것은 의학의 신인 아스클레피오스가 근본적인 질병, 즉 삶에서 그를 치료했다는 사실을 의미합니다. "나는 아스클레피오스에게 수탉을 한 마리 빚지고 있어요. 그는 내 삶을 치료했고, 나는 죽을 것입니다." 다시 말하면, 그는 자기가 전에 했던 말을 의심하며, 자신이 죽을 것이라고 생각합니다.

또 다른 고전 작품도 있습니다. 바로 개인의 불멸을 부정하는 루크레티우스[40]의 『사물의 본성에 관하여』입니다. 루크레티우스가 제공한 논지 중 가장 기억할 만한 것은 사람은 자기가 죽을 것을 한탄한다는 것입니다. 그는 사람은 미래를 모두

---

39   Asklepios. 그리스 신화에 등장하는 의학과 치료의 신.
      로마 신화에서도 같은 모습으로 등장한다.

40   티투스 루크레티우스 카루스(Titus Lucretius Carus, 기
      원전 99~기원전 55). 고대 로마의 시인이자 철학자.

알지 못한다고 생각합니다. 이것은 빅토르 위고가 "나는 축제 한가운데서 홀로 갈 것이네/ 그 어떤 것도 환하고 행복한 세상에 부족하지 않을 것이네."라고 말한 것과 같습니다. 존 던의 시만큼이나 야심찬 위대한 서사시 『사물의 본성에 관하여』에서 루크레티우스는 다음과 같은 논지를 제시합니다. "여러분은 모두 미래를 알지 못하기에 괴로워합니다. 그러나 여러분에게는 전에 무한한 시간이 있었다는 사실을 생각하십시오." 그러면서 그는 독자에게 이렇게 말합니다. "당신들이 태어난 시기, 카르타고와 트로이가 세상의 패권을 차지하기 위해 싸우던 시기는 이미 지나고 없습니다. 그건 여러분과 하등 상관이 없습니다. 그런데 왜 앞으로 올 것을 중요하게 생각합니까? 여러분은 이미 무한한 과거를 잃어버렸습니다. 그런데 무한한 미래를 잃어버리는 게 왜 그리 중요합니까?" 나는 최근에 사전의 도움을 받아 그의 아름다운 시를 읽었지만, 그 시를 기억할 정도로 라틴어를 충분히 알지 못한다는 사실이 안타깝습니다.

나는 쇼펜하우어[41]야말로 이 분야의 최고 권위자라고 믿습니다. 아마도 쇼펜하우어는 윤회설이 다른 이론의 대중적 형태에 지나지 않는다고 답했을 것입니다. 이 다른 이론은 후에 버나드 쇼와 베르그송[42]의 주장, 즉 삶의 의지에 관한 이론이 되었습

---

41 아르투어 쇼펜하우어(Arthur Schopenhauer, 1788~ 1860). 독일의 철학자 대표 저서로 『의지와 표상으로서의 세계』가 있다.

42 앙리루이 베르그송(Henri-Louis Bergson, 1859~ 1941). 프랑스의 철학자. 대표 저서로 『물질과 기억』, 『창조적 진화』등이 있다.

니다. 살고자 하는 것이 있고, 물질을 통해서나 물질에도 불구
하고 삶의 길을 여는 것이 있습니다. 바로 쇼펜하우어가 '의지
(wille)'라고 부르는 것으로, 세상을 부활의 의지로 이해합니다.

이후 쇼가 와서 '생명력'에 관해 말하고, 마침내 베르그송
이 '생명의 약동(élan vital)'에 관해 말합니다. 그것은 모든 사물
에서 드러나는 생명의 약동이자 우주를 창조하는 약동이며,
우리 각자 안에 존재하는 약동입니다. 그것은 금속에 죽은 것
처럼 존재하며, 식물에서는 잠든 것처럼 존재하고, 동물에게
는 꿈처럼 존재하지만, 우리 안에서는 자기 자신을 알고 있습
니다. 여기서 우리는 내가 성 토마스 아퀴나스[43]에게서 인용한
"지성은 당연히 영원하기를 소망한다."라는 말을 설명할 수 있
습니다. 하지만 어떤 방식으로 그것을 소망할까요? 그는 그것
을 개인적으로 소망하지 않으며, 계속해서 우나무노가 되고자
하는 우나무노의 의미로 원하지도 않습니다. 그는 지성을 일
반적이고 전체적인 방식으로 소망합니다.

우리에게 자아는 조금도 중요하지 않습니다. '나'를 느낀다
는 것이 무슨 의미일까요? 내가 보르헤스라고 느낄 수 있는 것
과 여러분이 A나 B 또는 C라고 느낄 수 있는 것에는 어떤 차이
가 있을까요? 어떤 차이도 없습니다. 그 자아는 우리가 공유하
는 것이며, 모든 피조물에게 이런저런 형태로 존재하는 것입니

---

43   Thomas Aquinas(1225?~1274). 기독교의 저명한 신학
자이자 스콜라 철학자. 또한 자연 신학의 으뜸가는 선
구자이며 로마 가톨릭교회에서 토마스학파의 아버지
이기도 하다. 교회학자 33명 중 하나이다.

다. 그렇다면 우리는 불멸이 필요하다고 말할 수 있을 겁니다. 개인적인 불멸이 아니라 다른 유형의 불멸이 말입니다. 예를 들어, 누군가가 적을 사랑하고자 할 때마다 불멸의 그리스도가 나타납니다. 그 순간 그는 그리스도입니다. 단테나 셰익스피어의 시구를 되뇔 때마다 우리는 어느 정도 그 시구를 창조했던 순간의 셰익스피어나 단테가 됩니다. 결국 불멸하게 된 다른 사람들의 기억과 그가 남긴 작품 속에 있는 것입니다. 그 작품이 잊혔다 한들 그게 무슨 상관이겠습니까?

나는 최근 20년 동안 앵글로·색슨 시를 공부했습니다. 덕분에 많은 앵글로·색슨 시를 외우게 되었습니다. 그러나 시인들의 이름은 모릅니다. 그게 왜 중요합니까? 9세기의 시를 되뇔 때의 내가 그 세기에 누군가가 느꼈던 것을 느끼고 있는데, 그것이 중요할까요? 그 순간 그는 내 안에서 살고 있으며 나는 죽은 그 사람입니다. 우리들 각자는 어떤 방식으로든 이전에 죽은 모든 사람입니다. 우리와 같은 피를 나눈 사람들에게 한정되는 것이 아닙니다.

물론 우리는 우리의 피를 물려받았습니다. 우리 어머니가 말한 것처럼 영국 시를 되뇔 때마다 나는 우리 아버지의 목소리를 그대로 냅니다.(우리 아버지는 루고네스가 죽었던 1938년에 세상을 떠났습니다.) 내가 프리드리히 실러[44]의 시를 읊조릴 때

---

44   요한 크리스토프 프리드리히 실러(Johann Christoph Friedrich von Schiller, 1759~1805). 독일 고전주의 극작가, 시인, 철학자. 괴테와 함께 독일 고전주의의 2대 문호로 일컬어진다.

마다 우리 아버지는 내 안에서 살아납니다. 내 목소리를 들은 다른 사람들은 내 목소리 안에서 살 것이며, 그것은 그들의 목소리를 반영할 것이며, 그 목소리는 아마도 그보다 먼저 세상을 살았던 사람들의 목소리를 반영할 겁니다. 그럼 우리는 무엇을 알 수 있을까요? 그러니까 이 말은 우리가 불멸을 믿을 수 있다는 말입니다.

우리 각자는 이런저런 방식으로 이 세상에서 협력합니다. 우리 각자는 이 세상이 보다 나아지기를 바랍니다. 그리고 세상이 실제로 나아진다면 영원한 희망이 존재할 것입니다. 만일 조국이 구원받는다면(조국이 구원받지 못할 이유가 있을까요?) 우리는 그 구원에서 불멸할 것입니다. 다른 사람들이 우리의 이름을 알건 모르건 그것은 전혀 중요하지 않습니다. 중요한 것은 불멸입니다. 그 불멸은 어떤 사람이 다른 사람들에게 남기는 작품이나 기억을 통해 이어집니다. "개똥이, 그를 찾기보다 잃어버리는 편이 낫다."라는 대중적 표현을 예로 들어 보지요. 나는 누가 이 구절을 만들어 냈는지 모릅니다. 그 보잘것없는 사람이 죽었다 하더라도, 그가 내 안에 살고 있고 그 말을 되풀이하는 사람들의 각자 안에 살고 있다면 무슨 상관이겠습니까?

음악과 언어에 대해서도 같은 말을 할 수 있습니다. 언어는 창작품이며, 불멸의 도구라 할 수 있습니다. 나는 스페인어를 사용합니다. 스페인어권에서 죽은 사람 중 얼마나 많은 이가 내 안에서 살고 있습니까? 내 의견은 중요하지 않으며 내 평가도 중요하지 않습니다. 우리가 세상의 미래와 불멸과 우리의 불멸을 계속 돕고 있다면, 과거의 이름들은 중요하지 않습니다. 그 불멸은 개인의 것이 되어야 할 이유가 없습니다. 성과 이름에서 벗어날 수 있고, 우리의 기억도 무시할 수 있습니다. 마치 내가 평생을 어린 시절이나 팔레르모 지역 또는 아드로게나 몬테비데오를 생각하며 사는 것처럼, 우리가 우리의 기억을 가지고 다른 삶을 계속 살아갈 것이라고 가정할 필요가 있겠습니까? 왜 항상 우리는 그것으로 돌아가는 것입니까? 그것은 문학의 원천입니다. 나는 모든 것을 잊고 지금 모습으로 계속 살아갈 것입니다. 그리고 그 모든 것은 내가 일일이 거명하지 않아도 내 안에서 살 것입니다. 가장 중요한 것은 아마도 우리가 정확하게 기억하지 못하는 것일 겁니다. 가장 중요한 것은 아마도 우리가 무의식적으로 그것을 기억하는 것일 겁니다.

이 강연을 마치며, 나는 불멸을 믿는다고 말하고자 합니다. 개인의 불멸은 믿지 않지만 우주적 차원의 불멸은 믿습니다. 우리는 계속 불멸할 것입니다. 우리의 육체적 죽음 너머로 우리의 기억이 남을 것이며, 우리의 기억 너머로는 우리의 행동과 우리의 상황, 그리고 우리의 태도가 남을 것입니다. 그러니까 우주 역사의 그 멋진 부분이 모두 남을 것입니다. 비록 우리가 그 사실을 모른다 해도 말입니다. 아니, 오히려 우리가 그 사실을 모르는 게 나을지도 모릅니다.

1978년 6월 5일

에마누엘 스베덴보리

볼테르[45]는 역사상 가장 특별한 사람으로 카를 12세[46]를 꼽
았습니다. 그러나 나는 카를 12세의 신하 중 가장 불가사의한
사람이었던 에마누엘 스베덴보리를 가장 비범한 사람으로 꼽
고 싶습니다. 그의 믿음에 관해 말하기 전에 그에 관해 몇 마디
하겠습니다. 그는 우리가 관심을 가져 볼 만한 대상이기 때문
입니다.

에마누엘 스베덴보리는 1688년 스톡홀름에서 태어나 1772년

---

45   프랑수아 마리 아루에(François Marie Arouet, 1694~
      1778). 필명인 볼테르로 널리 알려진 프랑스의 계몽주
      의 작가. 대표작으로 『루이 14세의 시대』, 『캉디드』 등
      이 있다.
46   Karl 12(1682~1718). 1697년부터 1718년까지 재임한
      스웨덴의 국왕.

에 런던에서 세상을 떠났습니다. 장수한 사람이었죠. 당시 사람들의 수명이 짧았다는 점을 생각하면 우리가 생각하는 것보다 훨씬 오래 살았다고 할 수 있습니다. 거의 100살을 살았으니까요. 그의 삶은 세 시기로 나뉩니다. 계산해 보면 이 각각의 시기는 28년씩 지속됩니다. 처음에 우리가 보는 사람은 공부에 매진하는 스베덴보리입니다. 그의 아버지는 루터 교회의 주교였고, 따라서 그는 루터 교회 안에서 교육을 받았습니다. 익히 알려졌듯이 루터 교회의 기본 교리는 은총을 통한 구원입니다. 그러나 스베덴보리는 그것을 믿지 않았습니다. 그는 새로운 종교를 열어 행위를 통한 구원을 설교했습니다. 물론 그가 말한 행위는 미사나 종교 의식이 아닙니다. 그것은 진정한 작품입니다. 사람의 모든 것, 즉 피조물의 영혼이 들어가는 작품입니다. 그런데 더욱 흥미로운 것은 그의 지성도 작품에 포함된다는 사실입니다.

스베덴보리는 사제로 시작하여, 과학에도 관심을 보입니다. 무엇보다 그는 실용적인 방식으로 과학에 접근합니다. 후에 그가 누구보다 먼저 수많은 독창적인 발상을 했다는 사실이 밝혀졌습니다. 예를 들어, 칸트-라플라스의 성운설을 들 수 있습니다. 레오나르도 다빈치처럼, 스베덴보리는 공중을 날아다니는 차를 구상하기도 했습니다. 무용지물이라는 걸 알면서도, 그는 그것이 오늘날 우리가 비행기라고 부르는 것의 출발점이 될 수 있다고 보았습니다. 또한 그는 프랜시스 베이컨이 예측했던 것처럼 오늘날 잠수함이라고 부르는, 물 밑으로 다니는 차를 설계하기도 했습니다. 이후에는 광물학에도 관심을 보였는데, 이것 역시 아주 독특한 사건입니다. 그는 스톡홀름에서 광산부(鑛山部)의 사정관으로 일했습니다. 또한 해부학에도 관심을 보였고, 데카르트처럼 영혼과 육체가 소통하는 정확한 지점에 대해서도 탐구했습니다.

에머슨은 "그가 우리에게 50권의 저서를 남겼다는 것을 나는 심히 유감으로 여긴다."라고 말합니다. 적어도 50권 중에서 25권은 과학과 수학 그리고 천문학에 관한 것이기 때문입니다. 스베덴보리는 웁살라 대학에서 천문학 교수 자리를 제안받았지만 이를 뿌리쳤습니다. 이론적인 것을 모두 거부했기 때문입니다. 그는 실용성을 중시하는 사람이었습니다. 또한 카를 12세의 공병으로 일했는데, 왕은 그를 매우 존경했습니다. 그는 영웅이자 미래의 예언자로 여겨지는 경우가 많았습니다. 스베덴보리는 카를 12세의 신화적인 전쟁 중 하나에서 선박을 지상으로 이동시킬 수 있는 기계를 창안하여, 전함을 30킬로미터 넘게 수송했습니다. 볼테르는 그에 관해 굉장히 아름다운 글을 쓰기도 했지요.

훗날 그는 런던으로 이주했고, 그곳에서 목수와 가구 제작자, 활자공과 악기 제작자로서 기술을 익혔습니다. 또한 세계 지도를 그렸습니다. 그러니까 놀라울 정도로 실용적인 사람이었던 것입니다. 에머슨이 "그 어떤 사람도 스베덴보리만큼 현실적인 삶을 산 사람은 없다."라고 말했을 정도입니다. 우리는 이것을 알아야 하고, 그의 모든 과학적이고 실용적인 작품을 결합시킬 필요가 있습니다. 게다가 그는 정치인으로서 스웨덴 왕국의 상원 의원을 지냈습니다. 쉰다섯의 나이에 이미 광물학과 해부학, 그리고 지리학에 관한 25권 정도의 저서를 출간했습니다.

그때 그의 삶에서 중대한 사건이 일어났습니다. 그것은 일종의 계시였습니다. 그는 런던에서 계시를 받고 꿈을 꾸었으며, 그 꿈을 일기에 기록했습니다. 그 일기는 책으로 출간되지 않았지만, 우리는 그것이 성에 관한 노골적인 꿈이라는 사실을 알고 있습니다.

이후 그는 그리스도의 방문을 받게 되는데, 어떤 사람들은 그것을 광기의 발작으로 보았습니다. 그러나 그의 작품은 명백하고 명석해서, 어떤 순간에도 미친 사람 앞에 있다는 느낌을 주지 않습니다. 그래서 그런 주장은 부정됩니다.

자신의 신조를 주장할 때면 그는 항상 분명하고 명석하게 글을 썼습니다. 런던에서 어느 알지 못하는 사람이 거리로 쫓아와서 그의 집으로 들어와 자기가 예수이며, 예수 그리스도가 나타났을 때의 유대 교회처럼 가톨릭교회가 부패하고 있으므로 제3의 교회, 즉 예루살렘 교회를 창설하여 교회를 혁신해야 한다고 말했습니다.

모든 게 믿을 수 없는 황당한 이야기처럼 보입니다만, 그러나 우리에게는 스베덴보리의 작품이 남아 있습니다. 작품은 매우 방대하며, 상당히 차분한 문체로 기술되었습니다. 그는 어떤 순간에도 증명하고 해명하지 않습니다. "논쟁은 그 누구도 설득시키지 못한다."라는 에머슨의 문구를 기억하십시오. 스베덴보리는 아주 차분한 권위를 가지고 모든 것을 밝힙니다.

그건 그렇고, 예수는 그에게 교회를 혁신하라는 사명을 부여하면서 그에게 다른 세상을 방문하게 해 주겠다고 말했습니다. 수많은 천국과 지옥이 있는 영혼의 세계를 말이죠. 그리고 그에게 성경을 공부해야 한다고도 말했습니다. 그는 아무것도 쓰지 않은 채 2년을 히브리어 공부에 매진했습니다. 원문으로 성경을 읽고 싶었기 때문입니다. 그리고 다시 성경을 공부했고, 그 안에서 카발라주의자들의 방식대로 어느 정도 자기 학설의 토대를 발견했다고 믿었습니다. 카발라주의자들은 성경에서 자신들이 찾는 것의 이유를 발견합니다.

　무엇보다 다른 세계에 대한 그의 환상, 즉 개인적 불멸에 대한 환상을 살펴보도록 합시다. 스베덴보리는 그런 불멸을 믿었고, 우리는 모든 것이 자유 의지에 바탕을 두고 있음을 알게 될 것입니다. 글자 그대로 너무나 아름다운 작품인 단테의 『신곡』에서 자유 의지는 죽음의 순간에 멈춥니다. 죽은 사람들은 법정에서 선고를 받고 지옥이나 천국으로 가게 됩니다. 반면에 스베덴보리의 작품에는 그런 내용이 전혀 없습니다. 스베덴보리는 사람이 죽으면 자신이 죽었다는 사실을 깨닫지 못하는데, 그것은 그를 둘러싼 모든 것이 똑같기 때문이라고 말합니다. 그는 자기 집에 있으며, 친구들의 방문을 받고, 도시의 거리를 돌아다니며, 자기가 죽었다고 생각하지 않습니다. 그러나 나중에 무언가 눈치채기 시작합니다. 그런 것을 차츰차츰 깨달으면서 처음에는 기뻐하지만, 나중에는 불안에 사로잡힙니다. 다른 세상의 모든 것은 이 세상의 것보다 훨씬 더 강렬하고 멋지기 때문입니다.

　우리는 항상 다른 세상이 모호하리라 생각하지만 스베덴보리는 전혀 그렇지 않다고, 감각은 다른 세상에서 훨씬 더 강렬하고 선명하다고 말합니다. 예를 들어 색채가 더 다양합니다. 스베덴보리의 천국은 4차원의 세계처럼 천사들이 어떤 자세로 있건 항상 주님을 정면으로 쳐다보고 있습니다. 그리고 형태도 더 다양합니다. 모든 것이 훨씬 구체적이며, 이 세상보다 확실하고 명백합니다. 그 정도가 너무 심해 그는 자기가 수없이 걸어 다니며 보았던 천국과 지옥에 비하면 이 세상은 그림자 같다고 말합니다. 마치 우리가 그림자 속에서 살고 있는 것 같다고 말입니다.

여기서 나는 성 아우구스티누스의 금언을 떠올립니다. 『신국론』에서 성 아우구스티누스는 관능적 쾌감이 이곳보다 천국에서 더욱 강하다고 말합니다. 그것은 그가 이 세상으로 떨어진 것이 무언가를 더 낫게 만들었을 것이라는 생각을 할 수 없기 때문입니다. 스베덴보리도 똑같이 말합니다. 그는 또 다른 세상에서의 육체적 쾌락이 이곳에서의 쾌락보다 강렬하다고 지적합니다.

사람이 죽고 나면 어떤 일이 일어날까요? 처음에 그는 자기가 죽었다는 사실을 깨닫지 못합니다. 그는 평상시처럼 자기가 하던 일을 계속하고, 친구들의 방문을 받으며, 그들과 대화합니다. 그러고는 점차 모든 게 전보다 강렬하고 다양한 색채를 띤다는 사실을 두려움 속에서 인식합니다. 죽은 사람은 생각합니다. "그동안은 계속 어둠 속에서 살았는데 이제는 빛 속에서 살게 되었어." 이런 생각을 하며 그는 잠시 기뻐합니다.

그런 다음 모르는 사람들이 그에게 다가와 말을 겁니다. 바로 천사와 악마입니다. 스베덴보리는 천사와 악마는 하느님이 창조한 존재가 아니라고 말합니다. 천사들은 천국으로 올라가 천사처럼 된 사람이며, 악마들은 지옥으로 하강하여 악마처럼 된 사람이라는 것입니다. 천국과 지옥의 주민은 모두 사람들이며, 이들이 천사와 악마라는 것입니다.

이제 죽은 사람에게 천사들이 다가갑니다. 하느님은 그 누구도 지옥으로 가라고 선고하지 않습니다. 하느님은 모든 사람들이 구원받기를 원합니다.

그러나 동시에 하느님은 인간에게 자유 의지를 주었습니다. 그것은 끔찍한 특권으로, 인간은 자유 의지에 의해 지옥을 선고받을 수도 있고, 천국에 갈 수도 있습니다. 그러니까 스베덴보리는 정통 교리에서 죽음과 함께 중지된다고 주장하는 자유 의지가, 죽은 후에도 유지된다고 말하는 것입니다. 영혼의 세계에 중간 지역이 있는 것도 그 때문입니다. 그 지역에는 사람들이 있습니다. 죽은 사람들의 영혼이 말이지요. 그 영혼들은 천사 그리고 악마와 대화합니다.

이제 그 순간이 옵니다. 그 순간은 일주일 동안 지속될 수도 있고, 한 달이 될 수도 있고, 몇 년이 될 수도 있습니다. 얼마나 오래 지속되는지는 아무도 모릅니다. 그 순간 사람은 악마가 되기로 결심해서 악마가 될 수도 있고, 천사가 되기로 결심해서 천사가 될 수도 있습니다. 악마는 지옥을 선고받습니다. 계곡으로 가득했던 그 지역은 이후 틈으로 가득해집니다. 그 틈은 아래쪽을 향하여 지옥과 연결되기도 하고, 위로 이어져 천국과 연결되기도 합니다. 죽은 사람은 자기가 좋아하는 사람들을 찾아 대화하면서 그들을 따라갑니다. 악마의 기질이 있다면 악마들과 함께 갈 것이며, 천사의 기질이 있다면 천사들과 함께 갈 것입니다. 이 모든 것에 대한 설명을 듣기 원하는 사람은 버나드 쇼의 희곡『인간과 초인』3막을 보십시오. 물론 그

부분은 내 말보다 훨씬 감동적이고 설득력 있습니다.

흥미롭게도 쇼는 단 한 번도 스베덴보리를 언급하지 않습니다. 나는 그가 윌리엄 블레이크[47]를 통해, 또는 자신의 믿음을 통해 그렇게 쓰게 되었으리라고 믿습니다. 『인간과 초인』 3막은 스베덴보리의 주장을 다루면서 존 태너(John Tanner)의 형이상학적 꿈을 이야기하지만 그의 이름은 언급되지 않습니다. 그것은 쇼가 정직하지 않아서가 아니라 정말로 그렇게 믿었기 때문일 것입니다. 나는 스베덴보리가 예언한 구원의 교리를 시도한 윌리엄 블레이크를 통해 쇼가 동일한 결론에 도달했으리라 짐작합니다.

그렇습니다. 사람은 천사와 대화합니다. 사람은 악마와 대화합니다. 성격에 따라 악마와 천사 중 하나에 마음이 끌립니다. 하느님은 그 무엇도 선고하지 않기에, 지옥을 선고받는 사람들은 악마에 매료된다고 느낍니다. 그럼 지옥은 무엇일까요? 스베덴보리에 따르면 지옥에는 여러 측면이 있습니다. 우리나 천사들이 보기에 그렇다는 말입니다. 그곳은 질퍽질퍽한 지역으로, 화염으로 파괴된 것처럼 보이는 도시들이 있습니다. 그러나 그곳에 버림받은 사람들은 행복해합니다. 증오심 속에서 나름대로 행복을 느끼지요. 그 왕국에는 왕이 없습니다. 그들은 계속해서 서로 모함하고 시기합니다. 비열한 정치와 음모의 세계, 그것이 바로 지옥입니다.

---

47   William Blake(1757~1827). 영국의 시인, 화가, 신비
       주의자. 대표작으로 『천국과 지옥의 결혼』, 『경험의
       노래』 등이 있다.

천국은 지옥과 정반대입니다. 지옥과 완전히 대칭을 이루는 지역에 해당하지요. 이것이 그의 가르침 중 가장 어려운 부분으로, 그의 설명에 따르면 지옥의 힘과 천국의 힘은 균형을 이룹니다. 세상이 계속 존속하려면 이러한 균형이 필요합니다. 균형 속에서 명령을 내리는 이는 언제나 하느님입니다. 하느님은 지옥의 영혼들은 지옥에 머물게 합니다. 그들은 지옥에 있어야 행복하기 때문입니다.

스베덴보리는 어느 악마의 영혼을 언급합니다. 그 영혼은 하늘로 올라가 천국의 냄새를 맡고 천국의 대화를 듣고는 모든 걸 끔찍하게 생각합니다. 천국의 냄새를 악취로 느끼고, 빛은 시커멓게 여깁니다. 결국 그 영혼은 지옥으로 돌아갑니다. 지옥에 있어야 행복하기 때문입니다. 천국은 천사들의 세계입니다. 스베덴보리는 모든 지옥은 악마의 모습을 하고 있고, 천국은 천사의 일반적인 모습을 하고 있다고 덧붙입니다. 천국은 천사들의 집단으로 구성되고, 하느님은 그곳에 있습니다. 그리고 하느님은 태양으로 표시됩니다.

그렇게 태양은 하느님에 해당합니다. 사실 가장 끔찍한 지옥은 서쪽과 북쪽의 지옥입니다. 반면에 동쪽과 남쪽의 지옥은 비교적 부드럽고 온화합니다. 그 누구도 지옥을 선고받지 않습니다. 각자 자신이 원하는 집단을 찾고, 자신이 원하는 동료들을 찾을 뿐입니다. 자신의 삶을 지배했던 욕구에 따라서 말이죠.

천국에 가는 사람들은 천국에서는 계속 기도만 할 것이라는 잘못된 개념을 지니고 있습니다. 그러나 며칠이나 몇 주가 지나면 지쳐 버리고, 그곳이 자기가 생각했던 천국이 아니라는 사실을 깨닫습니다. 그러고는 하느님에게 아첨하면서 그를 찬미합니다. 하지만 하느님은 아첨을 싫어합니다. 또한 그 사람들도 나중에는 하느님에게 아첨하는 것에 지칩니다. 또 사랑하는 사람들과 대화를 나누면 행복해질 것이라고 생각하지만, 어느 정도 시간이 지나면 사랑하는 사람들이나 유명한 사람들과 함께 있는 것도 너무나 지루할 수 있다는 사실을 알게 됩니다. 그런 것에도 지치고 나면 그들은 진정한 천국으로 들어갑니다. 여기에서 나는 결국 천국이란 무엇인가에 대해 힌트를 주고 있는 영국의 계관 시인 테니슨의 시구를 떠올립니다. 영혼은 화려한 좌석을 원하는 것이 아니라, 멈추지 않고 계속 살아가는 선물을 받고자 한다고 그는 노래했습니다.

다시 말하면 스베덴보리의 천국은 사랑의 천국입니다. 무엇보다 노동의 천국이며 이타주의의 천국입니다. 각각의 천사들은 타인을 위해 일합니다. 모두가 다른 사람들을 위해 일합니다. 그것은 소극적인 천국이 아닙니다. 또한 보상 같은 것도 아닙니다. 천사 같은 성격을 지니고 있다면, 그런 천국에 이르러 그 안에서 편안하게 지내게 됩니다. 그러나 차이점이 있습니다. 그것은 스베덴보리의 천국에서 아주 중요한 요인인데, 바로 지적인 면이 있다는 것입니다.

스베덴보리는 천국에 가기로 마음먹고 산 한 사람의 안타까운 이야기를 들려줍니다. 그는 모든 관능적인 쾌락을 포기한 채 테베에 칩거했고, 그곳에서 모든 것을 잊었습니다. 그리고 천국에 가게 해 달라고 기도했습니다. 말하자면, 그는 계속해서 피폐해졌습니다. 그가 죽자 어떤 일이 일어났을까요? 그는 죽은 다음 바로 천국에 도착합니다. 그런데 천국의 사람들은 그를 어떻게 대해야 할지 모릅니다. 그는 천사들의 대화를 듣지만, 이해하지 못합니다. 그는 예술을 배우려고 애쓰고 모든 것을 듣고 배우려고 합니다. 하지만 그럴 수가 없습니다. 너무 피폐해졌기 때문입니다. 간단히 말하자면, 그는 정의로운 사람이지만 정신적으로는 피폐한 사람입니다. 그러자 그에게 사막이라는 이미지를 투사할 수 있는 힘이 선물로 주어집니다. 사막에서 그는 지상에서 했던 것처럼, 머릿속으로 천국을 그리며 기도했습니다. 그는 자신이 행한 고행이 천국과 어울리지 않는 것을 알게 되었습니다. 그는 인생의 쾌락과 기쁨을 부정했는데 그 역시 잘못된 행동이었던 것입니다.

이것이 스베덴보리의 혁신입니다. 사람들은 항상 구원에는 윤리적 성격이 포함된다고 생각합니다. 정의롭고 바른 삶을 살면 구원을 받는다고 생각합니다. "행복하여라, 마음이 가난한 사람들! 하늘나라가 그들의 것이다."라는 말이 있습니다. 예수님은 그렇게 알려 줍니다. 그러나 스베덴보리는 그것을 초월합니다. 그는 그것으로는 충분하지 않으며, 사람은 지적으로도 구원을 받아야 한다고 말합니다. 그는 무엇보다 천사들이 나누는 신학적인 대화로 천국을 상상합니다. 따라서 그 대화를 이해할 수 없는 사람은 천국에 들어갈 자격이 없습니다. 그런 사람은 혼자 살아야 합니다. 이후 윌리엄 블레이크가 등장하여 세 번째 구원을 추가합니다. 그는 우리가 예술을 통해서도 구원을 받을 수 있으며, 구원을 받아야 한다고 말합니다. 블레이크는 비유를 통해 설교한 그리스도 역시 예술가였다고 설명합니다. 물론 비유는 미학적인 표현입니다. 다시 말하자면 구원은 지성과 윤리, 그리고 예술의 실천을 통해 이루어진다는 말입니다.

여기서 블레이크가 약간 수정한 스베덴보리의 긴 문장을 떠올려 봅시다. 가령 그는 이렇게 말합니다. "바보는 아무리 성스러워도 천국에 들어갈 수 없다." 또는 "성스러움을 떨쳐 버리고 지성으로 무장해야 한다."

이렇게 세 개의 세계가 존재하게 됩니다. 우리에게는 영혼의 세계가 있습니다. 이후 어느 정도 시간이 흐른 후, 어떤 사람은 천국을 얻고 어떤 사람은 지옥을 얻습니다. 실제로 지옥은 균형을 필요로 하는 하느님에 의해 지배됩니다. 사탄은 그저 한 지역의 이름에 불과합니다. 악마는 언제든 변하는 인물일 뿐입니다. 지옥의 세계는 모두 음모의 세계이며, 서로 증오하고 타인을 공격하기 위해 힘을 합치는 사람들의 세계이기 때문입니다.

이후 스베덴보리는 천국과 지옥에서 다양한 사람들과 대화합니다. 그에게는 이 모든 것이 허락되었습니다. 새로운 교회를 세워야 했기 때문입니다. 그럼 스베덴보리는 무엇을 했을까요? 그는 설교를 하지 않았습니다. 대신 익명을 빌어 소박하고 무미건조한 문체로 책을 씁니다. 그리고 그 책을 널리 알립니다. 그렇게 스베덴보리의 삶에서 마지막 30년이 지나갑니다. 그는 런던에서 아주 소박하게 삽니다. 우유와 빵과 야채만 먹습니다. 가끔씩 스웨덴에서 친구가 오면 며칠 동안 휴가를 즐기기도 합니다.

영국에 갔을 때, 그는 뉴턴을 만나고 싶어 했습니다. 새로운 천문학과 만유인력의 법칙에 관심이 많았기 때문입니다. 그러나 만나지는 못했습니다. 그는 영국 시에 관심을 보였습

니다. 그의 글에는 셰익스피어와 밀턴을 비롯한 다른 시인들
이 언급됩니다. 그리고 그들의 상상력을 예찬합니다. 다시 말
해 이 사람에게는 미학적 감각이 있었습니다. 그는 스웨덴, 영
국, 독일, 오스트리아, 이탈리아를 여행했습니다. 그리고 각 나
라의 공장과 가난한 동네를 방문했습니다. 그는 음악을 매우
좋아한 신사였습니다. 그는 부자가 되었습니다. 그가 런던에
서 살았던 집이 얼마 전에 철거되었는데, 당시 그의 하인들은
I층에 살면서, 그가 천사들과 대화하거나 악마들과 토론하는
것을 보았다고 합니다. 대화 중 그가 자신의 생각을 강요하는
일은 없었습니다. 자신의 환상을 비웃는 것 역시 결코 허락하
지 않았지만, 그걸 강요하지도 않았습니다. 오히려 그런 주제
로 대화하는 것을 피하는 편이었습니다.

스베덴보리와 다른 신비주의자들 사이에는 근본적인 차이
점이 있습니다. 십자가의 성 요한[48]은 환희에 대해 아주 생생하
게 묘사합니다. 성적 경험의 관점에서, 또는 포도주라는 은유
를 통해 환희를 묘사합니다. 가령 한 사람이 하느님과 만나는
데, 하느님은 그 자신과 동일합니다. 거기에는 은유의 체계가
있습니다. 반면, 스베덴보리의 작품에는 그런 것이 전혀 없습
니다. 그가 미지의 땅을 다니면서 차분하고 세세하게 묘사한
여행자의 작품이기 때문입니다.

따라서 그의 책이 정확히 재미있다고는 말할 수 없습니다.

---

48   산 후안 테라 크루스(San Juan de la Cruz, I542~I59I).
스페인의 성인이며 신비주의 시인. 대표작으로『가르
멜의 산길』,『어둔 밤』등이 있다.

하지만 놀랍고 경이로우며 점점 재미를 느끼게 되는 책입니다. 나는 영어로 번역하여 에브리맨스 라이브러리 출판사가 출간한 스베덴보리의 네 권짜리 책을 읽었습니다. 나시오날 출판사가 스페인어로 번역하여 선집으로 출간했다는 말도 들었습니다. 나는 그에 관해 속기로 쓰인 글을 보았습니다.

에머슨이 그에 관해 멋진 강연을 한 적이 있습니다. 대표적인 위인에 관한 일련의 강연 중이었습니다. 그는 이 강의에 이런 소제목을 붙였습니다. "나폴레옹 또는 세상 물정에 밝은 사람, 몽테뉴 또는 회의주의자, 셰익스피어 또는 시인, 괴테 또는 문인, 스베덴보리 또는 신비주의자." 에머슨의 책 서문에서 나는 처음으로 스베덴보리의 작품을 읽었습니다. 결론적으로 말하면, 영원히 기억할 만한 그 강연은 스베덴보리와 완전히 일치한다고는 할 수 없었습니다. 그는 스베덴보리에 대해 혐오스럽게 여긴 것이 있었습니다. 그건 아마도 스베덴보리의 너무 세세하고 교조적인 부분일 것입니다. 실제로 스베덴보리는 여러 번 사실을 역설합니다. 똑같은 생각을 반복합니다. 그는 유추를 추구하지 않습니다. 그는 대단히 이상한 세계를 다닌 여행자입니다. 또한 셀 수도 없이 지옥과 천국을 들락거렸으며, 그에 대해 말하는 여행자입니다.

이제 스베덴보리의 또 다른 주제를 살펴보고자 합니다. 그것은 바로 상응의 교리입니다. 나는 개인적으로 그가 『성경』에서 자신의 교리를 발견하기 위해 그 상응성을 구상했다고 생각합니다. 그는 『성경』에 있는 각각의 단어는 적어도 두 개의 의미를 지닌다고 말합니다. 단테는 각 대목마다 네 개의 의미가 있다고 믿었습니다.

모든 것은 읽히고 해석되어야 합니다. 예를 들어 빛은 그에게 은유로서, 진실의 분명한 상징입니다. 말[馬]은 지성을 의미합니다. 그것은 말이 우리를 이곳에서 저곳으로 옮겨 주기 때문입니다. 그는 상응 체계를 완벽하게 구사합니다. 이 점에서 그는 카발라주의자들과 매우 흡사합니다.

이후 그는 세상의 모든 것은 상응성에 바탕을 두고 있다고 생각하기에 이르렀습니다. 창조는 비밀의 글쓰기이며, 우리가 해석해야 하는 암호입니다. 모든 사물들이 실제로는 말[言]이라는 것입니다. 물론 우리가 이해할 수 없기에 글자 그대로 받아들이는 것들은 제외됩니다.

나는 토머스 칼라일[49]의 그 끔찍한 명언을 기억합니다. 그는 스베덴보리를 읽고 그것을 적절히 이용하여 이렇게 말합니다. "세계사는 우리가 계속 읽고 써야 할 글이다." 그것은 사실입니다. 우리는 계속해서 세계의 역사를 목격하고 있으며, 우리는 그 역사에 등장하는 배우들입니다. 또한 우리는 글자이며 상징입니다. 우리는 "우리에 관해 쓰는 성스러운 경전"입니다. 나는 의미 상응 사전을 한 권 가지고 있습니다. 그것을 참고하면 『성경』의 어떤 단어를 찾아도 스베덴보리가 부여한 영적 의미를 알 수 있습니다.

물론 그는 무엇보다 행위로 구원을 얻을 수 있다고 믿었습

---

49 Thomas Carlyle(1795~1881). 영국의 평론가이자 역사가. 이상주의적인 사회 개혁을 제창하여 19세기 사상계에 큰 영향을 끼쳤다. 대표작으로 『의상철학』, 『프랑스 혁명사』, 『영웅 숭배론』 등이 있다.

니다. 행위를 통한 구원에는 영적인 구원뿐 아니라 마음의 구원도 포함됩니다. 그에게 천국은 가장 오랫동안 신학적으로 고찰해야 할 하늘입니다. 특히 천사들은 대화를 합니다. 그러나 천국은 사랑으로 가득 차 있기도 합니다. 천국에서는 결혼도 허락됩니다. 이 세상에 존재하는 감각적이고 관능적인 것이 모두 허용됩니다. 그는 그 어떤 것도 거부하거나 빈약하게 만들고 싶어 하지 않습니다.

지금도 스베덴보리교의 교회가 하나 있습니다. 미국 어느 지역에 유리 성당이 있을 겁니다. 그리고 미국과 영국(특히 맨체스터), 스웨덴과 독일에 수천 명의 신도들이 있습니다. 나는 윌리엄 제임스와 헨리 제임스[50]의 아버지인 헨리 제임스 I세가 스베덴보리 교도였다는 것을 압니다. 나는 미국에서 스베덴보리 교도들을 만났습니다. 미국에는 스베덴보리학회가 있어서 계속 스베덴보리의 책을 출간하고 영어로 번역하고 있습니다.

스베덴보리의 작품이 일본어와 인도어를 비롯한 수많은 언어로 번역되었으면서도 더 이상 영향력을 행사하지 못하고 있다는 사실은 흥미롭습니다. 그는 혁신을 꿈꾸었지만 자신이 원했던 혁신에는 이르지 못했습니다. 그는 개신교가 로마 가톨릭교의 부패에 맞섰던 것처럼 기독교를 혁신할 새로운 교회를 창립하고자 했습니다.

그는 개신교와 가톨릭교를 부분적으로는 믿지 않았습니다. 그러나 큰 영향력을 행사할 수 있었음에도 그렇게 하지 않

---

50   Henry James(1843~1916). 미국의 소설가. 대표작으로 『나사의 회전』, 『여인의 초상』 등이 있다.

왔습니다. 나는 그 모든 것이 스칸디나비아 사람들의 운명 같
은 것이라고 생각합니다. 그런 운명 안에서는 모든 것이 꿈처
럼, 그리고 유리알에 있는 것처럼 일어나는 것 같습니다. 예를
들어 바이킹은 콜럼버스보다 몇백 년 먼저 아메리카 대륙을
발견하지만 아무 일도 일어나지 않습니다. 소설의 기술은 아
이슬란드의 전설에서 만들어졌지만, 이때의 발명은 널리 전파
되지 못합니다. 예를 들어 카를 12세처럼 세계적인 인물이 되
어야 할 사람들이 있음에도, 우리는 카를 12세의 군사 작전보
다 못한 전투를 벌였을 다른 정복자들을 기억합니다. 스베덴
보리의 사상은 세계 전역의 교회를 혁신시켜야 했지만 꿈과
같은, 그런 스칸디나비아 사람들의 운명에 갇혀 있습니다.

나는 국립 도서관에 그의 책 『천국과 그것의 경이로움, 그
리고 지옥에 관해』가 한 권 있다는 것을 압니다. 그러나 몇몇
견신론[51] 전문 서점에서도 스베덴보리의 책은 찾아볼 수 없습
니다. 하지만 그는 다른 신비주의자들보다 훨씬 복잡한 신비
주의자였습니다. 다른 신비주의자들은 우리에게 환희를 경험
했다고 말하면서, 심지어는 문학적인 방식으로 그 환희를 전
하려고 했습니다. 스베덴보리는 다른 세계를 처음 탐험한 사
람으로서, 우리가 진지하게 받아들여야 할 탐험가입니다.

단테도 우리에게 지옥과 연옥, 그리고 천국에 대해 묘사해
주었습니다. 우리는 그것이 문학적 허구임을 알기에, 그가 이
야기하는 모든 것이 개인의 경험에 바탕을 두고 있다고는 믿

---

51   Theosophy. 신지학이라고도 한다. 신비주의를 강조하
는 종교철학을 말한다.

지 않습니다. 뿐만 아니라, 그와 이런 사실을 잘 보여 주는 시구도, 즉 그는 자기가 쓴 시를 경험할 수 없었다는 것을 알려 주는 시구도 있습니다.

스베덴보리에게는 아주 방대한 작품이 있습니다. 『하느님의 섭리 안에서의 기독교』 같은 책이 말입니다. 무엇보다 나는 여러분에게 천국과 지옥에 대해 말하는 이 책을 읽어 보라고 권하고 싶습니다. 이 책은 라틴어, 영어, 독일어, 프랑스어로 번역되었고, 아마 스페인어로도 번역되었을 겁니다. 이 책에는 그의 교리가 아주 분명하고 투명하게 서술되어 있습니다. 미친 사람이 쓴 교리라고는 상상도 할 수 없습니다. 미친 사람은 이렇듯 명료하게 쓰지 못합니다. 게다가 스베덴보리의 삶은 그가 모든 과학 서적을 버리면서 바뀌었습니다. 그는 과학 연구란 다른 작품을 쓰기 위해 하느님이 지시한 준비 작업이었다고 생각했습니다.

그는 천국과 지옥을 방문하고, 천사들 그리고 예수와 대화를 나누고, 후에는 우리에게 그 모든 것을 차분한 문체로, 특히 은유나 과장 없이 아주 분명한 산문체로 들려주기 위해 모든 시간을 바쳤습니다. 개인적으로 기억에 남는 일화들이 많습니다. 가령 여러분에게 들려주었던 것처럼 천국을 얻기 원했지만 자신의 삶을 피폐하게 만들었다는 이유로 사막을 얻었던 사람의 이야기 같은 것 말입니다. 스베덴보리는 보다 풍요로운 삶을 통해 구원받도록 우리 모두를 초대합니다. 또한 정의와 미덕, 그리고 지성을 통해서도 스스로를 구원하자고 제안합니다.

이후 블레이크가 옵니다. 그는 인간 역시 예술가가 되어야

구원을 받을 수 있다고 덧붙입니다. 삼중의 구원을 제시하는
것입니다. 즉 우리는 선행과 정의, 그리고 추상적 지성으로 구
원받아야 하고, 이후 예술을 실천하면서 구원받아야 한다고
그는 말합니다.

1978년 6월 9일

탐정 소설

반 위크 브룩스[52]가 쓴 『뉴잉글랜드의 전성기』라는 책이 있습니다. 이 책은 점성술에 의해서만 설명되는 특별한 사건에 대해 얘기합니다. 바로 19세기 초반에 미국의 작은 지역에서 천재 인간들이 한꺼번에 전성기를 꽃피운 일 말이죠. 내가 말하는 지역은 분명히, '올드 잉글랜드'와 많은 면에서 닮은 '뉴 잉글랜드'입니다. 이곳 출신 천재들의 이름으로 끝도 없이 이어지는 목록을 작성하는 것은 그리 어려운 일이 아닐 겁니다.

우리는 에밀리 디킨슨[53], 허먼 멜빌[54], 헨리 데이비드 소로[55], 에머슨, 윌리엄 제임스, 헨리 제임스 그리고 당연히 에드거 앨런 포[56]의 이름을 들 수 있습니다. 포는 보스턴에서 태어났습니

---

52   Van Wyck Brooks (1886~1963). 미국의 비평가이자 문
      학사가. 대표작으로는 『창조자와 발견자』가 있다.

다. 아마 1809년이었을 겁니다. 익히 알려져 있다시피 나는 숫자에 아주 약하거든요. 탐정 소설에 관해 말한다는 것은 곧 이 장르를 만들어 낸 에드거 앨런 포에 관해 말하는 것과 같습니다. 그러나 이 장르에 관해 말하기 전에 작은 문제 하나를 먼저 논의하는 것이 좋을 것 같습니다. 그것은 바로 이러한 문학 장르가 과연 존재하느냐 하는 문제입니다.

익히 알려져 있다시피 크로체는 그의 탁월한 저서 『미학』의 어느 페이지에서 이렇게 말합니다. "한 권의 책을 소설이나 비유 또는 미학에 관한 논문이라고 주장하는 것은 그 책의 표지가 노란색이며 왼쪽에서 세 번째 책꽂이에서 찾을 수 있을 거라고 말하는 것과 대략 의미가 같다." 이 말은 장르보다는 개별적인 작품의 중요성을 강조하는 말입니다. 이 말은 모든 개별 작품들이 실제일지라도 그것을 구체적으로 설명하는 것은 일반화하는 것이라는 소리처럼 들릴 겁니다. 당연한 소리지만, 이런 내 말도 일종의 일반화이며 따라서 허용되어서는 안

---

53 Emily Dickinson(1830~1886). 미국의 여류 시인으로 '뉴잉글랜드의 신비주의자'라고 불렸다.

54 Herman Meville(1819~1891). 미국의 소설가이자 시인. 대표작으로 『모비 딕』, 『필경사 바틀비』 등이 있다.

55 Henry David Thoreau(1817~1862). 미국의 철학자이자 시인이며 수필가. 대표작으로 『월든』, 『시민 불복종』 등이 있다.

56 Edgar Allan Poe(1809~1849). 미국의 소설가, 시인, 비평가. 추리 소설의 발명자로 불린다. 대표작으로 『아서 고든 핌의 모험』을 비롯해 단편집 『어셔가의 몰락』, 『황금 벌레』 등이 있다.

될 것입니다.

하지만 생각한다는 것은 일반화하는 것이며, 우리가 무언가를 말하기 위해서는 플라톤이 말한 원형이 필요합니다. 그렇다면 하나의 문학 장르를 주장하는 것도 가능하지 않겠습니까? 이에 대해 내 개인적인 견해를 덧붙이면 이렇습니다. 문학 장르란, 작품 자체보다는 작품이 읽히는 방식에 의해 좌우될 거라고. 미학적 행위는 독자와 작품이 하나가 될 것을 요구하며, 그 경우에만 존재합니다. 한 권의 책을 한 권 그 이상으로 상상하는 것은 터무니없는 일입니다. 책은 독자가 펼칠 때에 비로소 존재하기 시작합니다. 그제야 비로소 미학적 현상도 존재하며, 그 책이 창조된 순간과 흡사해질 수 있습니다.

현재에는 아주 특별한 독자 유형이 존재합니다. 바로 탐정 소설 독자입니다. 세계 모든 국가에 있으며 수백만 명에 이르는 이런 독자군은 에드거 앨런 포에 의해 탄생되었습니다. 그럼 이들이 존재하지 않는다고 가정해 봅시다. 아니, 이보다 흥미로운 상상을 해 봅시다. 그러니까 독자가 우리와 아주 멀리 떨어져 사는 사람이라고 생각해 보는 겁니다. 이 독자는 페르시아 사람일 수도 있고, 말레이시아 사람일 수도 있으며, 시골 농부일 수도 있고, 어린아이일 수도 있습니다. 그리고 『돈키호테』가 탐정 소설이라는 말을 들었습니다. 자, 그럼 이렇게 가정한 인물이 탐정 소설을 읽고, 이제 『돈키호테』를 읽기 시작한다고 상상해 봅시다. 그렇다면 무엇을 읽을까요?

"내가 이름을 기억하고 싶지 않은 만차 지방의 어느 마을에 얼마 전부터 한 시골 양반이 살았는데……." 이를 읽는 독자의 마음엔 온갖 의심이 들어찹니다. 탐정 소설의 독자는 많은 의

심과 불신 속에서, 또는 특별한 의심을 품고서 책을 읽기 때문입니다.

예를 들어 "내가 그 이름을 기억하고 싶지 않은"이라는 글을 읽습니다. 왜 세르반테스는 기억하고 싶지 않았을까요? 당연히 그 자신이 살인범이나 범죄자이기 때문이라고 독자는 생각할 겁니다. 그리고 "만차 지방의 어느 마을에"라는 대목을 읽습니다. 물론 그는 만차 지방에서 아직 어떤 일도 일어나지 않았다고 상상합니다. 그러고서 그다음 대목인 "얼마 전부터"를 읽고는, 아마도 방금 전에 일어난 일은 미래에 일어날 일만큼 무섭고 두렵지 않을 것이라고 추측할 겁니다.

탐정 소설은 아주 특별한 유형의 독자를 탄생시켰습니다. 포의 작품을 평가할 때는 항상 이 점을 기억해야 합니다. 포는 탐정 소설을 만들었고, 그에 이어 탐정 소설의 독자를 탄생시켰습니다. 탐정 소설을 이해하기 위해서는 포가 살던 시대의 전반적인 상황을 알아야 합니다. 포는 훌륭한 낭만주의 시인이었습니다. 작품 한 페이지가 아니라 작품 전체를 보면 그가 얼마나 뛰어난 작가였는지를 더욱 잘 알 수 있습니다. 그는 시보다 소설에서 실력을 발휘했습니다. 포가 시를 통해 남긴 것이 무엇입니까? 에머슨이 포에 관해 한 말은 정당했습니다. 에머슨은 그를 '징글맨(jingleman)'이라고 불렀습니다. 그러니까 딸랑딸랑 울리는 사람, 즉 '딸랑이 맨'이라고 부른 거죠. 그가 기억에 남을 만큼 훌륭한 시를 몇 편 남겼다고는 해도, 앨프리드 테니슨에 비하면 형편없었죠. 포는 여러 그림자를 설계하고 계획한 사람이었습니다. 포에게서 얼마나 많은 것들이 탄생되었는지 아십니까?

현대 문학을 이야기할 때 우리는 아마도 두 사람을 빼놓을 수 없을 겁니다. 그들이 없었다면 지금의 현대 문학도 없었을 테니까요. 그들은 둘 다 미국인이며 19세기 사람입니다. 한 사람은 월트 휘트먼[57]입니다. 그로부터 참여적 성격의 시가 나오고 네루다가 나오며 좋고 나쁜 수많은 것들이 파생됩니다. 그리고 또 한 사람은 에드거 앨런 포입니다. 그에게서 보들레르의 상징주의가 나옵니다. 보들레르는 포의 제자로 매일 밤 그를 위해 기도했습니다. 또한 아주 동떨어진 것처럼 보이지만 실제로는 서로 긴밀하게 연결된 두 개의 사실이 그에게서 유래됩니다. 문학이 지성의 산물이라는 생각과 탐정 소설이 바로 그것입니다. 첫 번째 사실은 매우 중요합니다. 문학을 영혼이 아니라 정신 작용으로 보기 때문입니다. 두 번째 사실은 위대한 작가들(스티븐슨, 디킨스, 그리고 포의 가장 훌륭한 후계자인 체스터턴[58]을 생각해 봅시다.)에게 영감을 불어넣었지만 하찮은 것입니다. 탐정 소설은 하류 문학으로 보일 수 있으며, 실제로 사양길을 걷고 있습니다. 현재는 과학 소설이 탐정 소설의 비주류성을 극복했거나 대체한 상태입니다. 그런데 포는 그 장

---

57   Walt Whitman(1819~1892). 미국의 시인이자 수필가. 미국 문학에서 가장 영향력 있는 작가 중 한 명이며, 대표작으로는 시집 『풀잎』, 『북소리』 등이 있다.

58   길버트 키스 체스터턴(Gilbert Keith Chesterton, 1874~1936). 20세기의 가장 영향력 있는 영국 작가 중 한 사람. 대표작으로 우화 소설 『목요일이었던 남자』를 비롯해 단편집 『브라운 신부의 결백』, 『브라운 신부의 지혜』 등이 있다.

르의 선구자로도 여겨질 만한 사람입니다.

　다시 첫 번째 사실로, 그러니까 시를 정신의 산물이라 여기는 생각으로 돌아갑시다. 이는 시를 영혼의 작용으로 보았던 이전의 모든 전통과 상반됩니다. 『성경』은 이런 전통을 아주 특별하게 보여 줍니다. 그것은 상이한 작가와 상이한 시대 그리고 매우 다른 주제로 이루어진 일련의 작품이지만, 모든 것이 보이지 않는 한 존재, 즉 성령이 행한 일로 간주됩니다. 신성성 또는 무한한 지성을 지닌 성령이 여러 작품을 여러 국가와 여러 시대의 여러 필경사들에게 구술했다고 여겨지는 것입니다. 각 작품의 성격은 다양합니다. 예를 들면, 「욥기」는 형이상학적 대화이며 「열왕기」는 역사이고 「창세기」는 신들의 계보이면서 예언자들의 예언이기도 합니다. 각기 작품은 다 다르지만, 우리는 한 사람이 쓴 것처럼 그것들을 읽습니다.

　범신론자라면 아마도 지금 우리가 서로 다른 개인이라는 사실을 너무 진지하게 받아들일 필요가 없을 겁니다. 그것은 연속된 신성의 서로 다른 기관이기 때문입니다. 다시 말해 성령은 모든 책을 썼고 역시 모든 책을 읽습니다. 정도의 차이는 있을지언정 성령은 우리 각자의 안에 있기 때문입니다.

　그건 그렇고, 알려진 바에 따르면 포는 불행한 삶을 살았던 사람입니다. 그는 마흔 살의 나이로 세상을 떠났습니다. 알코올 중독자였고, 우울증과 신경 쇠약에 시달렸습니다. 신경 쇠약을 자세하게 언급할 필요는 없을 겁니다. 포가 아주 불행한 사람이었고 불행한 운명을 띠고 살았다는 것을 아는 것으로도 충분하겠지요. 불행에서 벗어나기 위해 그는 자신의 지성적 가치를 과시하고 과장했던 것 같습니다. 포는 위대한 낭만주의 시인, 즉 천재적인 낭만주의 시인으로 간주됩니다. 특히 그가 시를 쓰지 않았을 때, 가령 『아서 고든 핌의 모험』 같은 소설을 썼을 때 그런 평가를 받았습니다. 여기서 '아서'는 색슨족의 언어에서 유래한 이름으로 '에드거'에 해당하고, 스코틀랜드 이름인 '앨런'은 '고든'에 해당합니다. 그리고 '핌'은 '포'와 뜻이 같습니다. 그는 자기 자신을 지성인으로 여겼고, 핌 역시 자기가 모든 것을 평가하고 생각할 수 있는 사람이라며 잘난 체했습니다. 그는 우리 모두가 아는 그 유명한 시를 썼습니다. 어쩌면 그 시는 과도하게 유명세를 얻은 것일지도 모릅니다. 사실 훌륭한 작품으로 꼽을 수 없는 그 시는 바로 「갈가마귀」입니다. 그는 보스턴에서 강연을 하면서 자기가 어떻게 그 주제에 이르게 됐는지를 설명했습니다.

그는 우선 후렴구의 장점을 염두에 두었고, 이어서 영어의 음운을 생각했습니다. 그는 영어에서 가장 훌륭하고 가장 효과적인 두 개의 글자가 o와 r이라고 생각했습니다. 그러자 즉시 '네버모어(nevermore)', 즉 '이제 그만'이라는 표현이 떠올랐습니다. 이것이 그가 처음에 생각했던 것의 전부입니다. 이후 다른 문제가 생겼습니다. 그 단어를 반복할 이유를 정당화해야 했던 것입니다. 각 연의 끝에 규칙적으로 '네버모어'를 반복하는 것은 아주 이상한 일이었기 때문입니다. 그때 그는 그 말을 반드시 이성적인 존재가 할 필요는 없다고 생각했고, 그래서 말하는 새를 등장시키기로 마음먹었습니다. 처음에는 앵무새를 떠올렸지만, 아무래도 앵무새는 시의 품격에 걸맞지 않는 것 같았습니다. 그러다 문득 갈가마귀를 떠올렸습니다. 어쩌면 그 순간 그가 갈가마귀가 등장하는 찰스 디킨스의 『바나

비 러지』를 읽고 있었을 수도 있겠지요. 그렇게 그는 '네버모
어'라는 이름의 갈가마귀를 만들어 냈고, 그 갈가마귀는 계속
해서 자기 이름을 반복합니다. 이것이 포가 처음에 생각했던
것의 전부입니다.

그러고서 글로 쓸 수 있는 가장 우울한 것, 가장 슬픈 것이
무엇일까 생각했습니다. 그것은 아름다운 여인의 죽음이었습
니다. 누가 그 사건을 가장 슬퍼할까요? 물론 그 여인의 연인
이겠죠. 그러자 이제 막 사랑하는 여인을 잃어버린 연인이 떠
올랐습니다. 여인의 이름은 '리어노어(Leonore)'로, '네버모어'
와 운이 잘 맞았습니다. 이제 연인을 위치시킬 장소가 필요합
니다. 그는 검은색 갈가마귀가 가장 잘 두드러질 장소가 어디
일지 생각합니다. 하얀 것과 대비를 이루어야 잘 드러나겠지
요. 이제 그는 하얀 흉상을 생각합니다. 그런데 누구의 흉상이
어야 할까요? 바로 팔라스 아테나, 즉 아테나 여신의 흉상입니
다. 이제 그것은 어디에 있어야 할까요? 서재입니다. 포는 시
의 통일성을 위해 닫힌 공간이 필요했다고 말했습니다.

그는 아테나 여신의 흉상을 서재에 놓습니다. 그곳에서 그
연인은 책에 둘러싸인 채 홀로 사랑하는 여인의 죽음을 너무
나 애절하게(so lovesick more) 슬퍼합니다. 이윽고 갈가마귀가
들어옵니다. 갈가마귀는 왜 들어오는 것일까요? 서재는 조용
한 장소로, 가만히 있지 않는 것과 대비시켜야 합니다. 그는 폭
풍을 떠올리고, 갈가마귀가 들어올 수 있도록 폭풍이 몰아치
는 밤을 상상합니다.

남자가 갈가마귀에게 누구냐고 묻자 갈가마귀는 '네버모
어'라고 대답합니다. 그러자 남자는 자신을 괴롭히는 온갖 질

문을 던져 갈가마귀가 "네버모어.", "네버모어.", "네버모어.", 즉 "이제 그만."이라고 대답하게 만듭니다. 그렇게 그는 계속 질문을 이어 갑니다. 마침내 그는 갈가마귀에게 그 시의 첫 번째 은유로 이해될 수 있는 말을 합니다. "내 심장을 쪼던 네 부리도, 내 문에서 네 모습도 거두어 가라." 그러자 이제는 불행히도 불멸하는 기억의 상징이 되어 버린 갈가마귀가 "이제 그만."이라고 대답합니다. 그는 환상적인 삶의 나머지 기간을 항상 "이제 그만."이라는 대답만 하는 그 갈가마귀에게 질문을 던지면서 보내야 할 운명이라는 사실을 알게 됩니다. 물론 그 질문에 대한 답이 무엇인지도 이미 알지요. 다시 말하면, 포는 자신이 지적인 방식으로 시를 썼다고 믿게 만들고 싶어 합니다. 그러나 그 시의 내용을 조금만 자세히 들여다보면, 그것이 거짓임을 확인할 수 있습니다.

포는 비이성적인 존재로 갈가마귀 대신 백치나 주정뱅이를 설정할 수도 있었습니다. 그랬다면 우리는 한층 설득력이 떨어지는 완전히 다른 시를 읽었을 것입니다. 나는 포가 자신의 지성에 대해 자부심을 갖고 있었으며, 그래서 지리적으로 멀리 떨어진 곳에 있는 작중 인물을 선택하여 그 속에 자신의 생각을 그대로 삽입시켰다고 믿습니다. 그는 우리 모두가 알고 있는 사람으로, 말할 것도 없이 우리의 친구입니다. 그 인물은 우리를 친구로 생각하지 않지만 말입니다. 그는 바로 오귀스트 뒤팽이라는 신사이며 문학사에 등장한 최초의 탐정입니다. 그는 귀족 출신의 찢어지게 가난한 프랑스 신사로, 파리 변두리에서 친구와 함께 삽니다.

여기서 탐정 소설이라는 또 다른 전통이 만들어집니다. 미스터리한 사건이 지적인 작업, 즉 지성적인 행위를 통해 해결 되는 것입니다. 이런 일을 실행하는 사람은 아주 지적이며 똑 똑한 사람입니다. 그의 이름은 뒤팽이며, 나중에는 셜록 홈스 라고 불리고, 더 나중에는 브라운 신부라고 불립니다. 그 후에 그는 더없이 유명한 또 다른 이름들을 갖게 됩니다. 이 모든 이 름 중에서 첫 번째이고 모델이자 원형이 되는 인물이 바로 샤 를 오귀스트 뒤팽이라고 할 수 있습니다. 그는 친구와 함께 사 는데, 그 친구가 바로 이야기를 들려줍니다. 이 역시 전통의 일 부가 되어, 포가 죽은 후 한참이 지나서 아일랜드의 작가 코 넌 도일이 이를 계승합니다. 코넌 도일은 서로 다른 두 사람의 우정이라는, 그 자체로도 너무나 매력적인 주제를 채택합니 다. 어떤 면에서 돈키호테와 산초도 이런 우정을 나누었습니 다. 물론 완전한 우정에 이르지 못하지만 말입니다. 이후 이것 은 어린 소년과 티베트 라마승의 우정을 다룬 『킴』[59]의 주제가 되고, 소년과 소몰이꾼의 우정을 다룬 『돈 세군도 솜브라(Don Segundo Sombra)』[60]의 주제가 되기도 합니다. 아르헨티나 문학 에도 수없이 나타나는 주제죠. 우정이라는 주제는 에두아르도 구티에레스[61]의 작품에서도 많이 목격됩니다.

코넌 도일은 상당히 멍청한 인물을 상상합니다. 독자보다

---

59   러디어드 키플링(Rudyard Kipling)이 1901년에 출간 한 소설.

60   아르헨티나 작가 리카르도 구이랄데스(Ricardo Güi- raldes)가 1926년에 출간한 소설.

61   Eduardo Gutiérrez(1851~1889). 아르헨티나 작가. 대 표작으로 『후안 모레이라』가 있다.

도 약간 지능이 떨어지는 그는 왓슨 박사입니다. 또 다른 인물은 약간 익살스러우면서도 진지한 셜록 홈스입니다. 작가는 놀라움을 감추지 못하는 왓슨 박사의 입을 빌어 친구인 셜록 홈스의 지적인 위업을 자세히 서술합니다. 왓슨은 항상 외적인 모습에 이끌리며 누군가에게 지배되기를 좋아합니다. 그가 셜록 홈스에게 지배되는 것도 그 때문입니다.

이 모든 것은 이미 포가 쓴 첫 번째 단편 소설에 나타나 있습니다. 물론 그는 자기가 새로운 장르를 시작하고 있다는 사실을 알지 못했습니다. 작품의 제목은 「모르그가의 살인 사건」이었습니다. 포는 탐정 소설이 사실주의 장르가 되기를 원치 않았습니다. 그는 지성적인 장르, 그러니까 여러분이 원하는 말로 하자면 단순히 상상적인 것이 아니라 지적인 환상 문학이 되기를 바랐습니다. 물론 이 두 가지 모두를 겸비하기를 원했지만, 특히 지적인 장르가 되기를 원했습니다.

그는 작품의 무대를 뉴욕으로 설정하여 범죄와 탐정들의 이야기를 서술할 수도 있었습니다. 하지만 그랬다면 독자는 사건이 정말 그렇게 전개되었으며, 뉴욕 경찰이 그런 방식이나 다른 방식으로 사건을 해결한다고 생각했을 겁니다. 따라서 모든 사건이 파리에서, 그것도 생제르맹 지역의 황량한 동네에서 일어나도록 상상했습니다. 그것은 더 쉽고 효과적인 결과를 낳았습니다. 그래서 탐정 소설의 첫 번째 탐정은 외국인입니다. 문학에 기록된 이 최초의 탐정은 프랑스인입니다. 왜 프랑스인일까요? 그것은 작품을 쓰는 사람이 미국인이고, 자기와 거리가 먼 인물을 필요로 했기 때문입니다. 작가는 등장인물들이 좀 더 이상하게 보이도록 사람들이 일상적으로 사는 방식과 다르게 살게 설정합니다. 날이 밝으면 그들은 커튼을 치고 촛불을 켭니다. 그리고 날이 어두워지면 집 밖으로 나가 파리의 황량한 거리를 돌아다니면서, 포가 말하는 '끝없는 우울'을 찾아 다닙니다. 그것은 잠든 대도시에서나 가능한 일로, 다수의 군중과 고독을 동시에 느끼기 위한 방편입니다. 그것이 바로 생각을 자극하기 때문이지요.

나는 두 친구가 파리의 황량한 밤거리를 돌아다니면서 이야기하는 장면을 상상합니다. 무슨 얘기를 할까요? 그들은 철학, 특히 지적인 문제에 관해 이야기합니다. 이제 우리는 범죄를 접하게 됩니다. 그 범죄는 환상 문학에서 처음 등장하는 범죄로, 두 여인이 살해된 사건입니다. 나는 '모르그가의 범죄'라고 부르고 싶습니다. '범죄'가 '살인'보다 강력하기 때문입니다. 이 사건은 접근이 불가능해 보이는 침실에서 살해된 두 여자를 다루고 있습니다. 여기서 포는 문이 안에서 잠긴 침실 미스터리를 개시합니다. 한 여인은 교살되어 머리가 으스러져 있었고, 다른 여인의 목은 면도칼로 난자되어 머리가 잘려 나간 상태였습니다. 그곳에는 4만 프랑이나 되는 돈이 바닥에 흩어져 있습니다. 모든 게 난장판으로 흩어져 있습니다. 모든 게 미치광이의 소행임을 암시합니다. 다시 말하면, 시작 부분은 잔인하다 못해 끔찍하기까지 합니다. 그리고 마침내 사건이 해결됩니다.

그러나 이 해결은 우리에게 해결이 아닙니다. 우리 모두가 포의 작품을 읽기 전에 이미 그 줄거리를 알고 있기 때문입니다. 물론 이 경우 작품의 힘은 무척 감소됩니다.(『지킬 박사와 하이드 씨』의 경우에도 유사한 현상이 일어납니다. 두 사람이 동일인이라는 사실을 우리가 알고 있기 때문입니다. 그러나 이것은 포의 또 다른 제자인 스티븐슨의 독자들만 알 수 있습니다. 지킬 박사와 하이드 씨의 이상한 경우에 대해 말하면서, 스티븐슨은 처음부터 인간 심리의 이중성을 제안하고 있기 때문입니다.) 게다가 그 누가 살인범이 오랑우탄, 즉 원숭이일 거라고 추측했겠습니까?

진상은 인위적 장치를 통해 밝혀집니다. 범죄가 발각되기 이전에 그 침실에 들어갔던 사람들의 증언을 통해서죠. 모두가 프랑스 남자의 걸걸한 목소리를 들었으며, 발음이 분명하지 않은 목소리가 내뱉은 몇 마디 말을 들었으며 이상한 목소리였다는 사실을 인정했습니다. 스페인 사람은 독일인으로, 독일인은 네덜란드 사람으로, 네덜란드 사람은 이탈리아 사람으로 추측합니다. 목소리의 주인공이 사람이 아닌 원숭이였기 때문입니다. 그리고 나서 범죄는 해결됩니다. 사건은 해결되지만 우리는 이미 범인이 누구인지 알고 있습니다.

이런 이유로 우리는 포의 작품이 형편없다고 생각할 수 있습니다. 우리는 그의 줄거리가 너무나 무력하고 빈약해서 어떻게 해결될지 뻔히 보인다고 생각할 수 있습니다. 이미 포의 작품을 아는 우리가 보기엔 그렇습니다. 하지만 탐정 소설을 처음 접한 독자에게는 그렇지 않았습니다. 그들은 우리처럼 교육을 받지 않았으며, 우리와 달리 포가 탄생시킨 독자들이 아닙니다. 탐정 소설을 읽을 때의 우리는 에드거 앨런 포가 탄생시킨 사람들입니다. 이 탐정 소설을 처음 읽은 사람들은 모두 감탄해 마지않았으며 이후의 독자들도 마찬가지였습니다.

포는 다섯 개의 대표작을 남겼습니다. 그중 하나가 「범인은 너다」입니다. 이 작품은 다섯 작품 중 가장 형편없습니다.

그러나 후에 이즈리얼 쟁월[62]은 『커다란 활의 살인』에서 이 작품을 모방하여 잠긴 방에서 일어난 범죄를 구상합니다. 가스통 르루[63] 역시 『노란 방의 미스터리』에서 탐정이 범인으로 밝혀지는 방식을 모방합니다. 포의 「도둑맞은 편지」는 탐정 소설의 또 다른 전형이 됩니다. 「황금 벌레」도 마찬가지입니다. 「도둑맞은 편지」의 줄거리는 아주 간단하고 단순합니다. 장관이 편지를 훔쳤고, 경찰은 그가 그 편지를 갖고 있다는 사실을 압니다. 경찰은 두 번이나 매복하여 그가 거리에서 시간을 보내게 만들고는 집을 수색합니다. 놓치는 것이 없도록 집 전체를 샅샅이 뒤집니다. 현미경과 돋보기까지 이용하여 책장에 꽂힌 책을 모두 집어서 최근에 제본된 것인지 살펴보고, 책등에서 먼지의 흔적까지 찾습니다. 그런 다음 뒤팽이 개입하여 경찰의 실수를 지적합니다. 경찰은 어린아이나 할 만한 생각, 즉 편지가 은밀한 장소에 숨겨졌으리라는 생각을 하지만, 이 경우에는 그렇지 않다고 말합니다. 뒤팽은 친구인 그 정치가를 찾아가, 모든 사람의 눈에 띄는 곳에서 필요 이상으로 구겨진 편지 봉투를 발견합니다. 그리고 그것이 모든 사람이 혈안이 되어 찾던 편지라는 걸 알아차립니다. 이것은 무언가를 잘 보이는 곳에 숨긴다는 생각이며, 너무 잘 보이게 만들어 그 누구도

62　　Israel Zangwill(1864~1926). 영국의 작가. 대표작으로 『도가니』, 『유대 지역의 몽상가들』, 『커다란 활의 살인』 등이 있다.

63　　Gaston Leroux(1868~1927). 프랑스의 언론인이자 추리 소설 작가. 대표작으로 『오페라의 유령』, 『노란 방의 미스터리』 등이 있다.

찾지 못하게 한다는 발상입니다. 게다가 각 작품의 시작 부분에는 포가 얼마나 지적인 방식으로 탐정 소설을 이해했는지 눈치챌 수 있도록, 분석에 관한 논고와 체스에 대한 토론이 전개되며, 휘스트 카드놀이가 더 낫다는 둥, 체커가 더 낫다는 둥의 말이 나옵니다.

포는 다섯 편의 추리 소설을 남겼습니다. 이제 다른 작품을 살펴봅시다. 그것은 「마리 로제 미스터리」인데 모든 작품 중에서 가장 기이하며 가장 재미없는 소설입니다. 이 작품은 뉴욕에서 일어난 범죄 사건을 소재로 합니다. 마리 로제라는 젊은 아가씨가 살해되었는데, 내 기억엔 꽃가게에서 일했던 여자입니다. 포는 단순히 신문 기사에서 정보를 가져와, 파리에서 범죄가 일어나게 만들고, 그 여자에게 마리 로제라는 이름을 붙입니다. 그런 다음 이 범죄가 어떻게 일어날 수 있었는지 암시합니다. 실제로 몇 년 후 살인자가 밝혀졌는데, 포가 쓴 내용과 일치했습니다.

이제 우리는 탐정 소설을 지적인 장르로 간주합니다. 그것은 완전히 허구적인 것을 바탕으로 하는 장르입니다. 그것은 범죄가 추상적인 추론과 논거에 의해 밝혀지는 것이지, 밀고나 범인들의 부주의 때문에 드러나는 것이 아니라는 생각을 보여 줍니다. 포는 자기가 쓰는 글이 사실주의가 아니라는 것을 알았습니다. 그래서 무대를 파리로 설정했고, 경찰이 아닌 귀족을 통해 추론을 이어 갔습니다. 그렇게 경찰을 우스꽝스럽게 만들면서, 지성이 가득한 천재를 창조했던 것입니다. 그렇다면 포가 죽은 후에는 무슨 일이 일어났을까요? 내 기억으로 포는 1849년에 죽었습니다. 그와 동시대를 살았던 또 한 사람의 위대한 작가인 월트 휘트먼은 그를 추모하는 글을 쓰면서 "포는 피아노의 저음 건반만 칠 줄 알았던 연주자이며, 따라서 미국의 민주주의를 대표하지 않는다."라고 말했습니다. 그것은 포가 결코 추구한 바가 아닙니다. 휘트먼은 그를 공정하게 평가하지 않았고, 에머슨도 마찬가지였습니다.

심지어 오늘날에도 그를 과소평가하는 비평가들이 있습니다. 그러나 포의 작품 전체를 살펴보면서 나는 그가 천재적인 작품을 썼다고 생각합니다. 『아서 고든 핌』을 제외한 그의 단편 소설에는 모두 결점이 있습니다. 그럼에도 그의 모든 작품은 하나의 인물을 구성합니다. 그 인물은 포가 창조한 모든 작중 인물들보다 오래 살고, 샤를 오귀스트 뒤팽보다 오래 살며, 그 어떤 범죄보다 생명력이 길고, 이제는 우리를 더 이상 놀라게 만들지 못하는 미스터리보다 오래 지속됩니다.

이 장르를 심리적 관점에서 접근한 영국에서 최고의 탐정 소설들이 출간되었습니다. 윌리엄 윌키 콜린스[64]의 『흰옷을 입은 여인』과 『월장석』이 그것입니다. 포의 위대한 후계자인 체스터턴도 들 수 있습니다. 체스터턴은 포보다 뛰어난 탐정 소설을 쓸 수 없었다고 말했지만, 내가 보기엔 포를 능가합니다. 포는 순전히 환상적인 작품을 썼습니다. 가령 「붉은 죽음의 가면」이나 「아몬티야도 술통」이 그렇습니다. 그뿐만 아니라 그는 우리가 언급한 다섯 편의 탐정 소설처럼 이성과 추리에 바탕을 둔 작품을 썼습니다. 그러나 체스터턴은 포와는 다른 작품을 썼습

---

64   William Wilkie Collins(1824~1889). 영국의 소설가. 대표작으로 『흰옷을 입은 여인』, 『월장석』 등이 있다.

니다. 환상적이면서도 결국은 탐정 소설처럼 해결되는 작품들을 썼던 것입니다. 나는 그중에서도 1905년인가 1908년인가에 출간된 「보이지 않는 남자」에 관해 이야기하고자 합니다.

　간략하게 말하면 줄거리는 이렇습니다. 이 작품은 요리사, 경비원, 가정부와 기술자 등의 기계 인형을 만드는 사람을 주인공으로 합니다. 그는 런던의 눈 덮인 언덕 꼭대기에 있는 아파트에 살고 있습니다. 그는 살해 협박을 받습니다. 이 협박은 이 짧은 작품에서 매우 중요한 요소입니다. 그는 가정부 기계 인형들과 혼자 삽니다. 그 자체로 이미 오싹한 분위기를 풍깁니다. 사람의 모습을 희미하게 닮은 기계 인형에 둘러싸여 혼자 사는 사람이니 말이지요. 마침내 그는 그날 오후에 자신의 죽음을 예고한 편지를 받습니다. 그는 친구들을 부르지만, 친구들이 경찰을 부르러 가면서 인형들 사이에 혼자 남습니다. 그런데 그 전에 친구들은 경비원에게 그 집으로 들어가는 사람이 있는지 지켜봐 달라고 부탁합니다. 그들은 근처의 순찰 경관과 군밤 장사에게도 역시 같은 부탁을 합니다. 세 사람은 그렇게 하겠다고 약속합니다. 친구들은 경찰과 함께 돌아오면서 눈 속에 발자국이 있음을 알게 됩니다. 집으로 향하는 발자국들은 희미합니다. 그러나 집에서 나와 멀어지는 발자국들은 마치 무거운 것을 들고 가는 것처럼 훨씬 깊게 파여 있습니다. 집 안으로 들어간 그들은 인형 제작자가 사라졌다는 것을 알게 됩니다. 그리고 벽난로 안에 재가 남아 있는 것을 봅니다. 이 작품에서 가장 강력한 것은, 기계 인형들이 그 남자를 잡아먹었을지도 모른다는 의구심인데, 이는 독자에게 큰 충격을 줍니다. 사건을 해결하는 것보다 더 충격적이고 인상적입니다.

살인자는 집으로 들어왔고, 군밤 장사와 경비원, 그리고 순찰
경관도 그를 보았습니다. 하지만 아무도 그를 알아보지 못했
습니다. 매일 오후 같은 시간에 오는 우편배달부였기 때문입
니다. 그는 희생자를 죽여 우편 가방 안에 넣습니다. 그런 다음
편지를 태우고 그곳을 떠납니다. 그를 만나 대화를 나눈 브라
운 신부는 그의 고백을 듣고는 그의 죄를 용서합니다. 체스터
턴의 작품에는 범인이 체포되지도 않으며, 그 어떤 폭력도 등
장하지 않습니다.

최근 탐정 소설 장르는 미국에서 몹시 타락하고 망가졌습
니다. 사실주의적이고 폭력이 가득한 장르가 되었으며, 또한
성폭력도 빠질 수 없는 소재가 되었습니다. 어쨌건 이 장르는
사라졌습니다. 탐정 소설이 원래 지성에 바탕을 두고 있다는
사실은 잊혔습니다. 하지만 이런 전통은 영국에서 유지되고
있습니다. 그곳에서는 아직도 아주 잔잔하고 차분한 소설들이
발표되고 있습니다. 이런 작품의 배경은 대개 영국의 작은 마
을입니다. 그곳에서는 모든 것이 지적이고 모든 것이 차분하
며, 폭력이 난무하지도, 유혈이 낭자하지도 않습니다. 나도 한
때 탐정 소설을 써 보았지만, 나는 내가 쓴 작품을 그다지 자랑
스럽게 생각하지 않습니다. 그것을 상징적 차원으로 가져간
것이 적절했는지도 모르겠습니다. 「죽음과 나침반」이란 작품
이었죠. 그리고 아돌프 비오이 카사레스[65]와 함께 몇몇 작품을

---

65   Adolfo Bioy Casares(1914~1999). 아르헨티나의 소설
      가. 보르헤스와 오랫동안 우정을 나누었다. 대표작으
      로는 『모렐의 발명』, 『영웅들의 꿈』 등이 있다.

쓰기도 했는데, 그가 쓴 작품들은 내가 쓴 작품보다 훨씬 훌륭합니다. 이시드로 파로디의 이야기도 이 장르로, 덕분에 그는 감옥에서도 범죄를 해결합니다.

무슨 말로 탐정 소설을 찬양할 수 있을까요? 한 가지는 아주 분명하고 확실합니다. 바로 우리 문학이 혼돈의 성향을 띠고 있다는 사실입니다. 자유시를 쓰는 경향이 있는데, 이유는 그것이 정형시보다 쉬워 보이기 때문입니다. 하지만 사실은 그렇지 않습니다. 너무나도 혼란스러운 이 시대에 변변찮으나마 고전적 가치를 유지하는 것이 있습니다. 바로 탐정 소설입니다. 시작도 중간도 끝도 없는 탐정 소설은 이해하기 어렵습니다. 몇몇 작품은 삼류 작가들이 쓰기도 했습니다. 그러나 정말 훌륭한 작가들이 쓴 작품도 있습니다. 디킨스, 스티븐슨 그리고 윌키 콜린스가 그렇습니다. 나는 탐정 소설을 옹호하기 위해 아무것도 옹호할 필요가 없다고 말하고 싶습니다. 이제는 다소 경멸적으로 읽히지만, 그것은 무질서의 시대에 질서를 보존하고 있습니다. 이것이 우리가 탐정 소설에게 감사해야 하는 증거이며 이 장르의 공훈입니다.

1978년 6월 16일

시간

니체는 괴테와 실러를 묶어서 이야기하는 것을 마뜩지 않
게 생각했습니다. 이와 마찬가지로 공간과 시간을 함께 말하
는 것도 실례일지 모릅니다. 우리의 사고 속에서 공간은 배제
할 수 있지만, 시간은 그럴 수 없기 때문입니다.

우리가 다섯 개의 감각이 아니라 하나의 감각만 갖고 있다
고 가정해 봅시다. 그 감각이 청각이라면 시각의 세계는 사라
집니다. 다시 말해 창공이나 별 같은 것이 사라집니다. 그리고
촉각이 없다고 가정해 봅시다. 그러면 거칠거칠하고 매끄럽고
결결한 느낌이 사라집니다. 또한 후각과 미각이 없다면 코와
입천장에 위치한 감각을 잃을 겁니다. 그러다 보면 청각만 남
을 것이고, 우리는 거기서 아마도 공간이 배제된 세계와 마주
칠 겁니다. 이 세계는 개인들의 세계입니다. 서로 의사소통을
할 수 있는 개인들의 세계 말입니다. 그런 개인은 수천 명일 수

도 있고 수백만 명일 수도 있는데, 그들은 말을 통해 의사소통을 합니다. 우리는 우리의 말처럼 복잡하거나, 아니면 이보다 더 복잡한 언어를 별 어려움 없이 상상할 수 있습니다. 가령, 음악 같은 것을 말이지요. 이 경우, 우리는 음악과 의식 외에는 그 어떤 것도 없는 세계를 갖게 될 것입니다. 어쩌면 음악은 악기를 필요로 한다는 반론이 제기될 수도 있습니다. 그러나 음악이 자체 속성상 악기를 필요로 한다는 가정은 맞지 않습니다. 악기는 음악을 연주하기 위해 필요합니다. 이런저런 악보를 생각해 본다면, 피아노나 바이올린, 플루트 같은 악기 없이도 우리는 음악을 충분히 상상할 수 있습니다.

이제 우리는 개인의 의식과 음악으로 이루어진, 우리의 세계처럼 복잡한 세상을 갖게 될 것입니다. 쇼펜하우어가 지적했던 것처럼 음악은 세상에 부가적으로 덧붙여지는 것이 아닙니다. 음악이 이미 하나의 세상이기 때문입니다. 그러나 그런 세상에서도 시간은 존재합니다. 시간은 연속물이기 때문입니다. 어두운 방에 있는 나 자신을 상상한다면, 여러분 각자가 어두운 방에 있다고 상상한다면, 시각의 세계는 사라집니다. 여러분의 육체에서 사라집니다. 우리가 육체를 자각하지 못한다고 느끼는 순간이 얼마나 많습니까! 예를 들어 손으로 테이블을 만지는 지금 이 순간에 나는 손과 테이블을 의식합니다. 하지만 무슨 일인가가 일어납니다. 무슨 일이 일어날까요? 그것들은 지각이나 감각일 수도 있으며, 기억이나 상상일 수도 있습니다. 그러나 항상 무슨 일이 일어납니다. 여기에서 나는 테니슨의 아름다운 시구 하나를 떠올립니다. 초기에 쓴 시 중에서 그는 이렇게 노래합니다. "시간은 밤 가운데로 흘러간다."

이는 아주 독창적인 발상입니다. 모든 사람이 잠들어 있지만, 조용한 시간의 강(이것은 불가피한 은유입니다.)은 들판으로, 지하실로, 공간으로 흘러듭니다. 그리고 행성 사이로 흐릅니다.

다시 말해 시간은 본질적인 문제입니다. 이것은 우리가 시간을 벗어날 수 없다는 의미입니다. 우리의 의식은 이 상태에서 저 상태로 계속 지나가고 있으며, 그것이 시간입니다. 즉 끊임없는 연속체라는 것입니다. 앙리 베르그송은 시간이야말로 형이상학의 가장 중요한 문제라고 말했습니다. 이 문제가 해결되면, 모든 문제가 해결될 것입니다. 다행히도 그 문제가 해결될 위험은 전혀 없어 보입니다. 우리는 항상 이 문제를 염려하고 걱정할 것입니다. 우리는 성 아우구스티누스처럼 이렇게 말할 것입니다. "시간이 무엇인가? 그런 질문을 받지 않았다면 나는 그것이 무엇인지 알았을 것이다. 그러나 그런 질문을 받았다면 나는 그것이 무엇인지 모를 것이다."

2000년 혹은 3000년 넘게 깊이 생각한 끝에, 우리가 시간의 문제와 관련하여 얼마나 많은 진전을 보았는지는 모르겠습니다. 나는 항상 우리가 고대의 당혹감을 여전히 느낀다고 말하고 싶습니다. 헤라클레이토스가 치명적으로 느꼈던 당혹감 말입니다. 내가 항상 드는 예인데, 그것은 바로 그 누구도 같은 강에 두 번 발을 담그지 못한다는 말입니다. 왜 그 누구도 같은 강에 두 번 발을 담그지 못하는 걸까요? 첫 번째 이유는 강물이 흐르기 때문입니다. 두 번째 이유는 우리가 형이상학적으로 다루어야 하는 것, 즉 성스러운 공포의 시작으로 우리에게 다가옵니다. 그것은 우리 자신 역시 강이며, 우리 역시 흘러가는 존재이기 때문입니다. 시간의 문제는 바로 이것입니다. 그것은 이동성 또는 일과성의 문제로, 시간은 지나가고 있다는 것입니다. 나는 다시 니콜라 부알로[66]의 아름다운 시구를 떠올립니다. 그는 이렇게 말합니다. "시간은 흐르고, 그 순간은 이미 우리에게서 멀어져 있다." 나의 현재, 아니 나의 현재였던 것은 이미 과거입니다. 그러나 흘러가는 그 시간은 완전히 흘러간 게 아닙니다. 가령 나는 지난주 금요일에 여러분과 대화를 나누었습니다. 그때의 우리는 지금의 우리와 다른 사람들일 겁니다. 일주일이 지나는 동안 우리 모두에게 많은 일들이 일어났기 때문입니다. 그러나 우리는 같은 사람들입니다. 나는 내가 여기서 강연하고 있었으며, 여기서 이유를 설명하고 말하려고 했다는 것을 알고 있으며, 여러분도 지난주에 나와 함께 있었다는 사실을 기억할 겁니다. 어찌 되었건, 기억에 남아 있습니다. 기억은 개인적인 것입니다. 우리의 상당 부분은 우리의 기억으로 이루어져 있습니다. 그리고 그 기억의 상당 부분은 망각으로 이루어져 있습니다.

이제 시간의 문제를 살펴봅시다. 그 문제를 해결할 수는 없지만, 그동안 제시된 해결 방안을 검토할 수는 있습니다. 가장 오래된 해결책은 플라톤이 제시했습니다. 이후 플로티노스[67]가 상정하고, 그 이후에는 성 아우구스티누스가 제안했습니

66　Nicolas Boileau(1636~1711). 프랑스의 시인이자 비평가. 대표 시집으로 『풍자시집』, 『서한집』 등이 있다.

67　Plotinus(205~270). 고대 후기 그리스의 철학자. 신플라톤주의의 창시자로 여겨진다. 대표작으로 『에네아데스』가 있다.

다. 인간이 만들어 낸 것 중 가장 아름다운 해결 방안일 수도 있
는 그것이 어쩌면 인간의 창작품일지도 모른다는 생각이 문득
드는군요. 종교를 믿는 사람은 생각이 다를지도 모르고요. 나
는 그것이 영원에 대한 아름다운 창작품이라고 말하고 싶습니
다. 그렇다면 영원이란 무엇일까요? 그것은 우리의 모든 과거
를 합산한 것이 아닙니다. 영원이란 우리 모두의 과거이며, 모
든 의식적인 존재의 과거입니다. 모든 과거, 그러니까 언제 시
작되었는지 아무도 모르는 그런 모든 과거 말입니다. 그리고 모
든 현재이기도 합니다. 모든 도시와 모든 세상, 행성 간의 공간
을 포함하는 모든 현재입니다. 그리고 미래이기도 합니다. 아
직 만들어지지 않았지만 그래도 존재하는 미래도 포함합니다.

　신학자들은 영원을, 그런 다양한 시간들이 기적적으로 결
합되는 순간으로 추측합니다. 시간의 문제를 깊이 고민했던
플로티노스의 말을 인용하자면, 그는 세 개의 시간이 있는데,
그 세 개는 모두 현재라고 말합니다. 하나는 지금의 현재, 즉 내
가 말하는 순간입니다. 다시 말하면 이미 그 순간은 과거가 되
어 버렸기 때문에 내가 말했던 순간이라고 말할 수 있습니다.
그런데 또 다른 현재도 있습니다. 바로 과거의 현재, 즉 기억이
라고 불리는 것입니다. 그리고 마지막은 미래의 현재인데, 그
것은 우리의 희망이나 두려움이 상상하는 것입니다.

　그럼 이제 플라톤이 가장 먼저 제시한 해답을 살펴봅시
다. 그의 해답은 자의적으로 보이지만 실제로는 그렇지 않습
니다. 나는 그것을 증명해 보이고자 합니다. 플라톤은 시간이
란 영원이 움직이는 모습이라고 말했습니다. 그는 영원부터,
즉 영원한 존재부터 시작하는데, 그 영원한 존재는 다른 존재

들 속에 자신의 모습을 투영하고자 합니다. 그렇지만 영원 속에서는 그렇게 할 수 없습니다. 차례대로 해야 하기 때문입니다. 시간은 영원이 움직이는 모습이 됩니다. 영국의 위대한 신비주의자인 윌리엄 블레이크는 "시간은 영원의 선물"이라는 유명한 말을 남겼습니다. 만일 우리에게 존재 전부가 주어진다면…… 우주보다 크고 세상보다 큰 존재가 주어진다면, 그런 존재가 단 한 번 우리에게 모습을 보인다면, 우리는 파괴되고 폐기되며 죽어 있게 될 것입니다. 하지만 시간은 영원의 선물입니다. 영원은 연속적인 형태로 우리에게 그런 모든 경험을 허락합니다. 우리에게는 밤과 낮, 시간과 분이 있으며, 기억과 현재의 감각이 있습니다. 또한 미래도 있습니다. 아직 그 모습은 모르지만 우리가 예감하거나 두려워하는 그런 미래 말입니다.

이런 모든 것은 연속적인 형태로 우리에게 주어집니다. 우리가 그 참을 수 없는 무게, 즉 우주의 모든 존재라는 참을 수 없이 무거운 짐을 견디지 못하기 때문입니다. 시간은 영원의 선물이 될 것입니다. 영원은 우리를 연속적으로 살게 합니다. 쇼펜하우어는 행복하게도 우리의 삶은 낮과 밤으로 나뉘어져 있으며, 우리의 삶은 잠으로 단절된다고 말했습니다. 우리는 아침에 일어나 일과를 소화하고서 잠이 듭니다. 잠이 없다면 산다는 건 참을 수 없는 일일 것입니다. 우리는 쾌락의 주인이 되지 못할 것입니다. 존재 전체가 한꺼번에 주어진다면 우리는 참고 견딜 수 없을 겁니다. 그래서 우리에겐 모든 것이 주어지지만, 점진적으로 주어집니다.

윤회는 이와 유사한 생각에 해당합니다. 범신론자들이 믿듯이, 우리는 아마도 모든 광물이며 모든 식물이고 모든 동물이고 모든 인간일지도 모릅니다. 그러나 다행스럽게도 우리는 그런 사실을 모르고 개인과 개체를 믿습니다. 그렇지 않다면 우리는 그런 모든 존재들 때문에 압도되고 파괴되어 버릴 것입니다.

이제 성 아우구스티누스를 살펴봅시다. 나는 성 아우구스티누스가 이런 시간의 문제, 즉 시간에 대한 의심을 누구보다 강도 높게 느꼈을 것이라고 생각합니다. 성 아우구스티누스는 자신의 영혼이 뜨겁게 타오르고 있는데, 그것은 시간이 무엇인지 알고자 하기 때문이라고 말합니다. 그는 하느님에게 시간이 무엇인지 알려 달라고 청합니다. 헛된 호기심 때문이 아니라 그것을 모르면 살 수가 없기 때문입니다. 이는 본질적인 질문입니다. 다시 말하면, 후일 베르그송이 말하게 될 것, 즉 형이상학의 본질적인 문제인 것입니다.

지금 우리는 시간에 관해 말하고 있습니다. 겉으로 보기에 아주 단순하고 간단한 예를 들어 봅시다. 바로 제논[68]의 역설입니다. 그는 그 역설을 공간에 적용하지만, 우리는 시간에 적용하려고 합니다. 그의 역설 중에서 가장 쉽고 단순한 것을 택하도록 합시다. 그것은 운동에 대한 역설입니다. 움직이는 물체는 테이블의 한쪽 끝에서 반대편 끝에 도달해야 합니다. 우선 중간 지점에 도달해야 합니다. 그러나 그 전에 반의반이 되는 지점을 지나가야 하고, 그 전에는 반의반의 반이 되는 지점을

68 　　Zenon(기원전 490년경~430년경). 고대 그리스의 철학자이자 수학자. 엘레아학파의 파르메니데스의 제자로, 스승을 따라 '운동 불가능론'을 주장했다.

통과해야 합니다. 그렇게 무한히 계속되어 움직이는 물체는 테이블의 한쪽 끝에서 반대편 끝에 결코 도달할 수 없습니다. 아니, 이 사례 대신 기하학의 예를 찾아보도록 합시다. 하나의 점을 상상합시다. 그 점은 그 어떤 크기도 갖고 있지 않습니다. 그런데 이후 그 점들이 무한히 계속되면 선이 됩니다. 그리고 무한한 수의 선이 모이면 면이 됩니다. 그리고 무한한 수의 면이 모이면 입체가 됩니다. 하지만 나는 우리가 어디까지 이것을 이해할 수 있을지 모르겠습니다. 점이 공간적인 것이 아니라면, 아무리 무한하다고 한들, 어떻게 크기가 없는 점들의 합이 크기가 있는 선이 되는지 알지 못하겠기 때문입니다. 하나의 선에 관해 말하면서, 나는 지구의 이 지점에서 달로 향하는 선을 생각하지 않습니다. 예를 들어 나는 지금 내가 만지작거리고 있는 테이블과 같은 선을 생각합니다. 이 선 역시 무한한 수의 점으로 이루어져 있습니다. 이런 모든 문제에 대해서는 해답을 찾았다고 믿어 왔습니다.

영국의 수학자이자 철학자인 버트런드 러셀은 이렇게 설명합니다. 유한수(1, 2, 3, 4, 5, 6, 7, 8, 9, 10, 이렇게 무한하게 계속되는 자연수의 급수)가 있습니다. 그러나 다른 급수를 생각해 봅시다. 그 급수는 정확하게 첫 번째 급수의 반이 됩니다. 그것은 모든 짝수로 이루어져 있습니다. 그렇게 1에 2가 해당하고, 2에는 4가 해당하며, 3에는 6이 해당하고……. 그런 다음 또 다른 급수를 예로 들어 봅시다. 아무 숫자나 골라 봅시다. 예를 들어 365를 골라 보지요. 1에는 365가 해당하고, 2에는 365의 제곱이 해당하며, 3에는 365의 세제곱이 해당합니다. 이렇게 우리는 모두가 무한한 여러 개의 급수를 가지게 됩니다. 즉, 초한수에서 부분은 전체보다 절대 숫자가 작지 않습니다. 나는 수학자들이 이런 생각을 받아들였다고 생각합니다. 그러나 우리의 상상력이 어디까지 그걸 수용할 수 있을지는 모르겠습니다.

　이제 현재라는 순간을 살펴봅시다. 현재라는 순간은 무엇일까요? 그것은 약간의 과거와 약간의 미래로 구성된 순간입니다. 현재 자체는 기하학의 유한한 점과 같습니다. 현재 자체는 존재하지 않습니다. 그것은 우리의 의식을 즉각적으로 보여 주는 기준점이 아닙니다. 그건 그렇고, 우리에게는 현재가 있고, 우리는 현재가 점차로 과거가 되고 있거나 점차로 미래가 되고 있다는 사실을 알고 있습니다. 시간에 관한 이론은 두 가지입니다. 그중 하나는 우리 모두의 생각과 거의 일치하는 것으로, 시간을 강으로 봅니다. 강은 태초부터, 그러니까 우리가 상상조차 할 수 없는 먼 옛날부터 흘러와 우리에게 도착했습니다. 다른 하나는 형이상학자인 영국인 제임스 브래들리[69]의 이론입니다. 브래들리는 정반대라고, 시간은 미래에서 현재로 흐른다고 말합니다. 미래가 과거가 되는 순간이 우리가 현재라고 부르는 순간이라는 겁니다.

　우리는 이 두 개의 은유 중에서 하나를 고를 수 있습니다. 우리는 시간의 근원을 미래나 과거에 위치시킬 수 있습니다.

69　　프랜시스 허버트 브래들리를 제임스 브래들리와 혼동한 것으로 보인다. 프랜시스 허버트 브래들리(Francis Herbert Bradley, 1846~1924). 영국의 관념론 철학자. 대표작으로 『윤리학 연구』, 『가상(假象)과 실재(實在)』가 있다.

하지만 어쨌든 결국 우리는 항상 시간의 강 앞에 있습니다. 그렇다면 이제 시간의 근원에 대한 문제를 어떻게 해결할까요? 플라톤은 그에 대한 해답으로, 시간은 영원에서 비롯되며, 따라서 영원이 시간보다 앞에 있다고 말하는 것은 오류라고 말합니다. 앞에 있다고 말하는 것은 영원이 시간에 속한다는 의미이기 때문입니다. 또한 아리스토텔레스처럼 시간의 운동을 측정한다고 말하는 것도 오류입니다. 운동은 시간 속에서 일어나고 따라서 시간을 설명할 수 없기 때문입니다. 성 아우구스티누스는 아주 멋진 명언을 남겼습니다. "시간 속에서가 아니라 시간과 더불어 하느님은 하늘과 땅을 창조하셨다." 「창세기」의 시작 부분은 세상의 창조, 즉 바다와 땅과 어둠과 빛의 창조뿐만 아니라, 시간의 시작에 대해서도 언급합니다. 그 이전에는 시간이 없었습니다. 세상은 시간과 더불어 존재하기 시작했고, 그 이후 모든 것이 이어집니다.

조금 전에 설명했던 초한수라는 개념이 우리에게 도움이 될지는 잘 모르겠습니다. 저는 제 상상력이 이런 생각을 수용할 수 있을지 잘 모릅니다. 여러분의 상상력이 이 생각을 수용할 수 있을지도 잘 모릅니다. 즉, 부분이 전체보다 더 작지는 않다는 양과 관련된 생각을 말입니다. 자연수의 급수를 다룬 경우, 우리는 짝수의 숫자가 홀수의 숫자와 동일하다는 사실을 받아들입니다. 그러니까 무한하다는 사실을 수용합니다. 그리고 365를 제곱한 수가 전체적인 합계와 동일하다는 사실도 받아들입니다. 그런데 시간에 대해 두 개의 순간이 있을 수 있다는 생각을 수용하지 못할 이유가 있을까요? 7시 4분과 7시 5분이라는 두 순간에 대한 생각을 수용하지 못할 이유가 있습니까? 이 두 순간 사이에 순간에 대한 무한수 혹은 초한수가 있을 것이라는 생각을 받아들이는 것은 매우 어려워 보입니다. 그러나 버트런드 러셀은 우리에게 그렇게 상상하자고 부탁합니다.

베른하임[70]은 제논의 역설이 시간의 공간적 개념에 바탕을 두고 있다고 말했습니다. 그러면서 실제로 존재하는 것은 생명의 약동이며, 우리는 그것을 재분(再分)할 수 없다고 했습니다. 가령 아킬레우스[71]가 1미터를 달리는 동안 거북이가 10센티미터를 간다고 말하는 것은 거짓입니다. 그것은 아킬레우스가 처음에는 큰 걸음으로 달리지만, 마지막에는 거북이 걸음으로 달린다고 전제하기 때문입니다. 다시 말하자면 우리는 지금 공간에 해당하는 척도를 적용하고 있습니다. 그러나 윌리엄 제

---

70   이폴리트 베른하임(Hippolyte Bernheim, 1840~1919). 프랑스의 물리학자이자 신경학자. 최면과 관련된 피암시성으로 유명하다. 대표작으로 『피암시성과 그것의 치료적용에 관하여』와 『최면, 피암시성, 심리 치료』가 있다.

71   아킬레우스의 역설은 아킬레우스와 거북이가 달리기 경주를 할 때, 거북이가 아킬레우스보다 조금이라도 앞서서 출발한다면 아킬레우스는 거북이를 절대 따라잡을 수 없다는 이론이다. 아킬레우스가 거북이를 따라잡기 위해서는 우선 거북이가 출발한 지점을 통과해야 한다. 그리고 아킬레우스가 그 지점에 도착했을 때, 거북이는 조금 더 앞으로 나아간 지점에 있게 된다. 결국 아킬레우스가 거북이가 있던 지점에 도착할 때마다 항상 거북이는 조금 더 앞으로 나아간 지점에 있기 때문에 아킬레우스는 결코 거북이를 따라잡을 수 없다는 것이다.

임스가 말하는 것처럼, 5분이라는 시간의 흐름을 생각해 보도록 합시다. 5분이 지나가기 위해서는 5분의 반이 지나가야 합니다. 2분 30초가 흐르기 위해서는 2분 30초의 반이 지나가야 하고, 그렇게 무한히 계속될 수 있습니다. 그런 상황에서는 5분이라는 시간이 결코 지나갈 수 없습니다. 여기에서 우리는 제논의 역설을 시간에 적용하고 있지만, 결과는 마찬가지입니다.

또한 우리는 화살의 예를 선택할 수도 있습니다. 제논은 날아가는 화살 하나는 모든 순간마다 멈추어 있다고 말합니다. 그러니 움직임이란 존재할 수 없습니다. 부동(不動)의 총합이 움직임을 구성할 수는 없으니까요.

그러나 실제 공간이 존재한다고 생각한다면, 그 공간이 무한하게 나뉠 수는 없어도, 점으로는 나뉠 수 있지 않겠습니까? 마찬가지로 시간 역시 순간, 즉 무한한 순간으로, 단위의 단위로 다시 나뉠 수 있을 겁니다.

세상이 그저 우리의 상상에 불과하다고 생각한다면, 우리 각자가 세상을 꿈꾸고 있을 뿐이라고 생각한다면, 우리가 이 생각에서 저 생각으로 옮겨 가는 것이라고 생각할 수도 있지 않겠습니까? 그런 재분할이 존재하지 않는다고 생각하는 것은 우리가 그것을 느끼지 못하기 때문은 아닐까요? 유일하게 존재하는 것은 우리의 느낌입니다. 우리의 지각이며 우리의 감정만 존재하는 것입니다. 그러나 재분할은 상상적인 것이지 현실적인 것이 아닙니다. 이제 다른 생각을 살펴봅시다. 이것 역시 사람들이 공통으로 가지고 있는 듯 보입니다. 바로 시간의 통일성에 대한 생각입니다. 이것은 뉴턴에 의해 확립되었습니다만, 그 전에 이미 합의가 되어 있었습니다. 뉴턴이 수학적 시간,

그러니까 모든 우주를 관통하여 흐르는 단 하나의 시간에 대해
말했을 때, 그 시간은 빈 공간으로 흐르고, 행성 사이로 흐르며,
모두 동일하게 흘렀습니다. 그러나 영국의 형이상학자 브래들
리는 그런 것을 가정할 이유는 없다고 지적했습니다.

서로 아무런 관련이 없는 다양한 급수의 시간이 있다고 생
각해 봅시다. a, b, c, d, e, f 등으로 부를 수 있는 하나의 급수가
있다고 가정합시다. 그런데 이들 사이에는 어떤 연관성이 있
습니다. 하나의 시간은 다른 하나보다 앞서고, 그 다른 하나의
시간은 또 다른 하나보다 앞서며, 또 어떤 시간은 다른 것과 동
시적입니다. 그러나 우리는 알파, 베타, 감마 등으로 이루어진
또 다른 급수를 상상할 수도 있을 것입니다. 또한 다른 급수의
여러 시간도 상상할 수 있을 것입니다.

그런데 왜 단 하나의 시간 급수만을 상상하는 것일까요? 나
는 여러분의 상상력이 이런 생각을 수용할지 수용하지 않을지
는 모릅니다. 이것은 수많은 시간이 있으며, 그런 시간의 급수
들(물론 그 급수들을 이루는 요소들은 시간적으로 서로 이전이거나
동시적이거나 이후입니다.)이 앞서지도 뒤서지도, 그리고 동시적
이지도 않다는 생각입니다. 우리 각자의 의식에 대해서도 이런
상상을 할 수 있습니다. 가령 라이프니츠[72]를 떠올려 봅시다.

72　　고트프리트 빌헬름 라이프니츠(Gottfried Wilhelm
　　　Lebniz, 1646~1716). 독일의 철학자이자 수학자. 무한
　　　소 미적분을 창시했으며, 그의 수학적 표기법은 아직
　　　도 널리 사용된다. 대표작으로 『형이상학 논고』, 『변
　　　신론』 등이 있다.

이것은 우리 각자가 일련의 사건들을 체험하며, 그런 일련의 사건들은 다른 일련의 사건들과 유사하거나 그렇지 않을 수도 있다는 생각입니다. 왜 이런 생각을 받아들일까요? 충분히 가능하기 때문입니다. 그리고 우리에게 보다 넓은 세상, 그리고 현재의 세계보다 훨씬 경이로운 세상을 제공할 것이기 때문입니다. 그것은 하나의 시간만이 존재하지는 않는다는 생각입니다. 현대 물리학이 이런 생각을 어느 정도는 수용했으리라고 믿지만, 나는 그 분야를 이해하지도 못하고 알지도 못합니다. 바로 여러 시간이 있다는 생각 말입니다. 왜 뉴턴이 제안한 단 하나의 시간 혹은 절대적인 시간만을 가정해야 하는 것입니까?

이제 영원이라는 주제로 돌아갑시다. 그것은 어느 정도 자신을 드러내고자 하는 영원성, 즉 공간과 시간 속에서 드러나는 영원성에 대한 사상입니다. 영원성은 원형(原型)의 세계입니다. 예를 들어 영원성 속에는 우리가 흔히 생각하는 삼각형, 말하자면 정삼각형도 없고 이등변 삼각형도 없고 부등변 삼각형도 없습니다. 단 하나의 삼각형만 있습니다. 이 삼각형은 동시에 세 종류의 삼각형이면서 그 어떤 삼각형도 아닙니다. 이런 삼각형을 상상할 수 없을지 모른다는 사실은 조금도 중요하지 않습니다. 삼각형이 존재하기 때문입니다.

아니면 예를 들어 우리들 각자는 인간의 원형을 복제한 것이며, 그래서 일시적이고 죽어야만 하는 존재일 수 있습니다. 또한 이것은 각각의 인간이 플라톤이 제시한 자신의 원형을 갖고 있느냐 하는 문제를 제시합니다. 그런 절대적인 원형은 스스로 드러내고자 하며, 시간 속에서 자신을 드러냅니다. 시간은 영원의 모습입니다.

나는 이 말이 시간이 왜 연속적인지 이해하는 데 도움을 줄 것이라고 생각합니다. 시간은 연속적입니다. 영원성에서 나오면서 영원성으로 돌아가고자 하기 때문입니다. 즉, 미래에 대한 생각은 처음으로 돌아가고자 하는 우리의 열망에 해당합니다. 하느님은 세상을 창조했고, 모든 사람과 그 피조물의 모든 우주는 그 영원한 샘물로 돌아가고자 합니다. 영원한 샘물이란 시간보다 앞서지도 않고 뒤서지도 않는 무(無)시간의 영역입니다. 즉, 시간 너머의 차원에 있습니다. 아마도 이런 열망은 이미 생명의 약동 안에 있을지도 모릅니다. 또한 시간은 계속해서 움직이고 있다는 사실을 보여 주기도 합니다. 현재를 부정한 사람들이 있습니다. 힌두스탄에는 과일이 떨어지는 순간은 없다고 말한 형이상학자들이 있습니다. 과일은 떨어질 찰나에 있거나 바닥에 있을 뿐 떨어지는 순간은 없다는 것입니다.

우리가 나누었던 세 가지 시간, 그러니까 과거와 현재와 미래 중에서 가장 이해하기 어렵고 가장 규정하기 힘든 시간이 현재라고 생각하는 건 얼마나 이상한 일입니까! 현재는 점과 같아서 우리는 좀처럼 그것을 잡을 수 없습니다. 점을 크기가 없다고 상상한다면 그것은 존재하지 않기 때문입니다. 마찬가지로 우리는 분명한 현재가 약간의 과거와 약간의 미래가 될 것이라고 상상해야 합니다. 다시 말해 우리는 시간의 흐름을 느낍니다. 내가 말하는 시간의 흐름이란 여러분 모두가 느끼는 그것입니다. 현재에 관해 말할 때도 나는 추상적인 실체에 대해 말하고 있습니다. 현재는 우리의 의식을 즉각적으로 보여 주는 기준점이 아닙니다.

우리는 우리가 시간 속으로 미끄러져 들어가고 있다고 생각합니다. 말하자면 미래에서 과거로, 혹은 과거에서 미래로 지나가고 있다고 생각합니다. 하지만 괴테가 원했던 것처럼 "멈춰라. 너는 너무나 아름다워!"라고 말할 수 있는 순간은 존재하지 않습니다. 현재는 멈추지 않습니다. 우리는 순수한 현재를 상상할 수 없습니다. 그건 아마도 소용없는 짓일 겁니다. 현재는 항상 극히 작은 과거와 미래의 미립자를 지니고 있습니다. 그건 마치 시간에게 필요한 것처럼 보입니다. 우리의 경험에서 시간은 항상 헤라클레이토스의 강에 해당하고, 우리는 항상 그 옛날의 비유를 되새기며 살고 있습니다. 수십 세기가 흘렀어도 전혀 앞으로 나아가지 못했던 것처럼 말입니다. 우리는 항상 강물에 비친 자기 자신을 쳐다보는 헤라클레이토스입니다. 그는 지금의 강물은 얼마 전의 강물이 아니기에 똑같지 않다고 생각하고, 강물을 마지막으로 보았을 때와 지금 사이에 다른 사람이 되었기 때문에 자기는 헤라클레이토스가 아니라고 생각합니다. 그러니까 우리는 변하는 존재이자 변하지 않는 존재입니다. 우리는 본질적으로 신비한 존재입니다. 만일 기억이 없다면 우리들 각자는 무엇이 될까요? 그 기억은 상당 부분 소음으로 구성되어 있지만, 그래도 본질적인 것입니다. 예를 들어 내가 지금의 내가 되기 위해 팔레르모와 아드로게, 제네바와 스페인에서 살았다는 사실을 떠올릴 필요는 없습니다. 하지만 그 장소에 있더라도 과거의 내가 지금의 내가 아니며, 나는 다른 사람이라는 것을 깨달아야 합니다. 이것이 바로 우리가 끝내 해결할 수 없는 문제입니다. 이것이 바로 항상 변화하는 정체성의 문제입니다. 아마 '변화'라는 말만으로

도 충분할 겁니다. 우리가 말하는 변화란 무언가 다른 것으로
대체된다는 의미가 아니기 때문입니다. 우리는 "식물이 자란
다."라고 말합니다. 이 말은 작은 식물이 보다 큰 식물로 대체된
다는 의미가 아닙니다. 그 식물이 다른 것이 된다는 의미일 뿐
입니다. 다시 말하면, 가변성 안에 영속성이 있다는 뜻입니다.

미래라는 것은 플라톤의 옛날 사상, 그러니까 시간은 영원
의 유동적인 모습이라는 사실을 설명해 줄 것입니다. 시간이
영원의 모습이라면, 미래는 미래로 가는 영혼의 움직임일 것
입니다. 미래는 동시에 영원으로 돌아갈 것입니다. 즉, 우리의
삶은 계속된 고통과 몸부림이라는 것입니다. 성 바울은 "나는
날마다 죽음과 마주하고 있습니다."라고 말합니다. 그것은 애
절하거나 슬픈 말이 아닙니다. 사실 우리는 매일 죽어 가고 있
으며, 매일 태어나고 있습니다. 우리는 계속해서 태어나고 죽
습니다. 그래서 시간의 문제는 그 어떤 형이상학의 문제보다
우리의 마음에 와닿습니다. 나는 누구일까요? 우리 각자는 누
구일까요? 우리는 누구일까요? 아마 언젠가는 알게 되겠지요.
아니, 그런 날은 오지 않을지도 모릅니다. 그러나 성 아우구스
티누스가 말했듯이, 그것을 알고 싶은 생각에 내 영혼은 뜨겁
게 타오릅니다.

1978년 6월 23일

2부

7일

밤

첫째 밤
『신곡』

폴 클로델[73]은 어느 글에서 죽은 후에 우리를 기다리는 광경은 단테가 「지옥편」, 「연옥편」, 「천국편」에서 묘사한 것과는 완전히 다를 것이라고 확언했습니다. 그의 특성과 전혀 어울리지 않는 이 대목을 제외하면, 이 글의 나머지 부분은 아주 훌륭합니다. 클로델의 이런 흥미로운 지적은 두 가지 방법으로 설명됩니다.

우선, 단테의 작품이 우리에게 얼마나 강렬한 인상을 남겼는지 그 증거를 볼 수 있습니다. 『신곡』을 읽는 중에, 또는 후일

---

73   Paul Claudel(1868~1955). 프랑스의 시인, 극작가, 외교관. 가톨릭의 신비와 토마스 아퀴나스, 그리고 단테의 영향을 많이 받았다. 대표작으로 『도시』, 『대낮에 죽는다』, 『인질』 등이 있다.

이 작품을 떠올리는 중에, 우리는 단테가 제시하는 대로의 사후 세계를 생각하게 됩니다. 죽음을 피하지 못한 우리는, 단테가 믿었던 대로 거꾸로 된 지옥의 산이나, 연옥의 계단 또는 천국의 동심원 하늘과 만날 것이라고 믿습니다. 또 고대의 그림자들과 대화를 나누고 몇몇 그림자들의 대답은 이탈리아어의 3행 연구에서 찾을 수 있을지도 모른다고 생각합니다.

분명히 황당한 생각입니다. 클로델의 지적은 단테를 읽은 독자가 생각하고 추론할 수 있는 것이 아닙니다.(단테의 독자들은 그 말이 얼마나 황당한지를 알 테니까요.) 오히려 그 책에서 느낄 수 있는 강렬한 기쁨에서 우리를 떼어 놓으려고 합니다. 클로델의 지적을 반박할 수 있는 증거는 수없이 많습니다. 그중의 하나는 단테 아들의 말로 추정됩니다. 그는 자기 아버지가 지옥의 이미지를 통해서는 죄인들의 삶을, 연옥의 이미지를 통해서는 참회자들의 삶을, 그리고 천국의 이미지를 통해서는 정의로운 사람들의 삶을 보여 주고자 했다고 말합니다. 그는 단테의 작품을 글자 그대로 읽지 않았습니다.

또한 우리는 단테가 칸 그란데 델라 스칼라[74]에게 보낸 편지에서도 그에 대한 증언을 읽을 수 있습니다. 이 편지는 위작으로 여겨지지만, 어쨌거나 단테보다 훨씬 후에 쓰인 것은 아닙니다. 누가 썼든, 이 편지는 당대의 산물로 보입니다. 편지에서 작가는 『신곡』을 읽는 방법에는 네 가지 있다고 밝힙니다. 원문에 충실한 독서, 도덕적 독서, 유추적 독서, 비유적 독서를

---

74   Can Grande della Scala(1291~1329). 이탈리아의 귀족.
단테의 후원자로 널리 알려져 있다.

말합니다. 비유적 독서에 의하면 단테는 남성을 상징하며, 베아트리체는 믿음을 상징하고, 베르길리우스는 이성을 상징합니다.

이 책이 다양한 방법으로 읽힐 수 있다는 발상은 그토록 비방을 당하고 복잡하기 짝이 없는 중세의 특징이기도 합니다. 고딕 건축물과 아이슬란드의 무용담, 그리고 모든 것이 논의된 스콜라 철학을 우리에게 남겼던 바로 그 중세의 특징 말입니다. 이 중세는 무엇보다도 우리가 지금도 읽고 있고, 계속해서 우리를 놀라게 하는 『신곡』을 남겼습니다. 우리보다 훨씬 오래 살아남을 것이고, 각 세대의 독자들에 의해 풍부함을 더할 작품이지요.

여기서 요하네스 스코투스 에리우게나[75]의 말을 떠올려 보겠습니다. 그는 성경은 무한한 의미를 담은 작품으로, 공작새의 무지갯빛 깃털에 비유될 수 있다고 말했습니다. 히브리 카발라주의자들은 성경이 신자 개개인을 위해 쓰였다고 주장했습니다. 성경의 작가와 독자를 만든 작가가 동일한 인물, 즉 하느님임을 생각한다면 이는 믿지 못할 말도 아닙니다. 단테는 그가 우리에게 보여 준 것이 사후 세계의 실제 이미지라고 주장하지 않았습니다. 그런 것은 하나도 없습니다. 단테는 아마 그런 것을 생각하지도 못했을 것입니다.

그러나 우리가 실제 이야기를 읽고 있다는 그 순진한 개념은

75　Johannes Scotus Eriugena(810~877?). 아일랜드의 신학자, 번역가. 그리스 철학과 신플라톤주의를 기독교 신앙과 통합하는 데 관심을 기울였다.

유용하다고 생각합니다. 그것은 우리를 책에 빠져들게 만듭니다. 개인적으로 나는 쾌락적 독서를 하는 사람입니다. 나는 오래된 책이라는 이유로 어떤 책을 읽은 적이 한 번도 없습니다. 책을 읽으면서 나는 미학적 흥분을 느끼고, 모든 비평과 의견을 무시합니다. 처음으로 『신곡』을 읽었을 때 나는 그 책에 빠져들었습니다. 별로 중요하지 않은 다른 책을 읽듯이 읽었습니다. 이제 친구들과 함께 있고, 여러분 모두가 아닌 여러분 각자에게 말하고 있으니, 내가 어떻게 『신곡』을 읽게 되었는지 그 비밀을 털어놓고자 합니다.

모든 것은 독재 정권이 들어서기 조금 전에 시작되었습니다. 나는 부에노스아이레스의 알마그로 지역에 있는 도서관에서 일했습니다. 내가 살던 곳은 라스에라스와 푸에이레돈이 만나는 지역이었습니다. 그 북쪽 지역에서 나는 남쪽에 있는 알마그로, 보다 정확히 말하자면 라플라타와 카를로스 칼보 거리가 만나는 곳에 위치한 그 도서관까지 천천히 외롭게 달리는 전차를 타고 다녔습니다. 우연히(사실 우연 같은 건 없습니다. 우리가 우연이라고 부르는 것은 인과 관계의 복잡한 작용입니다.) 나는 지금은 없어져서 추억으로만 남은 미첼 서점에서 세 권짜리 책을 샀습니다. 이 세 권 중 적어도 한 권은 가져올걸 그랬다는 생각이 듭니다. 마치 부적처럼 말이죠. 그 책들은 바로 「지옥편」, 「연옥편」, 「천국편」이었습니다. 칼라일이 영어로 옮긴 번역본이었지만, 옮긴이가 토머스 칼라일은 아니었습니다. 이에 대해서는 나중에 이야기하겠습니다. 그것들은 덴트 출판사가 출판한 포켓판 판본이었습니다. 주머니에 쏙 들어갔지요. 왼쪽 페이지에는 이탈리아어 판본이, 오른쪽 페이지에는

영어 판본, 즉 이탈리아어를 글자 그대로 옮겨 놓은 영어 번역
본이 실려 있었습니다. 나는 다음과 같은 독서법을 고안했습
니다. 우선 3행으로 된 한 연을 영어로 읽고, 그다음에 똑같이
3행으로 된 한 연을 이탈리아어로 읽었습니다. 한 개의 노래
가 끝날 때까지 그렇게 했습니다. 그런 다음 모든 노래를 영어
로 읽고 다시 이탈리아어로 읽었습니다. 첫 번째 독서에서 나
는 번역은 원작을 대신할 수 없다는 것을 깨달았습니다. 어쨌
거나 번역이란 독자를 원문으로 가까이 데려가는 수단이자 자
극제였습니다. 스페인어의 경우 특히 그렇습니다.『돈키호테』
에는 세르반테스가 약간의 토스카나어만 알면 아리오스토[76]를
이해할 수 있을 거라고 말하는 대목이 나옵니다.

　내가 이 약간의 토스카나어를 이해할 수 있었던 것은 스페
인어와 이탈리아어가 매우 유사하기 때문이었습니다. 덕분에
나는 단테의 위대한 시구들이 겉으로 말해진 것보다 훨씬 많
은 의미를 담고 있다는 것을 깨달았습니다. 시란 여러 가지 특
징 중에서 특히 어조와 강세에 의해 좌우되는데, 이런 것들은
사실상 번역이 불가능합니다. 나는 처음부터 이 점을 유심히
보았습니다.「천국편」의 절정에 이르렀을 때, 그러니까 황량한
천국에 도착했을 때 베르길리우스에게 버림받은 단테는 자기
가 혼자 있다는 사실을 알고 그를 부릅니다. 그 순간 나는 내가

---

[76]　　루도비코 아리오스토(Ludovico Ariosto, 1474~1533).
　　　　이탈리아의 시인. 이탈리아 르네상스의 예술 경향과
　　　　정신 자세를 가장 완벽하게 표현했다는 평을 받는 서
　　　　사시『성난 오를란도』가 유명하다.

이탈리아어 원문을 직접 읽을 수 있다는 것을 알고, 영어 번역문을 가끔씩만 보았습니다. 그렇게 나는 천천히 오가는 전차 안에서 세 권의 책을 모두 읽었습니다. 그런 다음 다른 판본을 읽었습니다.

나는 수없이 『신곡』을 읽었습니다. 사실 나는 이탈리아어를 모릅니다. 단테가 나에게 가르쳐 주었던 이탈리아어와, 나중에 아리오스토의 『성난 오를란도』를 읽으면서 배웠던 이탈리아어가 전부입니다. 그런 다음에 좀 더 쉬운 크로체[77]의 글을 접했습니다. 나는 크로체의 책을 거의 다 읽었지만 항상 그의 생각에 동조하지는 않습니다. 하지만 나는 그에게 매력을 느꼈습니다. 스티븐슨[78]이 말했듯이 '매력'이란 작가가 가져야 하는 근본적인 자질 중의 하나입니다. 매력이 없으면 나머지는 아무 소용이 없습니다.

나는 여러 판본으로 『신곡』을 수없이 읽었으며 이 다원적인 작품에 대한 다양한 평가를 음미할 수 있었습니다. 내가 읽은 여러 판본 중에는 아틸리오 모미글리아노의 판본과 카를로 그라버의 판본이 특히 훌륭했습니다. 그리고 휴고 스테이너의 판본도 기억에 남습니다. 그런데 아주 오래전에 출판된 책에는 신학적 해석이, 그리고 19세기에 출판된 책에는 역사적

---

77   베네데토 크로체(Benedetto Croce, 1866~1952). 이탈리아의 철학자, 역사가, 휴머니스트. 대표작으로 『미학』, 『정신 철학』, 『실천 철학』 등이 있다.

78   로버트 루이스 스티븐슨(Robert Louis Stevenson, 1850~1894). 스코틀랜드의 시인, 소설가, 수필가. 대표작으로 『보물섬』, 『지킬 박사와 하이드 씨』가 있다.

해석이 지배하고 있음을 확인했습니다. 또한 금세기에 출판된 책들은 단테의 가장 훌륭한 자질 중 하나인 각 행의 억양을 우리에게 강조하는 미학적 해석이 지배했습니다.

나는 단테를 밀턴[79]과 비교해 보았습니다. 그러나 밀턴의 음조는 하나뿐이었습니다. 바로 영어로 '서블라임 스타일(Sublime Style, 고상한 형식)'이라는 것이죠. 그 음조는 주인공들의 감정과 상관없이 항상 똑같습니다. 그러나 셰익스피어처럼 단테의 음조는 감정을 따라갑니다. 거기서 억양과 강세는 매우 중요합니다. 그래서 우리는 각각의 구절을 큰 소리로 읽어야 합니다.

여기서 강조하는 것은 큰 소리로 읽어야 한다는 점입니다. 정말 훌륭한 시를 읽을 때에는 큰 소리로 읽어야 합니다. 훌륭한 시는 작은 소리나 속으로 읽는 것을 허락하지 않습니다. 조용히 읽을 수 있는 건 가치 있는 시가 아닙니다. 시는 항상 큰 소리로 읊을 것을 요구합니다. 운문은 그것이 문자 예술이기 이전에 구어 예술이었음을, 또한 노래였음을 우리에게 상기시킵니다.

다음 두 문장에서 바로 이 사실을 확인할 수 있습니다. 하나는『오디세이』에 실려 있는 호메로스의 구절, 또는 우리가 호메로스라고 부르는 그리스인들의 구절입니다. "신들은 인간을 위해 불행을 짜고 있다. 그것은 후대들이 노래할 수 있는 소

---

79   존 밀턴(John Milton, 1608~1674). 영국의 시인이자 청교도 사상가. 유명한 대서사시『실락원』의 저자로서 셰익스피어에 버금가는 대시인이다.

재를 갖게 하고자 함이다." 다른 문구는 훨씬 이후의 것입니다. 호메로스가 말한 것을 별로 아름답지 않게 반복한 말라르메[80]의 말이죠. "모든 것은 한 권의 책에서 끝난다." 여기에서 우리는 이 둘의 차이점을 발견할 수 있습니다. 그리스인들은 노래하는 후대들에 대해 말하는 반면, 말라르메는 하나의 대상, 즉 수많은 것들 중 하나인 책에 대해 말한다는 것입니다. 그러나 두 사람의 생각은 같습니다. 그것은 우리가 예술을 위해, 기억을 위해, 시를 위해 만들어졌으며, 어쩌면 망각을 위해 만들어졌을지도 모른다는 생각입니다. 그러나 무언가는 남는데, 그것이 바로 역사나 시입니다. 두 가지는 근본적으로 다르지 않습니다.

칼라일과 다른 비평가들은 단테의 가장 두드러진 특징이 강도(强度)라는 것을 주시했습니다. 단테의 책에 수록된 100개의 노래를 보면, 강도가 전혀 느즈러지지 않습니다. 정말 기적처럼 말입니다. 시인에게는 빛이지만 우리에겐 어둠인 「천국편」의 몇몇 장소에서만 조금 약해집니다. 다른 작가에게도 이와 유사한 작품이 있는지 떠올려 보지만 잘 기억이 나지 않습니다. 셰익스피어의 『맥베스』는 예외입니다. 그것은 세 명의 마녀 혹은 세 명의 섬뜩한 자매로 시작하여, 한순간도 강도를 약화시키지 않은 채 주인공이 죽을 때까지 계속됩니다.

---

80   스테판 말라르메(Stephane Mallarmé, 1842~1898). 프랑스의 시인. 시인의 인상과 시적 언어 고유의 상징에 주목한 상징주의의 창시자로 간주된다. 대표 시집으로는 『목신의 오후』, 『주사위 던지기』 등이 있다.

여기서 나는 또 다른 특징을 언급하고 싶습니다. 바로 단테의 우아함입니다. 우리는 이 작품을 항상 어둡고 딱딱한 피렌체의 시로만 떠올릴 뿐, 그 안에 기쁨과 달콤함과 다정함이 가득 담겨 있다는 사실을 잊곤 합니다. 그런 다정함은 이 작품의 구조이기도 합니다. 가령 단테는 어느 기하학책에서 정육면체가 가장 단단한 용적이라는 것을 읽었던 게 분명합니다. 시와는 전혀 상관없는 일상적인 발언이지만, 단테는 그것을 불행을 이겨 내야 하는 인간의 은유로 사용하면서 "사람은 착한 사각형, 정육면체"라고 노래합니다. 이는 정말 보기 드문 은유입니다.

또한 화살에 대한 흥미로운 은유도 떠올리고 싶습니다. 단테는 활시위를 떠나 과녁에 꽂히는 화살의 속도를 우리가 느낄 수 있도록, 화살이 과녁에 꽂혀 있으며, 활을 떠나고, 활시위를 당긴다는 표현을 사용합니다. 그 과정이 얼마나 빠른지 보여 주기 위해 처음과 끝을 뒤집은 것입니다.

그리고 내가 항상 기억 속에 간직하고 있는 시구도 있습니다. 그것은 「연옥편」의 첫 번째 노래 중 하나로, 남쪽 끝에 있는 연옥의 산에서 믿을 수 없는 바로 그 아침을 언급하는 구절입니다. 더럽고 슬프고 끔찍스러운 지옥에서 나온 단테는 "동쪽의 감미로운 사파이어 색채"라는 표현을 사용합니다. 이 시구는 천천히 노래할 것을 요구합니다.

수평선에 이르기까지 깊은 청아함에 휩싸인 하늘,
그 하늘에 평온히 잠긴 동쪽의 감미로운
사파이어 색채가 내 눈을 싱그럽게 해 주었다.

113

여기서 잠시 이 시구의 재미있는 메커니즘에 관해 살펴보려고 합니다. 물론 '메커니즘'이란 말은 내가 말하려고 하는 것을 지칭하기에는 거칠어 보입니다. 단테는 동쪽의 하늘을 묘사하고 여명을 그립니다. 그리고 그 여명의 색깔을 사파이어 색채에 비유합니다. "동쪽의 감미로운 사파이어 색채"에는 일종의 거울 게임이 존재합니다. 동쪽은 사파이어라는 색깔로 설명되고, 그 사파이어는 "동쪽의 사파이어"이기 때문입니다. 그러니까 사파이어에는 동쪽이란 단어가 지닌 풍부함과 함께 『천하루 밤의 이야기』[81]의 분위기가 가득합니다. 단테는 이 작품을 알지 못했지만, 이 작품은 단테의 작품 속에 들어가 있던 것입니다.

또한 "시체가 쓰러지듯 지옥의 바닥에 무너져 버렸다."라는 「지옥편」 다섯 번째 노래의 마지막 시구도 떠오릅니다. 그런데 왜 시체라는 말이 울려 퍼지는 것일까요? 시체의 쓰러짐은 '무너져 버리다.'라는 말의 반복으로 울려 퍼지는 것입니다.

『신곡』에는 이렇듯 딱 맞는 표현이 가득합니다. 그러나 시를 지탱하는 것은 이야기입니다. 내가 젊었을 때만 해도 이야기는 경멸의 대상이었습니다. 그것은 일화로만 치부됐습니다. 시가 이야기에서 시작되었고, 시의 근원에 이야기가 자리하고 있으며, 시라는 장르를 처음 연 것이 서사시였다는 것을 잊었던 것입니다. 서사시에는 시간이 있습니다. 즉 서사시에는 과

---

81   흔히 『천일야화』라고 하지만, 이 용어는 1001일보다
      는 1000일을 연상시키기 때문에 여기서는 『천하루 밤
      의 이야기』라고 번역한다.

거와 현재와 미래가 있으며, 이 모든 것은 시에도 있습니다.

나는 독자 여러분에게 교황당과 황제당의 불화나 스콜라 철학 따위는 잊으라고 말하고 싶습니다. 심지어는 신화적인 언급이나 단테가 반복하는 베르길리우스의 시구들도 잊으라고 권하고 싶습니다. 물론 단테는 훌륭한 라틴어로 쓰인 베르길리우스의 구절들을 보다 훌륭하게 만들기도 했지만, 그런건 중요하지 않습니다. 적어도 처음에는 이야기의 흐름을 쫓아가는 것이 가장 좋은 방법입니다. 그 누구도 그렇게 하지 않은 채로는 이 작품을 끝까지 읽기 어려울 것입니다.

그럼 이제 이 작품이 서술하는 이야기로 들어갑시다. 우리는 거의 마술적인 방식으로 들어갑니다. 초자연적인 것을 이야기할 때면, 의심 많은 작가가 의심 많은 독자를 이끌어 가는 것이며, 따라서 그 작가는 독자들에게 앞으로 다가올 초자연적인 것을 준비해 놓아야 하기 때문입니다. 단테에겐 그런 것이 필요하지 않았습니다. "우리네 인생길 반 고비에/ 올바른 길 잃고서/ 어두운 숲속에 처했었네." 서른다섯 살의 나이에, 그는 어두운 숲속 한가운데 있는 자신을 발견합니다. 이것은 알레고리일 수 있지만 우리는 그 말을 있는 그대로 믿습니다. 성경은 분별 있는 사람들의 목숨이 일흔 살이라고 규정하고 있기 때문에 "인생길 반 고비"란 서른다섯 살을 말합니다. 그리고 일흔 살이후의 모든 것은 '암울함'을 의미하는 영어의 bleak처럼 슬픔과 고통뿐입니다. "우리 인생길 반"이라는 표현을 쓰면서 그는 막연한 수사법을 연습하고 있는 것이 아닙니다. 그는 우리에게 꿈에서 본 날짜를, 즉 서른다섯 살임을 정확하게 언급하고 있습니다.

나는 단테가 몽상가였다고는 생각하지 않습니다. 꿈은 짧습니다. 『신곡』과 같이 긴 장면을 상상한다는 것은 불가능한 일입니다. 따라서 그의 상상은 의지를 표현합니다. 우리는 그런 상상에 젖어 시적인 믿음을 가지고 읽어야 합니다. 콜리지[82]는 시적인 믿음이란 불신과 의혹을 떨쳐 버리려는 자발적 의지라고 말했습니다. 극장에 가면 변장한 사람들이 무대에 나와 셰익스피어, 입센[83] 또는 피란델로[84]가 했던 말들을 그대로 반복하는 것을 보게 됩니다. 그러나 우리는 이런 사람들을 변장한 사람들로 받아들이지 않으며, 작은 방에서 천천히 복수를 읊조리는 이가 정말 덴마크 왕자인 햄릿이라고 생각합니다. 그러면서 그 연극에 빠져듭니다. 영화관에서 전개되는 과정은 더욱 흥미롭습니다. 우리는 가장한 사람들이 아니라 가장한 사람들의 사진을 보고 있지만, 영화가 상영되는 동안은 그들을 믿습니다.

단테의 경우 모든 것이 너무나 생생해서 우리는 그가 천동설을 믿었던 것과 마찬가지로, 자신이 그린 또 다른 세상을 믿었던 게 아닌가 생각하게 됩니다.

---

82 새뮤얼 테일러 콜리지(Samuel Taylor Coleridge, 1772~
    1834). 영국의 시인이자 비평가. 윌리엄 워즈워스와
    함께 쓴 『서정 민요집』은 영국 낭만주의 운동의 시발
    이 된다.
83 헨리크 입센(Henrik Ibsen, 1828~1906). 노르웨이의
    극작가이자 시인. 대표작으로 『인형의 집』 등이 있다.
84 루이지 피란델로(Luigi Pirandello, 1867~1936). 이탈
    리아의 극작가. 대표작으로 『쾌락의 기쁨』, 『전과 같
    이, 전보다 좋게』 등이 있다.

우리는 폴 그루삭[85]이 지적한 한 가지 이유 때문에 단테의 말
을 아주 깊이 믿습니다. 『신곡』이 일인칭으로 쓰였기 때문입니
다. 그것은 문법적 작위가 아니며, "(그들이) 보았다."나 "(그것
은) 그랬다."라고 말하는 대신 "(내가) 보았다."라고 말하는 것만
을 의미하지 않습니다. 이런 기법은 그 이상의 것을 의미합니다.
즉, 단테가 『신곡』의 등장인물 중 하나라는 사실을 뜻합니다. 그
루삭에 의하면 그것은 새로운 특징입니다. 단테 이전에 성 아우
구스티누스가 『고백록』을 썼습니다. 그러나 그 고백록은 너무
장황한 수사를 사용하고 있기 때문에 단테의 경향과는 거리가
멉니다. 북부 아프리카 출신의 성인이 사용한 화려한 수사는 말
하고자 하는 바를 우리에게 제대로 전달해 주지 못합니다.

불행히도 의사소통을 방해하는 수사가 너무도 많습니다.
수사는 말하는 사람과 듣는 사람을 연결시키는 가교여야 합니
다. 그러나 종종 그것은 벽이나 장애가 됩니다. 이런 현상은 세
네카나 케베도[86] 또는 밀턴이나 루고네스[87] 같은 여러 작가들에

---

85   폴 프랑수아 그루삭(Paul-François Groussac, 1848~
        1929). 아르헨티나의 역사가이자 작가. 프랑스에서
        태어났지만 가장 훌륭한 아르헨티나 사상가의 한 사
        람으로 평가받는다. 주요 저서로는 『아르헨티나 역사
        연구』, 『지적 여행』 등이 있다.

86   프란치스코 데 케베도(Francisco de Quevedo, 1580~
        1645). 스페인의 시인이자 극작가. 대표작으로는 『부
        스콘의 인생사』, 『꿈』 등이 있다.

87   레오폴도 루고네스(Leopoldo Lugones, 1874~1938).
        아르헨티나의 시인이자 소설가. 오랫동안 국민 작가
        로 여겨졌으며, 그의 환상 소설은 보르헤스와 비오이

게서도 목격됩니다. 이들 모두에게 말은 그들과 우리 사이에 오가는 것입니다.

우리는 단테의 동시대인들보다 단테를 잘 압니다. 단테의 꿈이었던 베르길리우스가 단테를 아는 만큼 우리도 그를 안다고 할 수 있습니다. 베아트리체 포르티나리가 알았던 것보다도 단테를 더 잘 압니다. 그는 바로 행위의 중심에 자신을 위치시킵니다. 모든 것이 그의 눈을 통해 보여질 뿐만 아니라 그 자신이 능동적인 행위자이기도 합니다. 그러나 그의 역할이 그가 묘사하는 것과 항상 일치하는 것은 아닙니다.

지옥으로 들어가자 단테는 공포에 사로잡힙니다. 그는 그렇게 두려움을 느껴야만 합니다. 우리에게 지옥을 믿게 하려면 그래야 하기 때문입니다. 단테는 두려움에 사로잡혀 공포를 느끼면서, 이런저런 것에 관해 말합니다. 우리는 말의 내용이 아니라 그의 억양이나 언어의 강세와 같은 시적인 것을 통해 그 사실을 알게 됩니다.

사실 『신곡』에는 세 명의 인물이 있습니다. 이제 그 두 번째 인물에 대해 말하려고 합니다. 바로 베르길리우스입니다. 단테는 우리에게 베르길리우스에 대한 두 개의 이미지를 주입하는 데 성공했습니다. 하나는 『아이네이스』 또는 『농경 시』가 남긴 이미지이고, 다른 하나는 단테의 경건한 시가 주는 보다 심오한 이미지입니다.

현실과 마찬가지로 문학의 주요 주제 중 하나는 우정입니

카사레스에게 큰 영향을 끼쳤다.

다. 나는 우정이 우리 아르헨티나의 열정이라고 말하고 싶습니다. 문학에는 수많은 우정이 존재하며, 문학은 수많은 우정으로 짜여 있다고 해도 과언이 아닙니다. 몇 가지 예를 떠올려 봅시다. 가장 먼저 돈키호테와 산초, 혹은 알론소 키하노와 산초가 있습니다. 산초에게 알론소 키하노는 알론소 키하노일 뿐, 마지막에야 비로소 돈키호테가 됩니다. 또한 국경에서 길을 잃고 마는 우리의 두 가우초 피에로와 크루스[88]도 떠올리지 않을 수 없습니다. 그리고 늙은 병사와 파비오 카세레스[89]도 잊을 수 없습니다. 우정은 공통된 주제이지만, 일반적으로 작가들은 두 친구의 상반된 점을 강조하는 것 같습니다. 그러고 보니 역시 대조적인 인물로 그려지는 유명한 두 친구 킴과 라마승도 있군요.

단테의 경우엔 문제가 더욱 복잡합니다. 비록 부자지간이지만, 정확하게 상반된 인물이라고는 말할 수 없기 때문입니다. 단테는 베르길리우스의 아들이 되고, 동시에 구원을 받을 것이라고 생각하기 때문에 베르길리우스보다 나은 존재가 됩니다. 그는 자기가 상상할 수 있는 능력을 부여받았기 때문에 은총을 받을 것이라고, 아니 은총을 받았다고 생각합니다. 반면에 「지옥편」의 시작부터 그는 베르길리우스가 길 잃은 영혼

---

88 아르헨티나의 작가 호세 에르난데스(Jose Hernandez)의 작품 『마르틴 피에로』의 등장인물들.
89 아르헨티나의 리얼리즘 작가인 리카르도 구이랄데스(Ricardo Güiraldes)의 대표작 『돈 세군도 솜브라』(1926)에 나오는 인물.

이며 신에게 버림받은 존재임을 알게 됩니다. 그래서 베르길리우스가 연옥 너머로 함께 갈 수 없다고 말하자 그 라틴 제국의 시인이 위대한 고대 인물들의 그림자와 함께 끔찍스러운 '고귀한 성'에서 살리란 걸 알게 됩니다. 무지한 탓에 그리스도의 말을 들을 수 없었던 인물들과 말이죠. 바로 그 순간 단테는 "나의 안내자이시고, 나의 주인이시며, 나의 스승이신……"이라고 거창하게 베르길리우스에게 인사를 합니다. 그리고 그의 책을 오랫동안 열심히 정성스럽게 공부했으며, 이런 관계가 두 사람의 관계를 유지시켜 주었다고 말합니다. 그러나 베르길리우스는 본질적으로 슬픈 인물입니다. 자신이 하느님이 없는 '고귀한 성'에서 평생을 살아야 할 운명이라는 것을 알기 때문입니다. 그러나 단테는 하느님과의 만남을 허락받고, 또한 우주를 이해할 수 있도록 허락받은 몸입니다.

먼저 이렇게 두 인물이 나타납니다. 그런 다음 일화적이라고 할 만한 수천, 수백 명의 인물이 있습니다. 나는 그들의 숫자가 무한하다고 말하고 싶습니다.

현대 소설은 우리에게 누군가에 대해 말하기 위해 500에서 600쪽을 할애합니다. 하지만 단테에게는 단 한 순간이면 족합니다. 바로 그 순간 작중 인물은 영원히 규정지어집니다. 단테는 무의식적으로 그런 핵심적인 순간을 찾습니다. 나도 여러 단편 소설에서 그와 같이 하고자 했고, 중세 때 단테가 발견한 방법 덕분에 만인의 칭송을 받고 있습니다. 그것은 인생의 암호로서 한순간을 제시하는 것입니다. 단테의 작품에는 그런 인물들이 많이 등장합니다. 그리고 그들의 삶은 겨우 3행 연구에 담기지만, 영원합니다. 그들은 한 단어나 하나의 행위에서 살고 있습니다. 그 이상은 필요치 않습니다. 그들은 노래의 일부이지만, 그 일부는 영원합니다. 그들은 계속 살아가고 있고, 기억과 사람들의 상상 속에서 다시 새로워집니다.

칼라일은 단테의 작품에는 두 가지 특징이 있다고 말합니다. 물론 특징이야 더 있겠지만, 그 두 가지가 핵심입니다. 바로 부드러움과 엄격함입니다. 이 둘은 모순되거나 반대되는 것이 아닙니다. 한편에는 셰익스피어가 "친절한 인간의 우유"라고 불렀던 인간의 다정함이 깃들어 있습니다. 또 한편으로 그는 우리가 엄격한 질서가 있는 세상의 주민임을 압니다. 이 질서는 타자, 즉 제3의 화자에게 해당합니다.

두 가지 예를 떠올려 봅시다. 우선 「지옥편」에서 가장 잘 알려졌으며 다섯 번째 노래에 수록되어 있는 파올로와 프란체스카의 이야기를 살펴봅시다. 나는 여기서 단테가 말한 것을 요약할 생각이 없습니다. 단테가 이탈리아어로 말한 것을 다른 언어로 옮기는 것이 불경스럽다고 생각하기 때문입니다. 그래서 상황만을 떠올리려고 합니다.

내 기억이 틀리지 않다면, 단테와 베르길리우스는 제2원에 도착하고, 그곳에서 영혼의 회오리바람을 보고 죄악의 악취, 즉 형벌의 악취를 맡습니다. 참을 수 없을 정도로 역겨운 상황도 연출됩니다. 가령 미노스는 죄수를 꼬리로 빙빙 감고서 어떤 원으로 내려갈지를 가르쳐 줍니다. 이 장면은 의도적으로 추하게 묘사되었습니다. 익히 알려졌듯이 지옥에서는 그 어떤 것도 아름다울 수 없으니 말이지요. 음란한 자들이 벌을 받고 있는 그 원에는 아주 유명한 이름들이 있었습니다. 여기서 '유명한 이름들'이라고 말하는 이유는, 단테가 그 노래를 쓰기 시작했을 때 그의 예술은 아직 완성의 경지에 이르지 못했기 때문입니다. 즉, 작중 인물들이 이름 이상의 것이 될 수 있다는 점에는 도달하지 못했던 것입니다. 하지만 그 이름은 '고귀한 성'을 묘사하는 데 사용되었습니다.

거기서 우리는 고대의 위대한 시인들을 봅니다. 그들 중에는 손에 칼을 쥐고 있는 호메로스가 있습니다. 그들은 서로 대화를 나누지만, 그 대화의 내용을 여기서 반복할 필요는 없을 것 같습니다. 침묵은 림보를 선고받은 자들, 즉 하느님의 얼굴을 절대로 보지 못할 자들의 끔찍스러운 수치심과 잘 어울립니다. 다섯 번째 노래 도중에 단테는 위대한 깨달음을 얻습니다. 그것은 자기가 죽은 자들의 영혼과 죽은 자들을 느끼고 그들과 대화를 나누며, 그들을 자기 생각대로 심판할 수 있다는 것입니다. 그러나 그는 죽은 자들을 심판하지 않습니다. 최후의 심판관은 자기가 아니라, 제3의 화자인 하느님이라는 것을 알기 때문입니다.

그곳에는 호메로스와 플라톤, 헬레네, 아킬레우스, 파리스, 트리스탄을 비롯한 유명한 인물들이 있습니다. 그러나 단테는 그들보다 유명하지도 않고 자기도 잘 모르는 두 사람을 봅니다. 단테와 동시대의 세계에 속해 있던 파올로와 프란체스카입니다. 그는 간통한 그 두 사람이 어떻게 죽었는지 알고 있습니다. 단테가 부르자 그들이 달려옵니다. 단테는 "비둘기들이 허공을 가르며 편안한 둥지를 향해 내려오듯이"라고 노래합니다. 여기서 우리가 만나는 두 죄인을, 단테는 욕망 가득한 두 비둘기에 비유합니다. 관능성이 그 장면의 핵심이기 때문입니다. 두 사람은 단테에게 다가오고, 혼자만 말을 할 수 있는 프란체스카(파올로는 말을 할 수 없습니다.)가 자신들을 불러 주어서 고맙다고 응답하면서 감상적인 말을 합니다. "우주의 왕께서 우리의 친구라면 우리의 무자비한 고통을 불쌍히 여기는 당신의 평화를 위해 간구하겠습니다." 여기서 그녀는 하느님이라는 말을 입에 올리지 못합니다. 지옥과 연옥에서는 그 이름을 말할 수 없기 때문입니다.

프란체스카는 자기 이야기를 들려줍니다. 같은 이야기를 두 번이나 합니다. 처음에는 수줍은 어조로 말하지만, 자기가 지금도 파올로를 사랑하고 있다는 점을 강조합니다. 지옥에서는 뉘우침이 금지됩니다. 그녀는 자기가 죄를 지었으며, 그 죄에 계속해서 충실하고 있음을 알고 있습니다. 이것은 그녀에게 영웅적인 위엄을 부여합니다. 만일 그녀가 죄를 뉘우치거나, 일어난 일을 유감으로 여기며 부정했다면 정말 끔찍했을 겁니다. 프란체스카는 자기가 벌을 받아 마땅하다는 것을 알고, 그 벌을 받아들이면서도 계속해서 파올로를 사랑합니다.

단테는 여기서 "사랑은 우리를 하나의 죽음으로 이끌었습니다."라는 말에 궁금증을 느낍니다. 파올로와 프란체스카는 함께 살해되었습니다. 단테는 간통에는 관심이 없습니다. 또한 그들의 관계가 어떻게 발각되었고 어떤 식으로 처형되었는지도 관심이 없습니다. 그는 보다 은밀한 것, 즉 그들이 서로를 사랑하고 있다는 사실을 어떻게 알았는지, 어떻게 사랑에 빠졌으며 어떻게 달콤한 한숨만을 내쉬는 순간에 이르게 되었는지에 관심을 둡니다. 그래서 두 사람에게 묻습니다.

지금 하고 있는 말에서 벗어나, 여러분에게 시구 하나를 들려 드리겠습니다. 아마도 레오폴도 루고네스의 가장 훌륭한 시구일 것입니다. 「지옥편」의 다섯 번째 노래에서 영감을 받은 게 틀림없는 이 부분은 1922년에 출판된 『황금의 시간』에 수록된 소네트 중 하나인 「복 받은 영혼」의 첫 구절입니다.

> 그날 오후가 반쯤 지나갔을 때
> 내가 일상적인 작별 인사를 하러 갔을 때,
> 당신을 버려둔다는 막연한 당혹감이
> 바로 내가 당신을 사랑한다는 것을 알게 해 주었소.

재능 없는 시인이라면, 아마도 그 남자가 여자와 작별을 하면서 큰 슬픔을 느꼈으며, 자주 만날 수 없었다고 말했을 것입니다. 반면에 이 시의 "일상적인 작별 인사를 하러 갔을 때"는 맥 빠지고 울적한 구절이지만, 그런 것은 상관없습니다. "일상적인 작별 인사"는 두 사람이 서로 자주 만난다는 것을 의미하기 때문입니다. 그래서 나중에 "당신을 버려둔다는 막연한 당혹감이/ 바로 내가 당신을 사랑한다는 것을 알게 해 주었소." 라는 말이 나오는 것입니다.

이는 근본적으로 다섯 번째 노래의 주제와도 일치합니다. 두 사람은 서로 사랑하면서도 그걸 몰랐다는 사실을 깨닫습니다. 그것이 바로 단테가 알고자 했던 것으로, 그는 어떻게 그런 일이 일어났는지 궁금해했습니다. 프란체스카는 어느 날 시간을 보내기 위해 랜슬롯[90]에 관한 글을 읽다가, 그가 어떻게

---

90   『아서 왕 이야기』에 나오는 훌륭한 기사의 한 사람으로 아서 왕의 왕비인 귀네비어의 애인이다.

사랑을 호소했는지를 말해 줍니다. 그들은 단둘이 있었고 한 치도 의심하지 않았습니다. 그런데 그들이 의심하지 않았던 것은 무엇일까요? 바로 두 사람이 서로를 사랑한다는 사실이었습니다. 그들은 '브르타뉴 사건'[91]의 한 이야기를 알고 있었습니다. 그것은 색슨족의 침입 후에 프랑스에서 살고 있던 브리튼족들이 상상하던 책 중의 하나였습니다. 이 책들이 바로 알론소 키하노의 광기에 불을 질렀고, 파올로와 프란체스카의 죄 많은 사랑을 드러낸 것입니다. 그건 그렇고, 프란체스카는 종종 두 사람이 얼굴을 붉혔다고 말합니다. 그런데 두 사람이 그토록 갈구하던 미소를 읽자, 그녀는 그런 연인의 키스를 받았고 "그이는 온몸을 부들부들 떨면서 내게 입을 맞추었지요. 그리고 나를 결코 떠날 수 없게 되었지요."라고 밝힙니다.

여기서 단테가 말하지 않은 것이 있지만, 우리는 이 일화 전체를 통해 그걸 느낄 수 있고, 아마도 그것을 높이 칭찬할지도 모릅니다. 무한한 동정심을 가지고 단테는 두 연인의 운명을 이야기합니다. 그리고 우리는 그가 그들의 운명을 부러워한다는 것을 알게 됩니다. 파올로와 프란체스카는 지옥에 있고, 단테는 구원을 받을 예정이었습니다. 그들은 서로 사랑했지만, 단테는 그가 사랑했던 여인인 베아트리체의 사랑을 얻지 못했습니다. 바로 여기에 어느 정도의 부당함이 있습니다. 그리고 단테는 그것을 아주 끔찍한 일로 느낍니다. 그는 이미 그녀와 헤어진 몸이기 때문입니다. 반면에 이 두 죄인은 함께 있습니

---

91   켈트족의 전설에서 영감을 받은 것으로 아서 왕을 중심으로 엮인 전설과 이야기들을 일컫는다.

다. 두 사람은 서로 대화를 나누지도 못한 채, 아무런 희망도 없이 검은 회오리바람 속을 빙빙 돌기만 합니다. 단테는 그런 고통이 멈출지 모른다는 희망을 언급하지도 않지만, 그들은 함께 있습니다. 그녀는 말할 때마다 '우리'라는 표현을 씁니다. 두 사람을 지칭하는 이 말은 두 사람이 함께하는 또 하나의 방식입니다. 그들은 영원히 함께 있으면서 지옥을 공유합니다. 아마도 단테에게 그것은 일종의 천국이었을 것입니다. 우리는 그가 몹시 감동을 받고 있다는 것을 압니다. 그런 다음 마치 죽은 것처럼 떨어집니다.

우리 각자는 인생의 어느 한순간에, 즉 우리가 자기 자신과 영원히 만나는 순간에 규정되고 맙니다. 단테는 프란체스카를 비난하고 그녀를 매정하게 다루었다는 평을 듣습니다. 그러나 이것은 제3의 인물을 무시하는 처사입니다. 하느님의 심판이 항상 단테의 감정과 일치하는 것은 아닙니다. 『신곡』을 이해하지 못하는 사람들은 단테가 자신의 적들에게 복수를 하고 친구들에게 보답하기 위해 이 책을 썼다고 말합니다. 하지만 그것은 사실이 아닙니다. 니체는 단테가 무덤 사이에서 시를 짓는 하이에나라고 헐뜯었습니다. 그러나 시를 짓는 하이에나란 그 자체가 모순입니다. 그 외에도 단테는 남의 고통을 보며 기뻐하지 않았습니다. 그는 용서받을 수 없는 대죄가 있다는 것을 알았습니다. 각각의 대죄를 위해 그는 그 죄를 저지른 사람들을 선택합니다. 그러나 그런 죄인들 속에도 가치 있거나 본받아야 할 사람들이 있습니다. 프란체스카와 파올로는 단순히 음란한 자들이 아닙니다. 그들은 다른 죄를 짓지 않았지만, 바로 그 대죄는 그들에게 벌을 내릴 정도로 충분했습니다.

불가해한 존재로서의 하느님은 인류의 핵심적인 다른 책 속에서도 발견됩니다. 여러분은 「욥기」에서 욥이 어떻게 하느님을 원망했는지 기억할 것입니다. 또한 친구들이 어떻게 그를 옹호하고, 마침내 어떻게 하느님이 폭풍 속에서 말씀하시면서, 그를 변호하거나 비난했던 사람들 모두를 꾸짖었는지도 기억할 것입니다.

하느님은 인간의 심판 너머에 계신 분입니다. 그걸 이해하기 위해 두 가지 특별한 예, 즉 고래와 코끼리가 사용됩니다. 그분은 우리에게 거대한 바다 괴물이나 베헤못(이 이름은 복수이며, 히브리어로 수많은 동물들을 의미합니다.)처럼 가공할 만한 것을 보여 주기 위해 그런 괴물들을 찾은 것입니다. 하느님은 인간의 모든 심판 너머에 계시고 「욥기」에서 자신을 그렇게 밝히십니다. 그러자 인간들은 하느님 앞에서 자신들을 굽힙니다. 하느님을 심판하거나 변호하기 위해서입니다. 그러나 그것은 불필요한 일입니다. 니체의 말을 빌면, 하느님은 선과 악의 너머에 계시기 때문입니다. 하느님은 인간과 다른 부류입니다.

만일 단테의 생각이 자신이 상상하던 하느님의 생각과 항상 일치했다면, 그것은 그의 하느님이 거짓이며, 단테 자신의 복사품에 불과하다는 것을 의미할 겁니다. 그러나 단테는 베아트리체가 자기를 사랑하지 않는다는 사실을 받아들여야 했던 것처럼 그 하느님을 받아들였습니다. 그리고 나중에 망명과 라벤나에서의 죽음을 받아들여야 했던 것처럼 피렌체가 천하고 비열하다는 것을 인정해야 했습니다. 그는 세상의 악을 인정하면서 동시에 자신이 이해할 수 없는 하느님을 경배해야 했습니다.

『신곡』에서 빠진 인물이 한 명 있습니다. 너무 인간적이기에 그곳에 있을 수가 없었던 그는 바로 예수입니다. 복음서에서와 달리 그는 『신곡』에는 등장하지 않습니다. 복음서에 나타나는 인간적인 예수는 『신곡』이 요구하는 삼위일체의 두 번째 신격인 성자가 될 수 없었기 때문입니다.

이제 두 번째 일화로 들어가겠습니다. 그것은 내가 보기에 『신곡』의 절정이라 해도 과언이 아닙니다. 바로 스물여섯 번째 노래에 소개되는 오디세우스의 일화입니다. 나도 예전에 「오디세우스의 수수께끼」란 글을 써서 출판한 적이 있는데 지금은 그 글을 분실했습니다. 이제 다시 그 글을 재구성하려고 노력하고 있습니다. 나는 이것이 『신곡』의 일화 중 가장 헤아릴 수 없으면서도, 가장 강렬한 것이라고 생각합니다. 이 일화는 매우 어렵습니다. 특히 정점을 다룰 때 그렇습니다. 가령 어떤 것이 정점인지 알려고 할 때 말입니다. 그러나 『신곡』에는 여러 개의 정점이 있습니다.

첫 번째 강연으로 『신곡』을 선택한 것은, 내가 문학도이고, 문학의 정점, 즉 모든 문학의 절정은 『신곡』이라고 믿기 때문입니다. 그것은 내가 단테의 신학이나, 기독교와 이교도의 신화가 어우러진 그의 신화적 관점에 동의한다는 의미가 아닙니다. 그러나 자신 있게 말할 수 있는 것은, 어떤 책도 나에게 이만큼 강렬한 미학적 감동은 주지 못했다는 것입니다. 나는 쾌락을 추구하는 독자입니다. 따라서 책 속에서 감동을 찾습니다.

『신곡』은 우리 모두가 읽어야 하는 책입니다. 그걸 읽지 않는다는 것은 문학이 우리에게 줄 수 있는 가장 커다란 선물을 박탈당하는 것이며, 이상한 금욕주의에 굴복하는 것과 같습니다. 왜 『신곡』을 읽으면서 느낄 수 있는 기쁨을 부정한단 말입니까? 하지만 이 책을 읽기란 쉽지 않습니다. 그것은 작품 뒤에 있는 것들, 즉 이 책에 대한 의견이나 논점 들이 어렵기 때문입니다. 그러나 책 자체는 아주 투명합니다. 거기에는 중심인물인 단테가 있습니다. 아마도 문학에서 그 어떤 인물보다 생생한 인물일 것입니다. 이제 다시 오디세우스의 일화로 돌아가겠습니다.

그들은 어느 도랑에 도착합니다. 아마 도둑들의 소굴인 여덟 번째 도랑이었던 것 같습니다. 시작 부분에는 피렌체를 꾸짖는 돈호법을 사용하면서, 피렌체의 날개가 하늘과 땅을 뒤덮은 채 흔들리고 있으며, 지옥에도 이름을 떨치고 있다고 말합니다. 그런 다음 수많은 불을 내려다보고 불길, 즉 불꽃 속에서 도둑들의 숨겨진 영혼을 봅니다. 그들은 계속해서 숨어 살기 때문에 영혼도 숨겨져 있습니다. 불길이 너울거리고 단테는 아래로 떨어질 뻔합니다. 그러자 베르길리우스, 즉 베르길리우스의 말이 그를 잡아 줍니다. 그는 불길 속에 있는 사람들에 대해 말하고, 베르길리우스는 두 명의 위대한 이름, 다시 말하면 오디세우스와 디오메데스의 이름을 언급합니다. 그들은 함께 트로이 목마의 전략을 획책하여, 그리스인들을 포위된 도시로 들어오게 만들었기 때문에 그곳에 있는 것이었습니다.

오디세우스와 디오메데스는 그곳에 있었습니다. 단테는 그들을 만나고 싶어 합니다. 그는 베르길리우스에게 이 유명한 고대의 그림자들, 그러니까 이 고명하고 위대한 영웅들과 말하고 싶다는 소망을 전합니다. 베르길리우스는 그의 소망을 들어주지만, 그들은 그 두 그리스인은 매우 건방지니 자기가 대신 이야기하겠다고 말합니다. 단테에게 말을 삼가라는 것입니다. 이에 대해서는 여러 가지 설명이 있습니다. 토르콰토 타소[92]는 베르길리우스가 호메로스가 되려고 했다고 생각합니다. 하지만 이는 완전히 황당한 의심이며 가당치 않은 소리입니다. 베르길리우스는 오디세우스와 디오메데스에게 노래를 했고, 단테가 그들을 아는 것은 바로 베르길리우스가 알게 해 주었기 때문입니다. 단테가 그리스인들이 우습게 여겼던 아이네이아스의 후손 또는 야만인이라는 이유로 경멸받았을 가능성도 무시할 수 있습니다. 디오메데스나 오디세우스와 마찬가지로, 베르길리우스는 단테의 꿈입니다. 단테는 그들을 꿈꾸고 있지만 그 꿈이 너무나 생생하고 강렬해서 그는 이런 꿈들(단테가 그들에게 부여하는 모습만 지닐 수 있고, 그들에게 주는 목소리만 지닐 수 있는)이 자기를 멸시하고 하찮게 여길 수 있다고 생각합니다. 그때까지만 해도 단테는 아직 『신곡』을 쓰지 않은 상태였으니까요.

단테는 우리와 마찬가지로 그런 게임으로 들어갔습니다. 단테 역시 『신곡』에게 속은 것입니다. 그는 생각합니다. '그들은 고대의 유명한 영웅들이지만, 나는 하찮은 존재에 불과해. 그런데 왜 그들은 내가 하는 말에 귀를 기울이려고 하는 것일까?' 그러자 베르길리우스는 그들에게 자신이 어떻게 죽었는지를 얘기해 주라고 부탁합니다. 이제 모습이 보이지 않는 오

---

[92]   Torquato Tasso(1544~1595). 후기 르네상스의 가장 위대한 이탈리아 시인. 십자군 원정 당시의 예루살렘 점령 과정을 다룬 『해방된 예루살렘』이 유명하다.

디세우스의 목소리가 말을 합니다. 오디세우스에게는 얼굴이 없습니다. 화염 속에 있기 때문입니다.

이제 우리는 단테가 만들어 낸 아주 멋진 전설에 도달했습니다. 그것은 『오디세이』나 『아이네이스』 또는 오디세우스가 뱃사람 신드바드라는 이름으로 등장하는 『천하루 밤의 이야기』 같은 책에 담긴 것들보다 훨씬 훌륭합니다.

이 전설은 여러 사건으로 인해 단테의 머릿속에 떠올랐습니다. 특히 리스본이 오디세우스에 의해 세워졌다는 생각과 대서양에 축복의 섬들이 있다는 믿음이 주효했습니다. 켈트족은 대서양에 환상적인 나라들이 있다고 생각했습니다. 가령 그들은 강이 흐르는 섬을 상상했는데, 그 강에는 물고기와 배가 가득하며 그것들은 창공을 가로지릅니다. 그래도 고기와 배는 땅으로 떨어지지 않는 환상적인 섬입니다. 또한 불길 속에서 빙빙 도는 섬도 있다고 믿었습니다. 그리고 청동 사냥개들이 사슴들을 뒤쫓는 섬도 상상했습니다. 단테는 이 모든 것을 알고 있었던 것 같습니다. 그러나 중요한 것은 그가 이런 전설들을 가지고 만들어 낸 것입니다. 이 전설은 매우 고귀한 것에서 유래합니다.

오디세우스는 페넬로페를 떠납니다. 그는 자신의 동료들을 불러 그들에게, 그들이 지금은 비록 늙고 피로에 찌든 몸이지만, 자기와 함께 수많은 위험을 극복한 사람들임을 상기시킵니다. 그러면서 아주 고귀한 모험을 제안합니다. 그것은 바로 헤라클레스의 기둥을 지나고 바다를 건너서 남반구를 탐험하자는 것입니다. 당시만 해도 사람들은 남반구를 물로 가득한 곳으로 생각했고, 그곳에 가 본 사람은 한 명도 없었습니다.

오디세우스는 동료들에게 그들은 남자이지 짐승이 아니며, 용기와 지식을 위해 태어났다고 말합니다. 즉, 무언가를 알고 무언가를 이해하고자 태어났다는 말입니다.

그러자 그들은 오디세우스를 따르면서 "노를 날개 삼아" 남하합니다. 이런 은유법이 단테가 알지 못했던 『오디세이』에도 발견된다는 것은 대단히 흥미롭습니다. 그들은 세우타와 세비야를 뒤로하고 항해를 떠납니다. 그리고 넓은 바다로 들어가서 왼쪽으로 돕니다. '왼쪽으로'나 '왼쪽 위로'는 『신곡』에서 사악한 것을 의미합니다. 연옥으로 올라가려면 오른쪽으로 가야 합니다. 왼쪽은 지옥으로 내려가는 길입니다. 즉 '사악한' 쪽에는 두 가지 의미가 있습니다. 그러자 그는 이렇게 말합니다. "밤이 되자 남반구의 별들이 모두 보였다." 즉 별로 가득한 남반구를 보았다는 것입니다.(위대한 아일랜드의 시인 예이츠는 '별이 가득한 하늘'에 관해 말했습니다. 그러나 북반구에서 이 말은 거짓입니다. 남반구와 비교할 때 그곳엔 별이 아주 적기 때문입니다.)

그들은 다섯 달 동안 항해를 한 후에 마침내 육지를 만납니다. 그들이 본 것은 아득한 저편에 있는 갈색 산이었습니다. 한 번도 본 적이 없을 만큼 높은 산이었습니다. 오디세우스는 기쁨이 곧 탄식으로 변했다고 말합니다. 미지의 땅에서 회오리 바람이 불어와 배를 침몰시켰기 때문입니다. 다른 노래에서 보게 될 것처럼 그 산은 바로 연옥입니다. 단테는 연옥이 예루살렘의 대척점에 있다고 믿었습니다. 아니, 시의 목적을 위해 그렇게 믿는 것처럼 보입니다.

이제 우리는 끔찍한 순간에 도달했습니다. 우리는 왜 오디세우스가 벌을 받았는지 생각해야 합니다. 분명한 것은 트로

이 목마의 계략 때문은 아니라는 것입니다. 단테와 우리와 관계된 순간, 즉 그의 삶이 절정에 이르는 순간은 트로이의 목마로 계략을 부리던 시간과는 다르기 때문입니다. 절정의 순간은 금지되고 불가능한 것을 알고자 하는 고결하면서도 대담한 작업입니다. 우리는 왜 이 노래가 그토록 힘이 있는지 생각해 봐야 합니다. 그 질문에 답하기 전에, 내가 아는 한 아직 한 번도 지적되지 않은 사건을 떠올리고 싶습니다.

　그것은 우리 시대의 위대한 시이며 위대한 책인 허먼 멜빌의 『모비 딕』입니다. 틀림없이 멜빌은 롱펠로가 번역한 『신곡』을 알고 있었을 겁니다. 이 작품은 흰고래에게 복수를 하고자 하는 외다리 선장 에이하브의 무자비한 모험을 다루고 있습니다. 마침내 선장은 흰고래를 발견하지만, 흰고래는 선장의 배를 침몰시킵니다. 이 위대한 소설은 단테의 노래 끝부분과 정확하게 일치합니다. 즉, 바다가 그들을 덮친다는 것입니다. 멜빌도 바로 이 부분에서 『신곡』을 떠올렸을 것입니다. 나는 그가 이 작품을 읽었고, 이 작품에 너무나 몰입한 나머지 의식적으로 잊고자 했을 것이라 생각하고 싶습니다. 그러니까 『신곡』은 그의 일부가 되었고, 훗날에야 자기가 오래전에 이 책을 읽었다는 것을 깨달았을 겁니다. 이야기는 근본적으로 같지만, 에이하브 선장은 고귀한 목표가 아니라 복수욕에 불타서 움직였습니다. 반면에 오디세우스는 인간 중에서 가장 위대한 사람처럼 행동합니다. 그 외에도 오디세우스는 자신의 똑똑함을 보여 주면서 정당한 이유에 호소하다가 벌을 받습니다.

　그런데 왜 이 일화는 비극의 무게에 짓눌려 있는 것일까요? 나는 정말로 가치 있는 유일한 설명이 있다고 생각합니다.

그건 단테가 어느 정도 오디세우스를 자기라고 느꼈으리라는 것입니다. 그가 그 점을 의식했는지는 모르겠지만, 그건 중요하지 않습니다. 『신곡』의 어느 3행 연구에서 그는 그 누구도 하느님의 심판이 어떤 것인지 알 수 없다고 말합니다. 우리는 하느님의 심판을 예견할 수 없으며, 그 누구도 누가 벌을 받고 누가 구원을 받을지 모릅니다. 그러나 단테는 시를 통해 정확하게 그렇게 했습니다. 그는 우리에게 저주받은 사람들과 선택받은 사람들을 보여 주었습니다. 그는 그렇게 하는 것이 매우 위험한 일임을 알았지만, 이해할 수 없는 하느님의 섭리를 내다보고 있다는 사실을 무시할 수 없었습니다.

이런 이유로 오디세우스란 인물에겐 그토록 힘이 있는 것입니다. 오디세우스는 단테의 거울이고, 단테는 아마도 자기 역시 그런 벌을 받아 마땅하다고 느꼈을 것입니다. 좋든 나쁘든 시를 쓰면서 그는 밤의 법칙, 즉 하느님과 신성의 신비로운 법칙을 위반했으니까요.

이제 마칠 때가 되었습니다. 다시 한번 나는 이렇게 열린 방식으로 『신곡』을 읽으면서 느끼는 기쁨을 그 누구도 빼앗을 권리는 없다고 주장하고 싶습니다. 나중에 이에 대한 평이 나올 것입니다. 즉, 신화를 언급하는 각각의 대목이 무엇을 의미하는지, 단테가 어떻게 베르길리우스의 위대한 시를 차용했고, 그걸 번역하면서 어떻게 낮게 만들었는지를 알고 싶은 욕망이 생기게 됩니다. 먼저 우리는 어린아이처럼 순진한 믿음을 가지고 책을 읽고, 그 책에 빠져야 합니다. 그러면 그 책은 끝까지 우리와 함께 갈 것입니다. 이 책은 수십 년 동안 나와 함께 있었고, 나는 내일 이 책을 열자마자 지금까지 보지 못했던 새로운 것을 보게 될 것입니다. 나는 이 책이 잠을 깨어 살아가는 나의 인생, 그리고 우리의 인생보다 훨씬 더 오래 지속되리란 걸 압니다.

둘째 밤
악몽

꿈은 속(屬)이고 악몽은 종(種)입니다. 나는 먼저 꿈에 대해 말하고, 그다음에 악몽에 대해 말하려고 합니다.

최근에 나는 심리학 서적을 다시 읽고 있습니다. 그런데 이상하게도 속고 있다는 느낌이 듭니다. 모든 심리학 서적들은 꿈의 구성이나 도구 또는 주제에 대해 얘기합니다. 꿈이란 단어에 관해서는 나중에 다시 설명하겠습니다. 하지만 내가 원했던 것, 즉 꿈을 꾼다는 사실이 얼마나 이상하고 놀라운 것인지에 대해서는 어느 책도 이야기하지 않았습니다.

내가 몹시 아끼는 심리학 서적인 구스타브 슈필러[93]의 『인간의 마음』은 꿈이 정신 행위 중에서 가장 낮은 차원에 해당한

---

93   Gustav Spiller(1864~1940). 헝가리 태생의 영국 심리학자.

다고 말합니다. 나는 적어도 그 점에서는 그가 틀렸다고 생각
합니다. 그러면서 그는 꿈의 줄거리는 죄다 모순되고 앞뒤가
안 맞는다고 지적합니다. 나는 여기서 폴 그루삭과 그의 에세
이집 『지성의 여행』에 수록된 멋진 연구를 떠올리고 싶습니다.
제대로 기억해서 여기서 반복할 수 있었으면 좋겠군요. 그루
삭은 『지성의 여행』 2권 마지막 부분에서 우리가 어둠의 지역,
즉 꿈의 미로를 통과하여 매일 아침 제정신으로(즉 상대적으로
건강한 정신으로) 깨어나는 것이 놀랍다고 말합니다.

꿈을 연구하는 것은 매우 어려운 작업입니다. 꿈은 직접 검
사하고 조사할 수 있는 것이 아니기 때문입니다. 우리가 말할
수 있는 것은 꿈에 대한 기억이 전부입니다. 그리고 아마도 그
런 기억은 꿈과 정확하게 일치하지 않을 것입니다. 18세기의
위대한 작가인 토머스 브라운 경[94]은 꿈에 대한 우리의 기억은
화려한 현실보다 훨씬 빈곤하다고 믿었습니다. 반면에 다른
사람들은 우리가 자신의 꿈을 보다 개선한다고 믿었습니다.
만일 꿈이 허구의 작품이라면(나는 그렇게 믿습니다.) 아마도 우
리는 잠에서 깨어나는 순간까지도 계속 이야기를 만들어 내고
서, 만들어 낸 이야기를 하고 있는 것인지도 모릅니다. J. W. 던
의 책 『시간 경험』이 떠오르는군요. 나는 그의 이론에 동의하
지 않지만, 이 책은 너무나 아름다워서 떠올리지 않을 수 없습
니다. 하지만 그의 이론을 단순화시키기 위해(나는 이 책에서 저
책으로 마구 옮겨 갑니다. 내 기억이 내 생각을 앞서기 때문입니다.),

---

94   Sir Thomas Browne(1778~1820). 영국의 형이상학자.
사익 철학파의 역사에서 전환점을 이룬 인물이다.

먼저 보에티우스[95]의 위대한 책인 『철학의 위안』을 떠올리고 싶습니다. 단테는 이 책을 읽고 또 읽었습니다. 모든 중세 문학을 읽고 또 읽었던 것처럼 말입니다. '마지막 로마인'이라고 불렸던 상원 의원 보에티우스는 경마장의 관객 한 사람을 상상했습니다.

그 관객은 경마장에 있습니다. 그리고 자기 자리에서 출발선의 말들과, 엎치락뒤치락하는 경주마들을 바라봅니다. 그리고 결승점에 말 한 마리가 도착하는 것을 봅니다. 그는 경주 전체를 연속적인 것으로 보았습니다. 그러나 보에티우스는 다른 관객도 상상합니다. 그 다른 관객은 바로 경주를 지켜보는 관객의 관객입니다. 여러분이 익히 짐작하듯이 그 관객은 바로 하느님입니다. 하느님은 경주 전체를 봅니다. 영원한 한순간에, 그리고 순간적인 영원 속에서 말이 출발하여 서로 경쟁하며 결승점에 도착하는 것을 봅니다. 그는 모든 것을 단 한 순간에 봅니다. 마찬가지로 하느님은 모든 역사를 봅니다. 그렇게 보에티우스는 두 가지 개념, 즉 자유 의지와 하느님의 섭리를 연결시킵니다. 관객이 경주 전체를 하나의 연속체로 보지만 그 경주에 아무런 영향을 끼치지 못하는 것과 마찬가지로, 하느님은 시작부터 끝까지 경주 전체를 바라봅니다. 하느님은 우리가 하는 일에 아무런 영향을 끼치지 못합니다. 우리는 자유 의지에 따라 행동하지만 하느님은 이미 우리의 마지막 종착점을 알고 있습니다. 바로 이 순간 우리의 운명을 알고 있는

---

95   Boethius(480~524). 로마의 저술가이자 철학자. 대표작으로는 옥중에서 집필한 『철학의 위안』이 있다.

것입니다. 그렇게 하느님은 인류의 역사, 즉 역사 속에서 일어나는 것들을 굽어봅니다. 그는 화려하고 어지러울 정도의 일순간, 즉 영원 속에서 그 모든 것을 봅니다.

던은 금세기의 영국 작가입니다. 나는 그가 쓴 『시간 경험』보다 재미있는 책을 알지 못합니다. 그 책에서 던은 우리 각자에게는 하느님의 것보다는 작은 개인적인 영원이 있다고 생각합니다. 그리고 우리는 매일 밤 그것을 소유합니다. 오늘 밤 우리는 잠을 잘 것이고, 수요일 밤이라고 꿈꿀 것입니다. 그리고 수요일뿐 아니라 다음 날 밤인 목요일, 그리고 아마도 금요일과 화요일에도 꿈을 꿀 것입니다……. 우리 각자는 꿈속에서 이미 개인적인 영원을 갖게 됩니다. 그 영원은 우리의 가까운 과거와 가까운 미래를 보게 합니다.

하느님이 광활한 영원에서 우주의 모든 과정을 지켜보듯이, 꿈꾸는 사람도 이 모든 것을 일순간에 바라봅니다. 그럼 잠에서 깨어날 때는 무슨 일이 일어날까요? 우리가 연속된 삶에 익숙해진 것처럼, 잠에서 깨어나면 우리는 우리의 꿈에 서사 구조를 부여합니다. 그러나 우리의 꿈은 다층적이며 동시적입니다.

아주 간단한 예를 들어 보겠습니다. 아주 보잘것없는 꿈이지만, 내가 어떤 사람, 즉 단순히 어떤 사람의 모습을 꿈꾸고, 그런 다음에 즉시 나무의 모습을 꿈꾼다고 가정해 봅시다. 잠에서 깨어나면서 나는 이토록 단순한 꿈에 어울리지 않는 복잡성을 부여할 수 있습니다. 그러니까 꿈에서 한 사람을 보았는데 그는 나무가 되었으며, 실은 그가 나무였다고 생각하는 식입니다. 사실을 변형하면서 이미 이야기를 만들어 내는 것이죠.

　우리는 꿈속에서 무슨 일이 일어나는지 정확하게 알지 못합니다. 꿈을 꾸는 동안 우리가 천국에 있거나 지옥에 있는 것도 불가능한 일은 아닙니다. 또한 우리는 다른 사람, 그러니까 셰익스피어가 "바로 나인 것(the thing I am)"이라고 부른 누군가가 될 수도 있고, 우리 자신도 될 수 있으며, 하느님도 될 수 있습니다. 그러나 잠에서 깨면서 이런 모든 것을 잊어버립니다. 단지 꿈에 대한 기억, 즉 얼마 안 되는 기억만을 살펴볼 수 있지요.

　나는 프레이저[96]의 글을 읽었습니다. 그는 매우 재능 있는 작가이지만 남의 말에 잘 속아 넘어갑니다. 그는 여행자들이 하는 이야기를 모두 믿는 것처럼 보입니다. 프레이저에 의하면, 미개인들은 꿈을 꾸는 것과 꿈에서 깨어나는 것의 차이를 구별하지 못합니다. 그들에게 꿈은 자는 동안 있었던 일입니다. 그래서 프레이저, 아니 프레이저가 읽은 여행가들의 글에 의하면, 숲으로 들어가 사자를 죽이는 꿈을 꾼 미개인은 잠에서 깨어나면 자신의 영혼이 육체를 떠나 꿈속에 있던 사자를 죽였다고 생각합니다. 아니, 보다 복잡하게 설명하자면, 미개인은 사자의 꿈을 죽였다고 상상할 수도 있습니다. 이 모든 것은 충분히 가능한 일입니다. 그리고 미개인의 생각은 꿈과 현실을 뚜렷이 구분하지 못하는 어린아이들의 생각과 일치합니다.

96　제임스 조지 프레이저 경(Sir James George Frazer, 1854~1941). 영국의 인류학자이자 민속학자. 대표작으로 『황금 가지』 『토테미즘과 족외혼』 등이 있다.

여기서 개인적인 기억을 떠올리겠습니다. 내 조카는 매일
아침 나에게 자기의 꿈을 들려주었습니다. 조카가 대여섯 살
쯤 되었을 때의 일인 것 같습니다. 하지만 나는 워낙 숫자에 관
해서는 젬병이니 틀릴 수도 있다는 것을 염두에 두시기 바랍
니다. 어느 날 아침 바닥에 앉아 있던 아이에게 나는 무슨 꿈을
꾸었느냐고 물었습니다. 내게 그런 취미가 있다는 것을 잘 알
고 있던 조카는 천천히 말했습니다. "어젯밤에 숲속에서 길을
잃어버리는 꿈을 꾸었어요. 정말 무서웠어요. 하지만 어떤 곳
에 도착했고, 거기에 하얀 나무 집이 있었어요. 달팽이처럼 꾸
불꾸불한 계단도 있었죠. 계단에는 카펫이 깔려 있었고, 그곳
에 문이 하나 있었어요. 그런데 바로 그 문에서 아저씨가 나왔
어요." 그러고는 갑자기 말을 멈춘 다음 이렇게 물었습니다.
"그런데 그 집에서 뭐 하고 있었어요?"

모든 것, 즉 꿈이나 꿈에서 깬 다음의 일도 그에게는 동일한
차원에서 일어나는 것이었던 겁니다. 이런 사실은 우리를 다른
가정으로 이끕니다. 바로 신비주의자들과 형이상학자들의 가
정으로 말이죠. 이 둘은 서로 비슷하지만 완전히 상반됩니다.

미개인이나 아이에게 꿈은 자는 동안 있었던 일입니다. 반
면에 시인과 신비주의자들에게는 꿈이 자는 동안 있었던 일일
수 없습니다. 스페인의 극작가인 칼데론[97]은 짧고 무미건조한
말로 "인생은 꿈"이라고 말했으며, 셰익스피어는 이미지를 통

---

97   페드로 칼데론 데 라 바르카(Pedro Calderón de la Barca,
      1600~1681). 스페인의 극작가. 대표작으로는 『살라
      메아 촌장』, 『인생은 꿈』 등이 있다.

해 "우리는 꿈과 똑같은 재료로 만들어져 있다."라고 지적했습니다. 또한 오스트리아의 시인인 발터 폰데어포겔바이데[98]는 "내가 인생을 꿈꾼 것인가? 아니면 내가 꿈이었던가?"라는 멋진 질문을 던졌습니다. 이런 질문에는 나도 정확하게 답할 수 없습니다. 그러나 이런 현상들은 우리를 유아론으로 이끌면서, 꿈을 꾸고 있는 사람은 단 한 명뿐이며, 그 사람은 우리 각자일지도 모른다는 의심을 하게 합니다. 여기서 꿈꾸는 사람이 나라고 가정해 봅시다. 그럼 그 꿈꾸는 사람은 이 순간 여러분을 꿈꾸고 있으며, 이 방과 이 강연을 꿈꾸고 있습니다. 단 한 명뿐인 그는 우주의 모든 과정과 세계의 역사를 꿈꾸고 있으며, 여러분의 어린 시절과 젊은 시절을 포함한 모든 것을 꿈꾸고 있습니다. 이 모든 것은 과거에 일어날 수 없었던 것입니다. 바로 이 순간 존재하기 시작하고, 꿈을 꾸기 시작하며, 우리 각자가 되기 때문입니다. 그것은 우리가 아니라, 우리 각자입니다. 이 순간 나는 내가 차르카스 거리에서 강연을 하는 꿈을 꾸고 있고, 내가 말할 주제를 찾고 있으며(아마도 주제를 찾지 못할지도 모릅니다.) 여러분을 꿈꾸고 있습니다. 그러나 이것은 사실이 아닐 수도 있습니다. 여러분 각자가 나를 꿈꾸고 있고, 여기에 있는 다른 사람들을 꿈꾸고 있을지도 모르지요.

우리는 꿈에 대해 두 가지 생각을 가지고 있습니다. 하나는 꿈이란 꿈을 깬 이후의 부분이라는 생각이고, 다른 하나는 시인들이 가지고 있는 멋진 생각, 바로 잠을 깬 이후의 모든 것

---

98   Walther von der Vogelweide(1170?~1230?). 중세 독일의 가장 위대한 서정시인.

이 꿈이라는 생각입니다. 이 두 가지 생각은 크게 다르지 않습니다. 우리의 정신 활동에는 아무런 차이도 없다는 그루삭의 글에 이르게 되는 것입니다. 우리는 잠에서 깬 상태로 있을 수도 있고, 꿈을 꿀 수도 있습니다. 그러나 우리의 정신 활동은 동일합니다. 바로 여기서 "우리는 꿈과 동일한 재료로 만들어졌다."는 셰익스피어의 말을 확인할 수 있습니다.

　꿈을 이야기할 때면 피할 수 없는 주제가 하나 더 있습니다. 그것은 바로 예언적인 꿈입니다. 그것은 발전된 정신 상태에서 나오는 것으로, 꿈이 현실과 상응한다는 생각입니다. 이제 그것을 두 개의 차원으로 나누어 말씀드리겠습니다.

　『오디세이』에는 두 개의 문에 대해 말하는 대목이 나옵니다. 바로 뿔로 만들어진 문과 상아로 만들어진 문입니다. 상아 문을 통해서는 거짓 꿈이 인간에게 도달하고, 뿔 문을 통해서는 예언을 닮은 진정한 꿈이 옵니다. 또한 『아이네이스』에도 수많은 해석을 야기한 대목이 있습니다. 9권인지 11권인지는 확실하지 않습니다.[99] 거기서 아이네이아스는 헤라클레스의 기둥 너머에 있는 극락의 땅으로 내려와서 아킬레우스와 티레시아스의 그림자와 대화합니다. 그리고 자기 어머니의 그림자를 보고 어머니를 껴안으려고 합니다. 그러나 그것은 불가능합니다. 그림자였으니까요. 또한 자신이 건립한 도시가 미래에 얼마나 위대하게 되는지를 봅니다. 그는 로물루스와 레무스, 들판을 보고, 그 들판에서 미래 로마의 광장과 미래 로마의

99　　실제로는 6권에 나온다.

위대함과 아우구스투스 황제의 위대함을 비롯하여 로마 제국의 위풍을 봅니다. 이 모든 것을 보고 아이네이아스는 미래의 인물인 동시대인들과 대화를 나눈 뒤 현실로 돌아옵니다. 그러나 이상하게 아무도 이 일을 제대로 설명하지 못합니다. 단한 사람만이 예외였는데 그는 익명의 인물입니다. 나는 그 익명의 인물이 진실을 제공했다고 믿습니다. 아이네이아스는 뿔문이 아닌 상아 문으로 돌아옵니다. 왜 그랬을까요? 익명의 해설자는 우리가 정말로 현실에 있지 않았기 때문이라고 말합니다. 베르길리우스에게 진정한 세상은 아마도 플라톤적인 세계, 즉 원형의 세계였을 겁니다. 아이네이아스는 상아 문을 지납니다. 그것은 바로 꿈의 세계, 즉 우리가 잠에서 깨어나는 것이라고 말하는 세계로 들어가는 문이기 때문입니다.

이 모든 것은 충분히 있을 수 있는 일입니다.

이제 우리는 종(種), 즉 악몽에 다가가고 있습니다. 이쯤에서 악몽의 여러 이름을 떠올려 보는 것도 좋을 것 같습니다.

스페인어로 악몽은 '페사디야(pesadilla)'입니다. 하지만 이 이름에서는 너무 상쾌한 냄새가 납니다. '이야(illa)'라는 축소형 어미가 이 단어의 힘을 빼앗고 있습니다. 악몽을 일컫는 다른 언어는 좀 더 강한 발음이 납니다. 그리스어로 악몽은 '에피알테스'입니다. 에피알테스는 악몽을 야기하는 악마를 말합니다. 라틴어에는 '인쿠부스'란 말이 있습니다. 그것은 악몽을 일으키면서 잠자는 사람을 누릅니다. 독일어로는 아주 흥미로운 단어인 '알프'가 있습니다. 아마도 악몽을 야기하는 악마인 개구쟁이 요정 엘프와 엘프가 초래하는 고통을 의미하는 말 같습니다. 또한 세계 문학사에서 악몽을 꿈꾼 위대한 작가 중의 하나인 토머스 드 퀸시[100]가 보았던 그림도 있습니다. 그것은 바로 푸셀리 혹은 퓌슬리[101](이것이 그의 진짜 이름입니다. 그는 18세기 스위스 화가입니다.)라고 불리는 화가의 그림으로「악몽」이라는 제목이 붙어 있습니다. 그 그림에는 한 여자가 누워 있습니다. 그런데 잠을 깨면서 소스라치게 놀랍니다. 왜냐하면 자기 배 위에 까맣고 작으며 사악한 악마가 누워 있는 것을 보았기 때문입니다. 그 괴물이 바로 악몽입니다. 퓌슬리는 그 그림을 그리면서, '알프'라는 단어와 엘프의 고통을 생각했습니다.

이제 가장 애매하면서도 슬기로운 단어를 말할 차례가 되었습니다. 그것은 바로 '악몽'의 영어식 이름인 나이트메어(nightmare)입니다. '밤의 암말'이란 뜻이죠. "나는 밤의 암말을 만났네."라고 노래했던 셰익스피어의 시구가 가리키는 것도 악몽이 틀림없습니다. 다른 시에서도 그는 의도적으로 "악몽과 그녀의 아홉 마리 새끼"라는 표현을 사용했습니다.

그러나 어원학자들에 의하면, 그 단어의 어원은 그게 아니라, niht mare 혹은 niht maere입니다. '밤의 악마'란 뜻이죠. 자신의 유명한 사전에서 존슨 박사는 이 말이 (우리가 색슨족의 전설이라고 말하는) 북유럽의 전설에서 유래했으며, 그 전설에서는 그리스어의 에피알테스나 라틴어의 인쿠부스에 해당하거나

---

100   Thomas de Quincey(1785~1859). 영국의 소설가이자 수필가. 대표작으로『살인의 예술적 고찰』,『심연에서의 탄식』등이 있다.

101   요한 하인리히 퓌슬리(Johann Heinrich Füssli, 1741~1825). 스위스 태생의 영국 화가. 그로테스크한 주제의 환상적인 작품을 주로 그렸다.

번역이라 할 수 있다고 말합니다.

우리에게 도움이 될 만한 다른 해석도 있습니다. 그것은 바로 독일어 '메르헨(märchen)'과 나이트메어가 관련이 있을지도 모른다는 것입니다. 메르헨은 우화, 요정 이야기, 허구적인 작품을 말합니다. 그렇다면 영어의 '나이트메어'는 밤의 허구적 작품, 즉 밤의 소설이 될 것입니다. 그건 그렇고, '나이트메어'를 '밤의 암말'로 수용하는 현상('암말'이란 말이 뭔가 끔찍한 것이 내포된 듯한 인상을 풍깁니다.)은 빅토르 위고에게 하나의 선물이 되었습니다. 위고는 영어를 잘했고, 잊히긴 했지만 셰익스피어에 관한 책을 쓰기도 했습니다. 아마도 『명상』이라는 시집에 수록된 시로 기억되는데, 거기에서 위고는 악몽을 "밤의 검은 말"이라고 썼습니다. 의심할 것 없이 그는 영어 '나이트메어'를 떠올렸던 것입니다. 이렇게 이 말에 대한 영어의 어원은 상이합니다.

프랑스어로 악몽을 뜻하는 단어는 '코슈마르(cauchemar)'입니다. 이 말은 영어의 '나이트메어'와 관련이 있습니다. 이런 모든 단어는 악마에게 그 기원이 있다는 생각, 즉 악몽을 야기하는 것이 악마라는 인식이 있습니다. 나는 이것을 단순히 미신이라고 생각하지 않습니다. 나는 이런 개념 속에 무언가 참된 것이 있다고 믿습니다. 이것이 나의 솔직한 마음입니다.

그럼 악몽 또는 악몽들로 들어가 봅시다. 내 악몽은 항상 동일합니다. 주로 두 종류의 악몽을 꾸는데, 그것들은 종종 뒤섞입니다. 하나는 미로의 악몽입니다. 그것은 부분적으로 어렸을 때 프랑스 책에서 보았던 동판화와 관련이 있습니다. 그 판화에는 세상의 일곱 가지 기적이 새겨져 있었고, 그 기적들 속에 크레타의 미로가 있었습니다. 미로는 거대하고 높은 원형 경기장이었습니다. 주위에 있는 사람들이나 삼나무들보다 높았기 때문에 그렇게 보였는지도 모릅니다. 불길하게 닫힌 이 건물 속에 갈라진 금들이 있었습니다. 나는 어렸을 때 아주 강력한 돋보기가 있다면 그 판화 속의 금을 통해 끔찍한 미로의 중앙에 있는 미노타우로스를 볼 수 있을 것이라 믿었고, 지금도 그렇게 믿고 있다고 생각합니다.

또 하나의 악몽은 거울입니다. 거울과 미로는 다른 것이 아닙니다. 두 개의 거울을 마주 보게만 해도 미로를 만들 수 있으니까요. 나는 벨그라노 지역에 있는 도라 데 알베아르의 집에서 원형의 방을 본 일이 있습니다. 그 방의 벽과 문은 온통 거울로 장식되어 있었습니다. 그 방에 들어서는 사람은 정말로 무한한 미로의 한가운데에 서게 됩니다.

나는 항상 미로나 거울의 꿈을 꿉니다. 거울의 꿈에서는 또 다른 환영이 나타납니다. 그것은 나의 밤을 지배하는 공포인데, 바로 가면에 대한 생각입니다. 나는 가면을 보면 항상 겁이 났습니다. 어렸을 때 누군가가 가면을 쓰면 무언가 끔찍한 것을 숨기는 느낌을 받았던 게 분명합니다. 이것들이 내가 꾸는 가장 끔찍한 악몽입니다. 나는 거울 속에 비친 자신을 보지만, 가면을 쓴 자신을 보기도 합니다. 나는 누군가가 내 얼굴에서 가면을 떼어 낼까 봐 두려워합니다. 나는 내 진짜 얼굴이 남에게 보여 주기 겁날 만큼 흉악할 것이라 상상합니다. 나병이나 그 외의 병, 혹은 내 상상을 뛰어넘는 끔찍한 것들이 있을 수 있기 때문입니다.

내가 꾸는 악몽에는 이상한 특징이 있습니다. 여러분도 그런지 모르겠지만 정확한 지형도가 있다는 것입니다. 가령 나는 항상 꿈에서 부에노스아이레스의 특정한 길모퉁이를 봅니다. 라프리다와 아레날레스의 모퉁이, 혹은 발카르세와 칠레가의 모퉁이입니다. 나는 내가 있는 장소를 정확하게 압니다. 그리고 조금 멀리 떨어진 곳으로 가야 한다는 것도 압니다. 꿈 속의 이런 장소들은 아주 정확한 지형도를 가지고 있지만, 실제와는 완전히 다릅니다. 가파른 골목길일 수도 있고, 늪지일 수도 있으며, 정글일 수도 있지만, 그것은 중요하지 않습니다. 내가 부에노스아이레스의 특정한 길모퉁이에 있다는 것을 알기 때문입니다. 나는 내가 가야 할 길을 찾으려고 애씁니다.

어쨌거나 악몽에서 중요한 것은 이미지가 아닙니다. 중요한 것은 콜리지가 말했던 것처럼(이제 나는 결정적으로 시인들을 인용하고 있습니다.) 꿈이 만들어 내는 인상입니다. 이미지들은 중요하지 않습니다. 그것들은 결과일 뿐입니다.

그럼 조지프 애디슨[102]이 인용한 페트로니우스[103]의 글을 한 번 보겠습니다. 여기서 내가 시인들을 인용하는 건 다분히 의도적입니다. 그들에게 혜안이 있기 때문입니다. 페트로니우스는 영혼이 육체의 짐에서 해방되면 놀이를 한다고 말하면서, "육체 없는 영혼은 놀이를 한다."라고 썼습니다. 한편 공고라[104]

---

102   Joseph Addison(1672~1719). 영국의 수필가, 시인, 극
       작가.

103   Petronius(?~66). 로마의 정치가이자 문인. 대표작『사
       티리콘』은 16세기 이후 유행한 '악자(惡者) 소설'의
       선구자로 평가된다.

104   루이스 데 공고라(Luis de Góngora, 1561~1627). 스페

는 어느 소네트에서 꿈과 악몽은 허구이며 문학의 창작품이라
는 생각을 아주 정확하게 표현했습니다.

꿈은 연출 작가
극장 위로는 갑옷 입은 바람
어둠은 아름다운 몸으로 옷을 입는다.

꿈은 연출입니다. 애디슨은 잡지 《관객》에 발표한 훌륭한
글에서 18세기의 원칙에 의거해 이런 생각을 재해석했습니다.
나는 토머스 브라운을 인용했었습니다. 그는 육체에서 해
방되어 놀이를 하고 꿈을 꾸는 영혼을 보면서, 꿈이란 우리에
게 영혼의 탁월함을 생각하게 한다고 말했습니다. 그는 영혼
은 자유를 누린다고 믿었습니다. 그리고 애디슨은 육체의 족
쇄에서 해방되면 영혼이 상상을 하고, 꿈에서 깼을 때는 가질
수 없는 자유를 가지고 상상하는 능력이 있다고 실제로 말했
습니다. 그는 영혼의 모든 작용 중에서(지금 쓰는 말로는 '마음
의 작용'입니다. 지금은 영혼이라는 말을 쓰지 않으니까요.) 가장 힘
든 것은 무언가를 고안해 내는 것이라고 덧붙였습니다. 그러
나 꿈속에서 우리는 너무나 빨리 무언가를 만들어 내기 때문
에 우리가 만들어 내고 있는 것과 우리의 생각을 혼동합니다.
우리는 책을 읽는 꿈을 꾸지만, 사실은 책에 있는 각 단어들을
만들어 내고 있는 것입니다. 하지만 그런 사실을 눈치채지 못

인의 시인. 대표작으로 장편시 『고독』과 『폴리페모와
갈라테아의 우화』가 있다.

하고 그것을 타인의 것으로 여겨 버립니다. 나는 수많은 꿈속에서 이 예측 과정을 깨달았습니다. 그러니까 앞으로 다가올 것을 위해 우리를 준비시키는 과정을 알게 되었던 것입니다.

나는 악몽 하나를 기억합니다. 악몽의 배경은 세라노가였습니다. 아마도 세라노가와 솔레르가가 만나는 사거리였던 것 같습니다. 그러나 세라노가와 솔레르가처럼 보이지는 않았습니다. 풍경이 전혀 달랐지요. 하지만 나는 내가 팔레르모 지역에 있는 옛 세라노가에 있다는 사실을 알았습니다. 거기서 내가 모르는 친구와 만났습니다. 그를 보았는데 몹시 달라져 있었습니다. 나는 그의 얼굴을 본 적이 없지만, 그의 얼굴이 그런 모습일 리 없다는 사실을 알았습니다. 그는 모습이 몹시 달라져 있었고 초췌해 보였습니다. 얼굴은 고통과 질병, 그리고 아마도 죄책감으로 일그러진 듯 보였습니다. 그의 오른손은 재킷(이것은 꿈에서 매우 중요합니다.) 안에 들어가 있었습니다. 나는 품 안에 숨겨진 그의 손을 볼 수 없었습니다. 나는 그를 껴안았고, 그가 나의 도움을 필요로 한다는 것을 느꼈습니다. "이보게 친구, 무슨 일이 있었나? 자네 모습이 너무 많이 달라졌어!" 그러자 그가 대답했습니다. "그래, 많이 달라졌지." 그러고는 천천히 손을 꺼냈습니다. 그것은 새의 발톱이었습니다.

이상한 것은 처음부터 그 사람이 손을 숨기고 있었다는 점입니다. 아무것도 모른 채 나는 막연히 그런 상상의 길을 가고 있었습니다. 즉 그 남자가 새의 발톱을 가지고 있고, 그가 새로 변하고 있기 때문에, 나는 끔찍하게 변한 그의 모습과 지독한 그의 불행을 볼 수 있다고 생각했던 것입니다. 악몽이 아닌 꿈속에서도 그런 일은 일어납니다. 누군가가 우리에게 무언가를 물으면 우리는 어떻게 대답해야 할지 모릅니다. 그런데 질문한 사람이 우리에게 답을 주어 우리를 놀라게 합니다. 황당한 답일 수도 있지만, 꿈속에서 그것은 아주 정확한 대답입니다. 이렇듯 모든 것은 이미 준비되어 있습니다. 이제 결론을 내리겠습니다. 내 결론이 과학적인지는 모르겠지만, 꿈은 가장 오래된 미학 행위입니다.

우리는 동물도 꿈을 꾼다는 것을 압니다. 사냥개가 꿈속에서 토끼를 뒤쫓으며 짖는 것에 관해 얘기하는 라틴 시구도 있습니다. 그러므로 꿈속에서 우리는 가장 오래된 미학 행위를 하게 됩니다. 그것은 아주 재미있는 현상입니다. 왜냐하면 꿈에는 극적인 순서가 있기 때문입니다. 여기서 애디슨이 꿈, 즉 연출 작가에 관해 말하는 대목을 덧붙이고 싶습니다. 그는 공고라는 존재를 알지도 못한 채, 그의 말을 확인해 주고 있습니다. 애디슨은 꿈속에서 우리가 원형 경기장이며, 관객이고, 배우이며, 줄거리이고, 우리가 듣는 대화임을 알게 됩니다. 우리는 모든 것을 무의식적으로 하며, 현실에는 없는 생동감을 느낍니다. 희미한 꿈이나 힘이 없는 꿈을 꾸는 사람들도 있다고 하는데 내 꿈은 아주 생생합니다.

다시 콜리지로 돌아가겠습니다. 그는 우리가 꿈을 꾸는 것과 꿈을 해석하는 것은 별로 중요한 일이 아니라고 말합니다. 가령 한 가지 예를 들어 보겠습니다. 여기에 갑자기 사자가 나타나면 우리 모두는 공포를 느낄 것입니다. 그 공포는 사자의 모습에 의해 야기된 것입니다. 아니, 이런 예를 드는 게 나을 것 같습니다. 자다가 깼는데, 내 위에 어떤 동물이 앉아 있는 것을 알게 되면, 나는 공포를 느낍니다. 하지만 꿈속에서는 반대 현상이 일어날 수 있습니다. 우리는 답답하거나 괴로우면 그 이유를 찾습니다. 황당하지만 살아 있는 내 위에 스핑크스가 누워 있는 꿈을 꿉니다. 스핑크스는 공포의 원인이 아니지만, 내가 왜 답답하게 느꼈는지를 설명해 줍니다. 콜리지는 상상의 귀신에게 놀란 사람들은 미친 사람들이라고 덧붙입니다. 반면에 귀신 꿈을 꾼 사람은 잠을 깨서 몇 분, 아니 몇 초가 지나면 곧 평정을 되찾습니다.

나는 많은 악몽을 꾸었고, 지금도 꿉니다. 가장 끔찍했던 악몽, 그러니까 나를 가장 끔찍스러운 충격으로 몰아갔던 악몽을 어느 소네트에서 사용한 적도 있습니다. 내용은 이렇습니다. 나는 내 방에 있었습니다. 새벽녘이었습니다.(아마도 꿈속의 시간이었던 것 같습니다.) 그런데 침대 다리맡에 왕이 있었습니다. 아주 옛날 왕이었습니다. 나는 꿈속에서 그 왕이 북유럽 노르웨이의 왕이라는 것을 알았습니다. 그는 나를 쳐다보지 않았습니다. 그는 보이지 않는 눈으로 천장을 뚫어지게 바라보았습니다. 나는 그가 옛날 왕이라는 것을 알았습니다. 지금 시대에서는 그런 얼굴을 할 수 없기 때문이었지요. 그의 모습을 보며 나는 공포를 느꼈습니다. 나는 왕을 보았고, 그의 칼을 보았고, 그의 개를 보았습니다. 그리고 마침내 잠에서 깼습니다. 그러고도 나는 한참 동안 계속 왕을 보았습니다. 충격을 받았기 때문이지요. 지금 이렇게 다시 말하다 보니 별거 아닌 꿈이었네요. 그러나 꿈을 꾸었을 당시엔 정말 끔찍했습니다.

그럼 이제는 얼마 전에 내 친구인 수사나 봄발[105]이 들려준

---

105   Susana Bombal(1902~1990). 아르헨티나의 작가. 대표
      작으로 『세 번의 일요일』, 『정원의 비밀』 등이 있다.

악몽을 말하겠습니다. 꿈을 다시 들려주는 것이 얼마나 효과
가 있을지는 모르겠습니다. 아무런 효과가 없을지도 모릅니
다. 그녀는 천장이 둥근 방에 있었습니다. 방 위쪽은 어둠에 잠
겨 있었습니다. 그런데 어둠 속에서 실이 풀어진 검은 천 하나
가 떨어졌습니다. 그녀는 잡기 거북할 만큼 커다란 가위를 손
에 들고 있었습니다. 그 가위로 풀어진 실들을 수없이 잘라 냈
습니다. 그녀가 보았던 천은 가로가 1미터 50센티미터, 세로
가 1미터 50센티미터 정도 되는 것이었습니다. 그런 다음 그 천
은 천장의 어둠 속으로 사라졌습니다. 그녀는 그 천에 너풀너
풀 달려 있던 실들을 잘랐지만, 자기가 모두 잘라 내지는 못하
리란 걸 알았습니다. 그러면서 공포감 속에서 그것이 악몽임을
느꼈습니다. 무엇보다 악몽은 바로 공포감을 주기 때문입니다.

　지금까지는 현실의 악몽 두 가지를 말했습니다. 이제는 문
학 작품 속에 나오는 악몽을 두 개 말하겠습니다. 아마도 그 악
몽 역시 실제 있었던 것일지 모릅니다. 지난 강연에서 나는 단
테에 관해 말했고, 단테가 「지옥편」에서 상상했던 '고귀한 성'을
언급했습니다. 단테는 베르길리우스의 안내를 받아 자기가 어
떻게 제1원에 이르렀는지 말하면서, 베르길리우스의 얼굴이
창백해지는 것을 봅니다. 그러자 그는 생각합니다. 베르길리
우스가 그의 영원한 주거지인 지옥에 들어가면서 얼굴이 창백
해졌는데, 내가 어떻게 겁을 먹지 않을 수 있겠는가? 그는 잔뜩
겁에 질린 베르길리우스에게 자신의 생각을 말합니다. 하지만
베르길리우스는 "내가 앞서 가겠소."라고 말합니다. 그리고 그
들은 절망 속에서 길을 갑니다. 주변에서 울리는 수많은 한숨
소리를 들었기 때문입니다. 하지만 그것은 육체적 고통으로

인한 한숨이 아니라 그보다 심각한 한숨이었습니다.

그들은 '고귀한 성'에 도착합니다. 그곳은 일곱 개의 벽으로 둘러싸여 있습니다. 7이란 숫자는 3학(문법, 수사학, 논리학)과 4과(산수, 기하, 천문, 음악)로 이루어진 일곱 개의 학예일 수도 있고, 일곱 개의 미덕일 수도 있지만, 그건 중요하지 않습니다. 아마도 단테는 그것이 마술적인 숫자라 생각했던 것 같습니다. 말할 필요도 없이 이 숫자는 그 외에도 여러 가지 의미로 설명될 수 있습니다. 그는 사라지는 개울과 마찬가지로 사라지는 시원한 풀밭에 대해서도 말합니다. 그러나 풀밭에 도착한 그들은 그것이 유화임을 알게 됩니다. 그러니까 살아 있는 진짜 풀밭이 아니라 정물화였던 거죠. 그런데 네 개의 그림자가 그들을 향해 다가옵니다. 위대한 고대 시인들의 그림자였습니다. 손에 칼을 들고 있는 호메로스를 비롯하여 오비디우스, 루카누스, 호라티우스의 그림자였습니다. 베르길리우스는 단테에게 호메로스에게 인사를 하라고 말합니다. 그는 단테가 그토록 존경했으면서도 끝내 읽지 않았던 작가였습니다. 단테는 그를 "존경하고 고귀하신 시인님"이라고 부릅니다. 호메로스는 손에 칼을 든 채 앞으로 나아와 단테를 자기 일행의 여섯 번째 일원으로 받아들입니다. 그때까지 단테는 『신곡』을 쓴 상태가 아니었습니다. 그 순간 그 작품을 쓰고 있었기 때문입니다. 그러자 단테는 자기가 그 작품을 쓸 능력이 있다는 것을 깨닫습니다.

이후 그들은 대화를 나누지만 그것을 반복할 필요는 없을 것 같습니다. 우리는 여기서 피렌체 출신의 단테가 무척 조심스럽고 겸손하다고 생각할 수 있지만, 나는 그보다 깊은 이유가 있다고 생각합니다. 그는 '고귀한 성'에 거주하고 있는 사람들에 관해 말합니다. 거기에는 위대한 이단자들의 그림자와 이슬람교도의 그림자가 있습니다. 모두가 천천히 부드럽게 말하며, 얼굴에는 권위가 서려 있습니다. 그러나 그들은 하느님의 은혜를 입지 못한 사람들입니다. 거기에는 하느님이 없으며, 그들은 영원의 성, 즉 화려하고 영원하지만 끔찍한 성에 살도록 선고받았습니다.

그곳에는 그런 사실을 아는 사람들의 스승인 아리스토텔레스도 있습니다. 또한 소크라테스 이전의 철학자들과 플라톤도 있으며, 혼자 떨어진 위대한 술탄 살라딘[106]도 있습니다. 그리고 세례를 받지 못해 구원을 받지 못하는 위대한 이교도들도 있습니다. 그들은 그리스도의 구원을 받을 수 없었습니다. 베르길리우스는 그리스도에 관해 말하지만, 지옥에서는 그의 이름을 부를 수 없었기에 그저 위대한 분이라고만 부릅니다. 우리는 단테가 아직도 자신이 얼마나 연극에 소질이 있는지를 발견하지 못하고 있다고 생각할 수 있습니다. 그는 아직도 자신의 작중 인물들에게 말할 수 있다는 사실을 모르고 있었습니다. 우리는 위대한 그림자인 호메로스가 손에 칼을 들고 했을 위대한 말, 즉 고귀하고 근엄했을 말을 단테가 반복하지 않은 것을 유감으로 생각할 수 있습니다. 하지만 단테는 그 끔찍

---

106   Saladin(1138?~1193). 본명은 살라흐 앗딘 유수프 이븐 아이유브이며, 무슬림의 전사이자, 이집트와 시리아의 술탄. 3차 십자군 원정에 맞서서 이슬람군을 이끌었다.

한 성에서는 모든 이에게 입을 다무는 것이 최선이라 생각했을 겁니다. 그들은 위대한 그림자들과 이야기합니다. 단테가 언급한 것은 그들의 이름뿐입니다. 세네카, 플라톤, 아리스토텔레스, 살라딘, 아베로에스.[107] 그는 이름들을 언급하고, 우리는 그 외에는 어떤 말도 들을 수가 없습니다. 그리고 그게 차라리 나을지 모른다고 생각합니다.

「지옥편」을 생각하면서, 나는 지옥은 악몽이 아니라고 말하고 싶습니다. 그것은 그냥 고문실입니다. 그곳에서는 형언할 수 없이 끔찍한 일들이 일어나지만, '고귀한 성'을 지배하는 악몽의 분위기는 없습니다. 단테는 이런 것들을 우리에게 보여 줍니다. 아마 문학에서는 처음이 아니었을까 싶습니다.

또 다른 예는 바로 드 퀸시가 찬양한 것입니다. 그것은 윌리엄 워즈워스의 책 『서곡』 제2권에 있습니다. 워즈워스는 예술과 과학이 우주의 격변에 좌우될 위험을 걱정했습니다. 물론 19세기 초에 그런 걱정이 글로 쓰이는 일은 매우 드물었습니다. 그 당시에는 그런 격변을 생각하지 않았으니까요. 지금 우리는 인류의 모든 작품들뿐만 아니라 인류 자체가 어느 순간에라도 모두 파멸에 이를 수 있다고 생각합니다. 가령 원자 폭탄 같은 것을 생각하면 말이지요. 그건 그렇고, 워즈워스는 자

---

107   Averroës(1126~1198). 본명은 아불 왈리드 무함마드 이븐 아흐마드 이븐 루시드이며, 스페인의 아랍계 철학자이자 의학자이다. 아리스토텔레스의 철학을 발전시켜 유럽의 르네상스에 크게 공헌했다. 대표작으로 『결정적 논고』가 있다.

기가 한 친구와 대화를 나누었다고 이야기합니다. 그러면서
생각합니다. "아, 얼마나 끔찍한가! 인류의 위대한 작품들, 그
리고 과학과 예술이 그 어떤 격변에 의해 파괴될지도 모른다
는 생각이야말로 얼마나 끔찍한가!" 친구는 자기 역시 그런 두
려움을 느꼈다고 고백합니다. 그러자 워즈워스는 말합니다.
"나는 그런 꿈을 꾸었다네⋯⋯."

　이제 내가 완벽한 악몽이라고 생각하는 꿈을 이야기할 차
례입니다. 그 꿈에는 악몽의 두 가지 핵심 요인인 육체적 질병
과 박해의 일화, 그리고 공포와 초자연적인 요소가 깃들어 있
습니다. 워즈워스는 바다를 마주 보던 동굴에 있었다고 합니
다. 때는 정오였고, 그는 자기가 가장 즐겨 읽던 『돈키호테』에
서 세르반테스가 지어낸 방랑 기사의 유명한 이야기를 읽고
있었습니다. 그는 세르반테스라는 이름을 직접적으로 언급하
지 않지만, 우리는 워즈워스가 누구를 이야기하고 있는지 쉽
게 알 수 있습니다. 그는 이렇게 덧붙입니다. "책을 놓고 나는
생각에 잠겼지. 바로 과학과 예술의 종말을 생각했고, 그러자
그 시간이 왔어." 그 시간은 정오라는 힘든 시간, 즉 뜨거운 여
름의 정오였습니다. 워즈워스는 바다를 마주한 그 동굴에 앉
아(주위에는 해변과 노란 모래가 있습니다.) 생각합니다. "잠이 나
를 휘감았고, 나는 꿈속으로 들어갔어."라고.

　그는 바다가 보이는 동굴 속에서 해변의 황금 모래를 덮고
잠에 빠집니다. 꿈속에서 사하라의 검은 모래가 그를 에워쌉
니다. 물도 없고 바다도 없습니다. 그는 사막 한가운데(사막에
서는 항상 한가운데에 있게 됩니다.) 있고, 두려움 속에서 어떻게
해야 사막에서 빠져나갈 수 있을지 생각합니다. 그때 자기 옆

에 누군가가 있는 것을 봅니다. 정말 이상하게도 그는 낙타를 타고서 오른손에 창을 든 베두인족의 아랍인입니다. 왼팔 아래에는 돌이 하나 있고, 손에는 소라를 들고 있습니다. 그 아랍인은 그에게 자기 임무는 예술과 과학을 구원하는 것이라고 말하면서 소라를 시인의 귀에 갖다 댑니다. 소라는 보기 드물 정도로 아름답습니다. 워즈워스는 "내가 알지 못하는 말로" 예언을 듣지만 그 말뜻을 이해했다고 우리에게 말합니다. 그것은 부드럽고 다정한 노래로, 하느님의 분노로 인해 홍수가 일어날 것이며, 그 결과 이제 곧 이 세상이 파괴될 거라고 예언합니다. 아랍인은 그것이 사실이며, 홍수가 다가오고 있지만 자기는 임무를 하나 띠고 있다고 말합니다. 다름 아닌 예술과 과학을 구원하는 임무입니다. 그는 워즈워스에게 돌을 보여 줍니다. 그런데 이상하게도 그 돌은 에우클레이데스[108]의 『원론(原論)』입니다. 하지만 계속해서 돌로 남아 있습니다. 그런 다음 그에게 소라를 더욱 가까이 갖다 댑니다. 소라 역시 책입니다. 그것은 그에게 그런 끔찍한 것들을 이야기했던 바로 그 책입니다. 그것 이외에도, 소라는 세상의 모든 시입니다. 심지어 워즈워스의 시도 포함하고 있습니다. 당연히 말이지요. 그러자 베두인족은 "나는 이 두 가지, 즉 돌과 소라, 그러니까 두 책을 구해야 합니다."라고 말하며, 고개를 돌립니다. 그 순간 워즈워스는 베두인족의 얼굴이 변한 것을 알고 공포를 느낍니

---

108 Eucleides(기원전 325년경~기원전 265년경). 고대 그리스의 수학자. 정수론과 기하학을 체계적으로 정리한 『원론』으로 높이 평가받고 있다.

다. 그리고 그 역시 고개를 뒤로 돌려 커다란 빛을 보게 됩니다. 그것은 사막의 반을 이미 잠기게 만든 빛입니다. 그러니까 이 땅을 파괴할 홍수의 빛이었던 것입니다. 베두인족은 그곳을 떠나고, 워즈워스는 베두인족이 돈키호테이고, 낙타 역시 돈키호테가 타고 다니던 비쩍 마른 말 로시난테임을 알게 됩니다. 마찬가지로 돌은 책이고, 소라도 책이며, 따라서 베두인족은 돈키호테이고 그것들은 두 개가 아니면서 동시에 두 개라는 것도 알게 됩니다. 이런 이원성은 꿈의 공포에 해당합니다. 그 순간 워즈워스는 공포의 비명을 지르며 잠에서 깹니다. 물이 벌써 그를 삼키고 있었기 때문입니다.

나는 이 악몽이 문학사에서 가장 아름다운 악몽 중의 하나라고 믿습니다.

우리는 오늘 밤 적어도 두 가지 결론을 이끌어 낼 수 있습니다. 하지만 나중에 마음을 바꿀 수도 있을 겁니다. 첫 번째는 꿈이 미학 작품이며, 아마도 가장 오래된 미학적 표현이리라는 것입니다. 이상하게도 그것들은 연극의 형식을 취합니다. 애디슨이 말했듯이, 우리는 극장이고 관객이며 배우이고 이야기이기 때문입니다. 두 번째는 악몽의 공포와 관련됩니다. 깨어 있는 우리의 삶은 끔찍한 순간으로 가득합니다. 우리 모두는 어느 순간 현실이 우리를 짓누르기도 한다는 것을 압니다. 가령, 사랑하는 사람이 죽거나, 사랑하는 사람이 우리를 버리거나 하는 것들은 슬픔과 절망의 원인이 되기에 충분합니다. 그러나 이런 동기들이 악몽과 비슷하지는 않습니다. 악몽에는 특별한 공포가 있고, 그 특별한 공포는 이야기를 통해 표현될 수 있습니다. 돈키호테이기도 한 워즈워스의 베두인족이나 가

위와 실 또는 내가 꾸었던 왕의 꿈이나 유명한 포의 악몽에 의해서 표현될 수 있습니다. 그러나 거기에는 무언가가 있습니다. 바로 악몽의 '맛'입니다. 내가 참고한 서적들은 이런 공포에 대해 전혀 말하지 않습니다.

우리는 또한 어원에 의거하여 신학적 해석을 할 수도 있습니다. 라틴어의 '인쿠부스', 영어의 '나이트메어', 독일어의 '알프' 같은 단어를 아무것이나 고르십시오. 이 모든 단어는 초자연적인 것을 제시합니다. 그런데 엄밀하게 말하면 악몽은 초자연적인 것이 아닐까요? 혹시 악몽이 지옥의 갈라진 틈은 아닐까요? 아니면 글자 그대로 지옥에서 일어나는 일은 아닐까요? 그렇지 않으리라는 법은 없지 않겠습니까? 이 세상의 모든 것은 너무나 이상해서 심지어는 그런 일들이 가능하기도 한 법입니다.

셋째 밤
『천하루 밤의 이야기』

서양의 역사에서 가장 중요한 사건 중 하나는 동양을 발견한 것입니다. 아니, 영속적인 동양의 의식을 발견한 것이라고 말하는 편이 더 정확하겠습니다. 그것은 그리스 역사에서 페르시아의 존재와 비교할 수 있습니다. 광범위하고 고정적이며 장엄하고 이해할 수 없는 동양에 대한 의식 외에도 여러 중대한 순간이 있는데, 나는 그중 몇 가지에 대해 말하려고 합니다. 나는 이것이 내가 그토록 사랑하는 주제에 대해 접근하는 가장 좋은 방법이라고 생각합니다. 그것은 바로 내가 어렸을 때부터 사랑했던 『천하루 밤의 이야기』, 또는 내가 처음 읽었던 영어판으로는 『아라비안나이트』라고 불리는 책입니다. 이 제목 역시 『천하루 밤의 이야기』처럼 미스터리한 느낌을 주지만, 별로 아름답지는 않습니다.

나는 이런 몇 가지 중대한 시점에 대해 언급하려고 합니다.

우선 아홉 권으로 된 헤로도토스[109]의 역사책과 그 안에서 머나
먼 이집트의 존재를 밝힌 것입니다. 여기서 내가 '머나먼'이라
고 말한 것은 공간이 시간에 의해 측정되고, 여행은 그지없이
위험했던 시기였기 때문입니다. 그리스인들에게 이집트라는
세계는 가장 오래되고 위대한 세상이었고, 그래서 그들은 이
집트를 미스터리로 여겼습니다.

그런 다음 우리가 정의 내릴 수는 없지만 실제로 존재하는
동양과 서양이라는 말을 점검할 생각입니다. 이 말들을 떠올
릴 때면, 성 아우구스티누스가 시간에 대해 했던 말이 생각납
니다. "시간이란 무엇입니까? 여러분이 내게 묻지 않는다면,
나는 그걸 압니다. 그러나 여러분이 내게 그걸 묻는다면, 나는
모릅니다." 그렇다면 동양과 서양은 무엇입니까? 여러분이 묻
는다면, 나는 모릅니다. 그럼 그것에 접근할 수 있는 방법을 찾
아봅시다.

먼저 알렉산드로스 대왕과 동양의 만남, 그리고 그의 전쟁
과 군사 행동을 봅시다. 모든 사람이 아는 것처럼 그는 페르시
아와 인도를 정복했고, 마지막에는 바빌로니아에서 세상을 떠
났습니다. 이것은 동양과 본격적으로 만난 첫 사건입니다. 이
만남은 알렉산드로스 대왕에게 큰 충격을 주었고, 그는 그리
스인이기를 포기하고 어느 정도 페르시아 사람이 되었습니다.
이제 페르시아 사람들은 『일리아드』와 칼을 베개 밑에 놓고 자

---

109   Herodotus(기원전 480년경~기원전 420년경). 고대
        그리스의 역사가. 서양 문화에서 '역사학의 아버지'로
        여겨지며, 대표작으로는 『역사』가 있다.

던 알렉산드로스 대왕을 자기들 역사 속에 편입시켰습니다. 그에 대해서는 나중에 더 언급하겠습니다. 하지만 이미 알렉산드로스라는 이름을 말했으니, 내가 잘 아는 전설을 하나 들려드리겠습니다. 아마 여러분도 흥미를 느끼리라 생각합니다.

알렉산드로스는 서른세 살의 나이로 바빌로니아에서 죽은 게 아닙니다. 그는 자기 군대에서 빠져나와 사막과 숲을 방황하다가 마침내 불빛을 봅니다. 그것은 모닥불의 불빛입니다. 황색 피부에 눈이 찢어진 군인들이 모닥불 주위에 모여 있었습니다. 그들은 누구인지 모르는 채로 그를 환영합니다. 그리고 본질적으로 그는 군인이었기에, 자기가 모르던 지역의 전투에 참가합니다. 그는 군인입니다. 따라서 전투의 원인은 중요하지 않습니다. 그는 전쟁을 하다가 죽을 각오가 되어 있습니다. 그렇게 세월이 흐르고, 그는 많은 것을 잊습니다. 마침내 군인들의 봉급 날이 됩니다. 그런데 동전들 속에 그의 마음을 산란하게 하는 것이 하나 있습니다. 그는 손바닥에 그 동전을 놓고 이렇게 말합니다. "너는 늙었구나. 이것은 내가 마케도니아의 알렉산드로스였을 때 아르벨라 전투의 승리를 기념하기 위해 만든 메달인데." 그 순간 그는 과거를 회복하고 타타르의 용병 또는 중국의 용병으로 돌아갑니다.

이 기억할 만한 이야기는 영국의 시인 로버트 그레이브스[110]의 것입니다. 알렉산드로스는 예언을 통해 자기가 동양과 서양을

---

110   Robert Graves(1895~1985). 영국의 시인이자 소설가
         이며 고전 문학가. 대표작으로 『열두 명의 카이사르』,
         『나는 황제 클라우디우스다』 등이 있다.

지배할 것이라는 사실을 알았습니다. 이슬람 국가에서는 아직도 "두 개의 뿔이 달린 알렉산드로스"라는 이름으로 그것을 기립니다. 그가 동양과 서양이란 두 뿔을 통치했기 때문입니다.

간혹 비극적이기도 한, 동양과 서양의 위대한 만남을 다른 예에서 살펴봅시다. 자, 그럼 머나먼 나라에서 온 날염 실크를 만지작거리던 젊은 베르길리우스를 떠올려 봅시다. 중국인의 나라, 그는 그곳이 멀고 평화로우며, 아주 인구가 많고 동양의 가장 먼 곳이라는 사실만 압니다. 베르길리우스는 이 실크를 『농경 시』에서 떠올립니다. 솔기가 없는 그 실크에는 그가 알던 것과는 판이하게 다른 사원과 황제와 교량들, 그리고 호수의 모습이 그려져 있었습니다.

동양의 존재를 부각시키는 또 다른 예는 플리니우스[111]의 훌륭한 저서 『박물지』에서 발견됩니다. 그 책에는 중국인이 언급되고, 박트리아와 페르시아가 언급되며, 인도의 왕 포루스도 언급됩니다. 갑자기 시가 한 편 떠오르는군요. 바로 유베날리스[112]의 시로, 아마 읽은 지 40년도 더 된 것 같습니다. 머나먼 지역을 언급하기 위해 유베날리스는 "여명과 갠지스강 너머"라는 표현을 씁니다. 이 네 단어에 우리가 생각하는 동양이 있습니다. 유베날리스가 지금의 우리처럼 느꼈는지 누가 알겠습

III   가이우스 플리니우스 세쿤두스(Gaius Plinius Secundus, 23~79). 고대 로마의 군인이자 학자. 대표작으로는 『박물지』 서른일곱 권이 있다.

113   데키무스 유니우스 유베날리스(Decimus Junius Juvenalis, 55~140). 고대 로마의 시인. 통렬하면서도 유쾌한 풍자시로 유명하다.

니까? 나는 그랬을 거라고 생각합니다. 동양은 서양 사람들에게 항상 매력적인 대상이었습니다.

계속해서 역사를 살펴보면, 우리는 아주 흥미로운 선물에 이를 수 있습니다. 어쩌면 이것은 일어나지 않은 일일 수도 있습니다. 그래서 종종 전설로 간주되기도 합니다. 하룬 알라시드,[113] 즉 '정의의 사도 아룬'이라는 의미를 지닌 그는 자기 동료 샤를마뉴[114] 대제에게 코끼리를 한 마리 보냈습니다. 어쩌면 코끼리를 바그다드에서 프랑스까지 보내는 것은 불가능한 일이었을지도 모릅니다. 그러나 그건 별로 중요치 않습니다. 그리고 그런 코끼리를 믿는다고 해서 해가 될 일도 없습니다. 그 코끼리는 괴물입니다. '괴물'이란 단어가 무언가 무서운 것을 의미하지 않는다는 점을 기억하기 바랍니다. 세르반테스는 로페 데 베가[115]를 "자연의 괴물"이라고 불렀습니다. 그 코끼리는 프랑스 사람과 독일 왕 샤를마뉴 대제에게는 매우 이상한 것이었던 게 틀림없습니다.(샤를마뉴가 『롤랑의 노래』를 읽을 수 없었다는 사실을 생각하면 슬픕니다. 그는 독일 방언으로 말했을 테니까요.)

---

113 Harun al-Rashid(763 또는 766~809). 아바스 왕조의 제5대 칼리프. 『천하루 밤의 이야기』의 주인공으로 유명하다.

114 Charlemagne(742 또는 747~814). 카롤링거 왕조 프랑크 왕국의 2대 국왕. 교황 레오 3세에게 신성 로마 제국의 황제직을 수여받았고, 이후 교회를 통해 예술과 종교, 그리고 문화를 크게 발전시켜 카롤링거 르네상스를 일으켰다.

115 Lope de Vega(1562~1635). 스페인의 극작가. 대표작으로 『과수원지기의 개』, 『정복된 예루살렘』 등이 있다.

그들은 코끼리를 보냈고, '코끼리'라는 단어는 롤랑이 '올리판트'라는 말을 사용했다는 사실을 생각나게 합니다. 그 말은 상아 나팔을 지칭하는데, 바로 상아가 코끼리의 엄니이기 때문입니다. 어원에 관해 말하자니, 스페인 단어인 alfil(체스의 비숍)이 아랍어로 '코끼리'를 뜻하며, '상아'와 어원이 같다는 사실이 생각나는군요. 나는 동양의 장기판에서 성과 조그만 사람을 태운 코끼리를 보았습니다. 그 장기 알은 우리가 성을 생각할 때 흔히 떠올리는 성장(城將)이 아니라 비숍, 즉 코끼리였습니다.

십자군 전쟁에서 돌아오면서 병사들은 기억을 가져왔습니다. 예를 들면, 사자의 기억 같은 것을 말이지요. 유명한 십자군 전사인 '사자 왕' 리처드[116]가 그렇습니다. 문장(紋章)으로 들어온 사자는 동양의 동물입니다. 이런 목록이 무한하지는 않겠지만, 여기서는 마르코 폴로[117]를 떠올려 보겠습니다. 그의 책 『동방견문록』은 동양을 드러내어 보여 주는 책이며, 오랫동안 동양에 관한 책으로는 가장 중요하게 여겨졌습니다. 이 책은 베네치아 사람들이 제노바 사람들에게 전쟁에서 패한 후, 감방에 갇혀 있던 자기 친구에게 구술한 것입니다. 그 안에 동

---

116 Richard I(1157~1199). 잉글랜드 왕국의 두 번째 국왕. 용맹스럽게 싸워 '사자심왕(獅子心王)'이라는 별명을 얻었으며, 흔히 사자 왕으로 불린다. 중세 기사 이야기의 전형적인 영웅이다.

117 Marco Polo(1254~1324). 이탈리아의 탐험가. 『동방견문록』의 작가이다.

양의 역사가 있으며, 그는 바로 그 책에서 쿠빌라이 칸[118]에 대
해 말합니다. 쿠빌라이 칸은 콜리지의 시에 다시 등장할 주인
공이기도 합니다.

15세기 무렵, 두 개의 뿔이 달린 알렉산드로스의 도시 알렉
산드리아에서는 일련의 이야기들이 채집되었습니다. 일반적
으로 그 이야기들은 이상한 역사를 담고 있다고 합니다. 처음
에는 인도에서 이야기되었고, 그다음에는 페르시아, 그다음에
는 소아시아, 그리고 마침내 아랍어로 쓰여 카이로에서 편찬
되었습니다. 그것이 바로 『천하루 밤의 이야기』입니다.

여기서 잠시 책의 제목에 대해 살펴보겠습니다. 나는 개인
적으로 이 제목이 세상에서 가장 아름다운 제목 중 하나라고
생각합니다. 앞에서 언급했던 『시간 경험』처럼 말이지요.

여기에는 또 하나의 아름다움이 있습니다. 나는 그것이
'천'이란 말이 우리에게 무한과 동의어처럼 여겨지고 있다는
사실에서 기원한다고 생각합니다. 천 밤은 무한한 밤을 의미
합니다. 그러니까 셀 수 없이 많은 밤이지요. 따라서 '천하루
밤'은 무한한 밤에 하룻밤이 더해진 것입니다. 여기서 재미있
는 영국식 표현을 떠올려 봅시다. 종종 '영원히'라는 말 대신
그들은 '영원하고도 하루(forever and a day)'라는 말을 씁니다. 영
원이라는 시간에 하루를 덧붙이는 것이죠. 이것은 하이네가
어느 여인에게 쓴 "나는 당신을 영원히, 심지어는 그 후에도 사

---

118   Kublai Khan(元世祖, 1215~1294). 몽골 제국의 제5대
       대칸이자 원의 초대 황제이며, 칭기즈 칸의 손자. 본명
       은 보르지긴 쿠빌라이이다.

랑하리라."라는 시구를 생각나게 합니다.

무한의 사상은 『천하루 밤의 이야기』와 떼려야 뗄 수 없는
핵심적인 발상입니다.

1704년 최초의 유럽 번역본이 출판됩니다. 총 여섯 권으로
된 이 번역본의 번역자는 프랑스의 동양학자인 앙투안 갈랑[119]
이었습니다. 낭만주의 운동과 함께 동양은 유럽의 의식 속으로
들어오게 됩니다. 여기서는 대단히 유명한 두 대가의 이름을 언
급하는 정도로도 충분하리라 생각합니다. 한 사람은 작품보다
이미지로 더 중요한 바이런입니다. 그리고 다른 한 사람은 모
든 면에서 중요한 빅토르 위고입니다. 이후 여러 번역본이 나오
고, 그 속에서 동양은 각기 다른 모습으로 등장합니다. 1890년
경에 키플링[120]은 이렇게 말했습니다. "동양의 부름을 듣는다
면, 당신은 더 이상 다른 부름을 듣지 못하게 될 것이다."

잠시 『천하루 밤의 이야기』의 첫 번역본으로 돌아가 보겠
습니다. 그것은 유럽 문학에서 가장 큰 사건이었습니다. 때는
1704년이었고, 출판된 곳은 프랑스였습니다. '위대한 세기'라
불리던 프랑스 말입니다. 그리고 문학은 1711년에 죽은 니콜

---

119   Antoine Galland(1646~1715). 프랑스의 동양학자이
       자 고고학자. 『천하루 밤의 이야기』 번역자로 유명하
       며, 그의 번역본은 1704년부터 1717년까지 열두 권으
       로 출간되었고, 이후 이 책은 유럽 문학에 지대한 영향
       을 끼친다.

120   조지프 러디아드 키플링(Joseph Rudyard Kipling,
       1865~1936). 영국의 소설가이자 시인. 대표작으로
       『정글북』,『킴』등이 있다.

라 부알로[121]에 의해 지배되고 있었습니다. 물론 그의 모든 수
사법은 그 멋진 동양의 침략으로 인해 위협받았지만요.

　예방과 금지로 구성된 부알로의 수사학을 떠올리면서 그
가 이성을 얼마나 찬양했는지 생각해 봅시다. 또한 "영혼의 작
용 중에서 일어나는 빈도가 가장 낮은 것이 이성이다."라는 프
랑수아 페늘롱[122]의 아름다운 시구를 생각해 봅시다. 물론 부알
로는 이성에 바탕을 둔 시를 원했습니다.

　우리는 '스페인어'라고 불리는 화려한 라틴어 방언으로 대
화를 나눕니다. 그 또한 향수, 즉 동양과 서양이 사랑하면서도
가끔씩 싸움을 벌였던 관계 때문에 탄생한 것입니다. 아메리
카의 발견은 인도에 도착하겠다는 소망으로부터 기인했기 때
문입니다. 바로 그런 실수 때문에 우리는 몬테수마[123]와 아타우
알파[124] 같은 사람들을 '인도인'이라고 부릅니다. 스페인 사람
들이 인도에 도착했다고 믿었기 때문입니다. 『천하루 밤의 이
야기』에 관한 이 작은 강의 역시 동양과 서양의 대화입니다.

121　Nicolas Boileau(1636~1711). 프랑스의 시인이자 문학
　　　평론가. 프랑스와 영국 문학에서 고전주의의 기준을
　　　세우는 데 이바지했다.

122　François Fénelon(1651~1715). 프랑스 가톨릭교회 대
　　　주교이자 신학자이며 시인. 대표작으로 『텔레마쿠
　　　스』, 『그리스도인의 완전』 등이 있다.

123　Motntezuma(1466 또는 1480~1520). 아스테카 왕국
　　　의 군주로 1502년부터 1520년까지 아스테카 왕국을
　　　통치한 제9대 황제이다. 그가 군림하던 시기에 스페인
　　　이 본격적으로 아스테카 왕국을 정복하기 시작한다.

124　Atahualpa(1502?~1533). 잉카 제국의 마지막 황제.

우리는 '서양'이란 말이 어디서 유래했는지 압니다. 그러나 그것은 중요하지 않습니다. 서양 문화는 서양의 노력 덕분에 존재한다는 의미에서, 순수하지 않다고 말하는 것으로 족하다고 생각합니다. 서양 문화에서 가장 중요한 나라는 바로 그리스(로마는 헬레니즘 전통의 연장선에 있습니다.)와 동양 국가인 이스라엘입니다. 두 나라는 우리가 서양 문화라고 부르는 말 속에 합쳐져 있습니다. 동양이 드러났다고 말할 때, 우리는 계속된 드러남, 즉 성경을 떠올릴 것입니다. 하지만 그 사건은 상호성을 띠고 있습니다. 서양이 동양에 영향을 끼쳤기 때문입니다. 어느 프랑스 작가는 자신의 책에『중국인의 서양 발견』이라는 이름을 붙였습니다. 그것은 사실이며, 실제로 일어났던 일이기도 합니다.

동양은 태양이 떠오르는 곳입니다. 여기서 아름다운 독일어 단어 하나를 떠올리고 싶습니다. 그것은 바로 동양을 '아침의 땅'으로 지칭하는 '모르겐란트(morgenland)'라는 단어입니다. 서양은 '아벤틀란트(abendland)', 즉 '저녁의 땅'입니다. 여러분은 슈펭글러의『서구의 몰락』이라는 책을 기억하실 겁니다. 그것은 바로 저녁의 땅이 아래로 향해 가고 있다는 소리입니다. '서구의 몰락'은 그 말을 무미건조하게 옮긴 것입니다. 나는 우리가 동양이라는 아름다운 말을 부인해서는 안 된다고 생각합니다. 바로 그 안에 '금'이라는 행복한 우연이 자리 잡고 있기 때문입니다. '동양'이라는 단어 속에서 우리는 '금'이란 단어를 느낍니다. 태양이 떠오를 때면 금빛 하늘을 보게 되기 때문입니다. 유명한 단테의 시구 "동쪽의 감미로운 사파이어 색채"라는 말로 다시 돌아가 보겠습니다. 동쪽이란 단어에는 두 가지 의미가 있습니다. 동쪽의 사파이어는 동쪽에서 온 사파이어인 동시에 아침의 황금이기도 합니다. 연옥의 첫 번째 아침의 황금이죠.

동양이란 무엇일까요? 지리적 의미로 정의 내린다면, 우리는 매우 흥미로운 현상과 마주하게 될 것입니다. 그것은 동양의 일부, 즉 북부 아프리카는 서양에 속해 있다는 것, 또는 그리스인들과 로마인들이 그곳을 서양이라고 생각했다는 사실입니다. 반면에 이집트는 동양이며, 이스라엘, 소아시아, 박트리아, 페르시아, 인도를 비롯하여 그 너머 동쪽의 모든 나라들은 서로 공통점이 없지만 모두 동양으로 여겨졌습니다. 가령, 타타르 지방, 중국, 일본과 같은 곳이 우리에겐 모두 동양입니다. '동양'이라는 말을 들으면, 나는 우리 모두가 가장 먼저 이슬람의 동양을 떠올리고, 그다음에 북부 인도의 동양을 생각한다고 믿습니다.

그것이 '동양'을 떠올릴 때 우리에게 다가오는 첫 번째 의미입니다. 그리고 이 의미를 잘 담고 있는 작품이 바로 『천하루 밤의 이야기』입니다. 우리는 동양이라고 느낄 수 있는 것들을 가지고 있습니다. 나는 이스라엘에서는 이런 느낌을 받지 못했지만, 스페인의 코르도바나 그라나다에서는 이런 느낌을 받았습니다. 나는 동양의 존재를 느끼지만, 이것의 의미를 명백하게 밝힐 수 있다고는 생각하지 않습니다. 아마도 우리가 본능적으로 느끼는 것에 대해 의미를 찾고 정의를 내릴 필요는 없을 겁니다. 이 단어가 내포하는 의미를 아마도 『천하루 밤의 이야기』에서 떠올리기 때문일 것입니다. 그다음으로 떠오르는 것이 마르코 폴로나, 황금 물고기가 모래가 흐르는 강을 헤

엄치고 다닌다는 사제 왕 요한[125]의 왕국입니다. 어쨌거나 '동양'이라는 말을 들으면 우리는 자동적으로 이슬람 세계를 생각하게 됩니다.

우선 이 책의 역사를 살펴보고, 그다음에 번역본에 관해 말하겠습니다. 이 책의 기원은 아직 밝혀지지 않았습니다. 여기서 우리는 성당, 흔히 잘못된 용어로 '고딕 양식의 성당'이라고 불리는 것을 생각해 볼 수 있습니다. 그것은 여러 세대에 걸쳐 완성된 인간의 작품입니다. 그러나 여기에는 한 가지 차이점이 있습니다. 성당을 지은 기술자들과 장인들은 자기들이 무엇을 만들고 있는지 알았습니다. 반면에 『천하루 밤의 이야기』는 아무도 모르게 모습을 드러냅니다. 그것은 수천 명의 작가가 쓴 작품이지만, 그 누구도 자기가 그토록 유명한 책, 다시 말하면 모든 문학사를 통틀어 가장 훌륭한 책 중의 하나를 짓고 있다고는 생각하지 못했습니다. 사람들에게 들은 바에 따르면, 그 책은 동양보다 서양에서 더 높게 평가받는다고 합니다.

이제 폰 하머푸르크슈탈[126]이 옮겨 적은 흥미로운 기록을 보겠습니다. 『천하루 밤의 이야기』를 영어로 가장 훌륭하게 번

---

125   사제 왕 요한(Presbyter Johannes)은 중세 시대에 동방에 존재했다는 전설 속의 거대하고 풍요로운 기독교 왕국의 왕이다. 프레스터 존(Prester John)이라고 불리기도 한다.

126   요제프 폰 하머푸르크슈탈(Joseph von Hammer-Purgstall, 1774~1856). 오스트리아의 동양학자. 몽골과 오스만 제국의 역사에 정통한 연구자로 잘 알려져 있다.

역한 레인[127]과 버튼[128]은 바로 그 동양 연구자를 인용하고 있습니다. 그는 '밤의 이야기꾼'이라고 불리는 특정한 사람들에 대해 이야기합니다. 그러니까 밤에 이야기를 들려주는 사람들, 즉 밤에 이야기를 들려주는 것을 직업으로 삼고 있는 사람들이라는 말입니다. 그는, 불면증을 해소하기 위해 맨 처음 밤에 사람들을 모아 놓고 이야기를 들은 사람은 마케도니아의 알렉산드로스 대왕이었다고 전하는 고대 페르시아의 글을 인용합니다.

그 이야기들은 틀림없이 우화였을 겁니다. 나는 그 이야기들의 매력이 도덕성에 있지는 않았을 거라고 생각합니다. 이솝이나 인도의 우화 작가들은 동물을 작은 사람으로 생각했고, 그들의 희극과 비극을 상상하면서 그 동물들에게 매료되었습니다. 도덕적 목적으로 사용하려는 의도는 후에 덧붙여진 것입니다. 중요한 것은 늑대가 양과 말을 하고, 소가 당나귀와, 사자가 종달새와 대화할 수 있었다는 사실입니다.

알렉산드로스 대왕은 밤마다 이런 익명의 전문 이야기꾼들에게서 이야기를 들었습니다. 밤에 이야기를 들려주는 직업

---

127   에드워드 윌리엄 레인(Edward William Lane, 1801~
       1876). 영국의 동양 연구자이자 번역가. 그의『천하
       루 밤의 이야기』번역본은 1840년에 세 권으로 출간
       되었다.

128   리처드 프랜시스 버튼 경(Sir Richard Francis Burton,
       1821~1890). 영국의 탐험가, 인류학자, 번역가, 외교
       관. 저서로『메카 기행』,『불행의 골짜기』등이 있으
       며, 특히『천하루 밤의 이야기』의 번역자로 유명하다.

은 그 후로도 오랫동안 존속되었습니다. 레인은 『근대 이집트인들의 태도와 풍습』이라는 책에서 1850년경 카이로에서는 전문 이야기꾼들을 쉽게 만날 수 있었다고 말합니다. 대략 50여 명에 이르는 그들은 종종 『천하루 밤의 이야기』에 실린 이야기들을 들려주었다고 합니다.

여기에는 일련의 이야기들이 수록되어 있습니다. 훌륭한 스페인어 판본의 번역가인 칸시노스 아센스[129]와 영어판 번역가인 버튼에 의하면, 이 작품의 핵심은 인도 이야기들입니다. 그런데 이 인도 이야기는 페르시아로 무대를 옮깁니다. 페르시아에서 작품은 변형되고 더욱 풍부해지며 아랍화되어, 마침내 15세기 말엽의 이집트에 이르게 됩니다. 이 이야기들이 처음 편찬되었던 시기로 돌아가게 되는 것입니다. 이 첫 판본에서 페르시아판의 다른 책 『하자르 아프사나(천 개의 이야기)』가 유래합니다.

그런데 왜 처음에는 천 개였던 이야기가 나중에 천하나가 된 것일까요? 나는 두 가지 이유가 있다고 생각합니다. 하나는 미신적인 것인데(하지만 이 경우 미신은 아주 중요한 요인입니다.) 짝수는 불길한 징조를 의미하기 때문입니다. 그래서 홀수를 찾았고, 다행히도 하나를 덧붙였던 것입니다. 만일 999일 밤이었다면, 우리는 하룻밤이 빠진 느낌을 받을 겁니다. 반면에 천

---

129   라파엘 칸시노스 아센스(Rafael Cansinos-Assens, 1882~1964). 스페인의 시인이며 소설가이자 번역가이며 문학 비평가. 대표작으로 『영원한 기적』, 『종교에서의 에로티시즘의 가치』 등이 있다.

하루 밤은 우리에게 무한성을 느끼게 하고 덤으로 하나를 더 받은 느낌을 줍니다. 프랑스의 동양학자인 갈랑은 이 작품을 읽고 프랑스어로 번역합니다. 그럼 이 작품에서 동양은 어떤 식으로 존재하는지 살펴봅시다. 이 작품을 읽으면, 무엇보다 머나먼 나라에 있는 느낌이 듭니다. 동양은 바로 이런 식으로 존재하지요.

우리 모두는 이 책에 관한 연대기와 역사가 존재한다는 것을 압니다. 그러나 그것을 발견한 것은 서양입니다. 페르시아 문학이나 인도 철학에는 역사적 사건이 존재하지 않고, 중국 문학에도 중국의 역사가 없습니다. 그것은 동양인들이 사건의 순서에 관심을 두지 않기 때문입니다. 그들은 문학이나 시가 영원한 과정이라고 생각합니다. 나는 그들의 생각이 기본적으로 옳다고 여깁니다. 가령『천하루 밤의 이야기』란 제목은 아름답습니다. 비록 그것이 오늘 아침에 붙여졌다고 하더라도 말입니다. 만일 그 제목이 오늘 만들어진 것이라면, 우리는 참으로 아름다운 제목이라고 생각할 것입니다. 레오폴도 루고네스의『정원의 석양』처럼 아름다울 뿐만 아니라, 책을 읽고 싶은 마음이 들게 하기 때문입니다.

『천하루 밤의 이야기』란 제목을 들으면 이 책에 푹 빠져들고 싶은 욕구가 생깁니다. 이 책에 몰입하는 동안은 자신의 초라한 운명도 잊을 수 있습니다. 독자는 원형적이며 동시에 개인적인 표현으로 이루어진 세상에 들어갈 수 있습니다.

『천하루 밤의 이야기』라는 제목에는 아주 중요한 것이 있습니다. 바로 '무한한 책'에 대한 암시입니다. 그리고 실제로 그렇습니다. 아랍인들은『천하루 밤의 이야기』를 끝까지 읽을 수 있는 사람은 없다고 말합니다. 지겨워서가 아니라 무한하기 때문입니다.

나는 집에 전체 열일곱 권으로 된 버튼의 번역본을 가지고 있습니다. 나는 내가 절대로 그걸 모두 읽지 않을 것이며, 수많은 밤이 그곳에서 나를 기다리리라는 것을 압니다. 나의 인생은 초라할지 모르지만, 열일곱 권으로 된 『천하루 밤의 이야기』는 그곳에 있을 것입니다. 일종의 영원이라 할 수 있는 동양의 『천하루 밤의 이야기』가 말이지요.

실제 동양이 아닌, 개념이 존재하지 않는 동양을 어떻게 정의할 수 있을까요? 나는 동양과 서양의 개념은 일반화되었지만, 그 어떤 개인도 자신을 동양인이라고 느끼지는 못한다고 말하고 싶습니다. 자신을 페르시아인이나 인도인, 또는 말레이시아 사람이라고 느끼는 사람은 있겠지만, 스스로를 동양인이라고 느끼는 사람은 없을 거라고 생각합니다. 마찬가지로 그 누구도 라틴아메리카인이라고 느낄 수 없습니다. 우리는 단지 아르헨티나인, 칠레인, 우루과이인으로 느낄 뿐입니다. 그러나 그런 것은 중요하지 않습니다. 동양이라는 개념은 존재하지 않으니까요.

그렇다면 무엇이 동양의 기초일까요? 동양은 사람들이 아주 불행하거나 행복하고, 아주 부자이거나 아주 가난한 극단적인 세계입니다. 또 자신들이 하는 일을 구태여 설명할 필요가 없는 왕들의 세상, 다시 말해 신들처럼 무책임한 왕들의 세상이라고 말할 수 있습니다.

그 외에도 숨겨진 보물이라는 개념이 내포되어 있습니다. 그 보물은 누구라도 발견할 수 있습니다. 그리고 마술이라는 개념 역시 아주 중요합니다. 그런데 마술이란 무엇일까요? 마술은 아주 독특한 인과율입니다. 우리가 알고 있는 인과 관계 외에도 또 다른 인과 관계가 있다는 믿음입니다. 그 관계는 사건이나 반지 또는 램프에 존재할 수 있습니다. 반지나 램프를 문지르면 요정이 나옵니다. 이 요정은 반지나 램프를 가진 사람의 노예이지만, 동시에 우리의 소망을 모두 들어줄 수 있는 힘을 갖고 있습니다. 그리고 그것은 아무 때나 일어날 수 있습니다.

여기서 낚시꾼과 요정의 이야기를 떠올려 보겠습니다. 네 아이를 데리고 가난하게 살던 어느 어부가 있었습니다. 그는 매일 아침 어느 바닷가에서 그물을 던집니다. '어느 바닷가'라는 표현이 이미 마술적입니다. 우리를 확실하지 않은 세계로 데려가기 때문입니다. 어부는 '어느 바닷가'에 가서 그물을 던집니다. 어느 날 아침 세 번 그물을 던지고, 죽은 당나귀 한 마리와 깨진 항아리들을 건집니다. 그러니까 전혀 쓸모없는 것만 건진 겁니다. 어부는 그물을 던질 때마다 시를 읊습니다. 네 번째로 그물을 던진 뒤 그는 아주 무거운 것을 건져 올립니다. 그물에 물고기가 가득하기를 바라지만, 그가 건져 올린 것은 솔로몬의 인장이 찍혀 봉인된 노란 구리 항아리입니다. 항아리를 열자 짙은 연기가 피어오릅니다. 그는 항아리를 보석상에게 팔 수 있을 거라고 생각하지만, 연기는 하늘 높이 치솟더니 다시 줄어들어 요정의 모습이 됩니다.

요정은 무엇일까요? 그들은 아담 이전의 창조물에 속합니다. 인간보다 열등하지만, 거인이 될 수 있는 힘을 지닌 존재입니다. 이슬람교도들에 의하면, 그들은 모든 공간 속에 살고 있고, 눈에 보이지 않으며, 손으로 만질 수도 없습니다.

요정이 말합니다. "하느님과 그의 예언자인 솔로몬을 찬양합니다." 어부는 하느님의 예언자는 마호메트인데, 왜 오래전에 죽은 솔로몬을 지금 입에 올리느냐고 묻습니다. 그리고 왜 항아리에 갇혀 있었느냐고도 묻습니다. 그러자 요정은 자기가 솔로몬에게 반항했던 요정 중의 하나이며, 그래서 솔로몬이 자기를 항아리에 넣은 다음 봉하여 바다 깊숙이 던졌다고 말합니다. 그로부터 400년이란 세월이 흘렀고, 요정은 자기를 해방시켜 주는 사람에게 이 세상의 모든 금을 주겠다고 약속했습니다. 그러나 그런 일은 일어나지 않았습니다. 그러자 그는 자기를 해방시켜 주는 사람에게 새의 노래를 가르쳐 주겠다고 약속했습니다. 그렇게 수세기가 지나면서 그의 약속은 늘어만 갔습니다. 그러자 마침내 자기를 구해 주는 사람을 죽여 버리겠다는 약속을 하기에 이릅니다. 요정은 어부에게 이렇게 말합니다. "나의 구원자여, 이제 나는 약속을 지켜야만 합니다. 죽음을 준비하십시오." 분노의 표정을 띠는 요정이 이상하게도 인간적이고 사랑스러워 보입니다.

어부는 놀라서 어쩔 줄 모릅니다. 그는 그 이야기를 믿지 않는 척 이렇게 말합니다. "당신의 말은 사실이 아니오. 머리는 하늘에 닿고 다리는 땅을 딛고 있는 당신이 어떻게 이토록 작은 항아리에 들어갈 수 있단 말이오?" 그러자 요정은 말합니다. "내 말을 믿지 않는군요. 그렇다면 내가 보여 주지요." 요정은 다시 작아져서 항아리 안으로 들어가고, 어부는 항아리를 얼른 닫아 버립니다.

이야기는 계속되고, 이제 주인공은 어부가 아니라 왕이 됩니다. 이후 검은 섬의 왕이 되고, 마지막에는 모든 것이 합쳐집니다. 이것이 『천하루 밤의 이야기』의 전형입니다. 우리는 구체 안에 구체가 또 들어 있는 중국의 구체나 인형 안에 인형이 또 들어 있는 러시아 인형을 떠올릴 수 있습니다. 이와 비슷한 것이 『돈키호테』에도 나오지만, 『천하루 밤의 이야기』에서처럼 극단적이지는 않습니다. 또한 이 모든 것은 여러분이 알고 있는 작품의 중심 이야기 속에 있습니다. 바로 아내에게 속은 술탄의 이야기죠. 그는 다시 속지 않도록 매일 밤 결혼을 한 뒤 다음 날 아내를 죽여 버리기로 결심합니다. 셰에라자드는 다른 여자들을 구하기로 결심하고서, 끝나지 않는 이야기를 들려주며 목숨을 구합니다. 이렇게 두 사람은 천하루 밤을 함께 보내고, 그녀는 아이를 낳습니다.

이야기 속의 이야기들은 이상한 효과, 거의 무한한 느낌, 즉 일종의 어지러움을 만들어 냅니다. 후대의 여러 작가들은 이런 기법을 모방했습니다. 가령 루이스 캐럴[130]의 「앨리스」 시리즈와 『실비와 브루노』 같은 소설에서는 꿈속에 여러 개의 꿈이 들어 있으며, 이것이 가지를 뻗으며 증식되는 효과를 자아냅니다.

꿈은 『천하루 밤의 이야기』에서 가장 중요한 주제입니다. 꿈을 꾸는 두 사람의 이야기는 정말 훌륭합니다. 카이로에 사는 사람이 꿈에서 어떤 목소리를 듣는데, 그 목소리는 페르시

---

130   Lewis Carroll(1832~1898). 영국의 소설가이자 수학
           자. 대표작으로 『이상한 나라의 앨리스』, 『거울 나라
           의 앨리스』 등이 있다.

아의 이스파한에 보물이 숨겨져 있다면서 그곳으로 가라고 명합니다. 그는 길고 위험한 여행 끝에 마침내 지친 몸으로 이스파한에 도착하여, 어느 사원의 정원에 누워 잠을 잡니다. 그곳에는 도둑들도 있지만, 그는 그런 사실을 모릅니다. 그들은 모두 체포되고, 재판관은 그에게 그곳에 온 이유를 묻습니다. 이집트인은 자신이 오게 된 이야기를 말합니다. 그러자 재판관은 큰 소리로 웃으면서 말합니다. "이 미련하고 귀가 얇은 사람아, 나는 세 번이나 카이로에 있는 어느 집의 꿈을 꾸었다네. 집 뒤쪽에는 정원이 있고, 그 정원에는 해시계와 분수, 그리고 무화과나무가 있었지. 그런데 바로 그 분수 아래에 보물이 있는 꿈이었다네. 나는 이 거짓말을 전혀 믿지 않았어. 다시는 이스파한으로 돌아오지 말게. 이 돈을 줄 테니 어서 이곳을 떠나게나." 이집트인은 다시 카이로로 돌아옵니다. 그는 재판관의 꿈에서 자기 집을 보았던 것입니다. 그는 분수 아래를 파고, 거기서 보물을 발견합니다.

『천하루 밤의 이야기』에는 서양의 메아리도 감지됩니다. 우리는 오디세우스의 모험을 만나게 됩니다. 그러나 여기서 오디세우스는 선원 신드바드로 나타납니다. 그의 모험은 종종 오디세우스의 모험과 동일합니다. 가령 폴리페모스[131]의 이야기가 그렇습니다.

『천하루 밤의 이야기』란 궁궐을 짓기 위해서는 여러 세대가 필요했습니다. 그리고 거기에 참여한 사람들이 바로 우리의

---

131   그리스 신화에서 바다의 신 포세이돈의 아들로 키클
       롭스(외눈박이 거인)족 가운데 가장 유명한 인물이다.

은인입니다. 우리에게 고갈되지 않는 책, 수많은 변신을 할 수
있는 책을 남겨 주었으니까요. 여기서 내가 수많은 변신이라고
말하는 이유는 최초의 번역본, 즉 갈랑의 번역본은 너무나 단
순하지만, 아마도 모든 번역본 중에서 가장 매혹적일 수 있기
때문입니다. 그리고 그것은 독자의 노력을 요구하지도 않습니
다. 하지만 버튼 대위가 말한 것처럼, 이 최초의 서양 번역본이
없었다면 그 이후의 번역본은 나올 수 없었을 것입니다.

갈랑은 1704년에 첫 권을 출판합니다. 그것은 일종의 소란
을 일으키지만, 동시에 루이 14세가 통치하던 이성적이고 합
리적인 프랑스를 매료시킵니다. 낭만주의 운동을 이야기할 때
우리는 흔히 훨씬 이후의 시기를 떠올립니다. 그러나 낭만주
의 운동은 노르망디에서건 파리에서건 누군가가 『천하루 밤
의 이야기』를 읽을 때 시작되었다고 할 수 있습니다. 그것은 부
알로가 지배하던 세상을 버리고 낭만적 자유의 세상으로 들어
가는 것이기 때문입니다.

이후 다른 사건들이 일어납니다. 르사주[132]가 프랑스에서
악자 소설을 발견하고, 1750년경 퍼시[133]가 스코틀랜드와 잉글
랜드의 민요를 출판한 것입니다. 그리고 1798년경에 영국에
서는 마르코 폴로의 보호자였던 쿠빌라이 칸을 꿈꾼 콜리지와

---

132   알랭르네 르사주(Alain-René Lesage, 1668~1747). 프
      랑스의 극작가이자 소설가. 대표작으로 악자 소설 『질
      블라스』가 있다.
133   토머스 퍼시(Thomas Percy, 1729~1811). 영국의 주
      교. 그의 민요 모음집 『고대 영국시의 보물』(1765)은
      낭만주의 운동에 큰 영향을 끼쳤다.

더불어 낭만주의 운동이 시작됩니다. 그렇게 우리는 세상이 얼마나 경이로운지, 사물이 얼마나 긴밀하게 서로 연결되어 있는지를 알게 됩니다.

그러자 다른 번역본들이 출현합니다. 레인의 번역본은 이슬람교도들의 관습에 관한 백과사전과 함께 출판됩니다. 인류학적이면서도 음탕한 버튼의 번역본은 상당히 재미있는 영어로 쓰였습니다. 일부는 고어와 신조어로 가득한 14세기 영어이고 나머지는 아름다우면서도 동시에 매우 읽기 어려운 영어로 적혀 있습니다. 그다음으로 방탕하지만 인정받는 마르드뤼스 박사[134]의 번역본과, 직역이지만 문학적 매력이 전혀 없는 리트만[135]의 독일어 번역본이 출간됩니다. 이제 우리는 다행히도 나의 스승이었던 라파엘 칸시노스 아센스의 스페인어 번역본을 가지고 있습니다. 이 책은 멕시코에서 출판되었고, 아마모든 번역본 중에서 최고라 할 수 있을 것입니다. 또한 각주도달려 있는 비평본입니다.

『천하루 밤의 이야기』의 원본에는 수록되어 있지 않은 유명한 이야기가 하나 있습니다. 그것은 바로『알라딘과 요술 램프』입니다. 이 이야기는 갈랑의 판본에 나오며, 버튼은 아랍어나 페르시아어로 된 작품에서 이 이야기를 찾았지만 아무 소

---

134 조지프 샤를 마르드뤼스(Joseph Charles Mardrus, 1868~1949). 이집트 태생의 프랑스 물리학자이자 번역가. 그가 아랍어에서 프랑스어로 번역한『천하루 밤의 이야기』는 1898년부터 1904년까지 출간되었다.

135 루트비히 리하르트 에노 리트만(Ludwig Richard Enno Littmann, 1875~1958). 독일의 동양학자.

득도 얻지 못했습니다. 그래서 갈랑이 이 이야기를 날조한 것이라고 의심하는 사람도 있었습니다. 갈랑은 '밤의 이야기꾼'들이 했던 것처럼 이야기를 만들어 낼 권리가 있습니다. 수많은 이야기를 번역한 후, 그가 이야기 하나를 만들고자 했고, 그런 소망을 실천에 옮겼다고 상상하면 안 될까요?

이 이야기는 갈랑에서 끝나는 것이 아닙니다. 자서전에서 드 퀸시는 자기가 보기에 『천하루 밤의 이야기』에는 다른 이야기들과 비교할 수 없는 훌륭한 작품이 하나 있다고 말합니다. 바로 알라딘의 이야기입니다. 그는 마그레브의 마법사에 관해 말합니다. 그 마법사는 요술램프를 찾아낼 수 있는 소년이 중국에 있다는 것을 알고 그곳으로 갑니다. 갈랑에 따르면 그 마법사는 점성술사였고, 별들이 그 소년을 찾아 중국으로 가야 한다는 것을 알려 주었다고 합니다. 그러나 놀라운 창의적 기억력의 소유자인 드 퀸시는 완전히 다른 사실을 기록하고 있습니다. 그에 따르면, 마법사는 땅에다 귀를 대고 수많은 사람들의 발자국 소리를 듣고 그 소리 속에서 램프를 찾아낼 운명을 지닌 아이의 발자국 소리를 찾아냈습니다. 드 퀸시의 고백에 의하면, 이것이 그에게 세상은 유사성으로 만들어져 있으며, 요술 거울로 가득 차 있으며, 이런 조그만 물건 속에서 보다 커다란 것들의 암호를 해독할 수 있다는 생각을 갖게 만들었습니다. 마그레브의 마법사가 땅에다 귀를 갖다 대고 알라딘의 발자국 소리라는 암호를 해독했다는 사실은 그 어떤 작품에도 언급되지 않습니다. 그것은 드 퀸시의 기억력 또는 꿈의 창의성입니다.

『천하루 밤의 이야기』는 죽지 않습니다. 『천하루 밤의 이야기』의 끝없는 시간은 계속해서 길을 갑니다. 이 책은 18세기 초에 번역되었지만, 18세기 말 또는 19세기 초의 드 퀸시는 다른 방식으로 이 책을 기억합니다. 이 책은 다른 번역자들에 의해 또다시 번역될 것이고, 각 번역자는 이 책의 서로 다른 판본을 출판할 것입니다. 따라서 우리는 『천하루 밤의 이야기』라는 제목이 달린 수많은 책에 관해 말하게 될지도 모릅니다. 갈랑과 마르드뤼스가 번역한 두 개의 프랑스어 번역본, 버튼과 레인과 페인[136]이 번역한 세 개의 영어 번역본, 헤닝[137]과 리트만, 그리고 바일[138]이 번역한 세 개의 독일어 번역본, 그리고 칸시노스 아센스가 번역한 스페인어 번역본이 있습니다. 각 번역본은 모두 차이가 있습니다. 『천하루 밤의 이야기』가 계속해서 늘어나거나 아니면 재창조되고 있기 때문입니다. 스티븐슨의 훌륭한 『새로운 천하루 밤의 이야기』는 신하와 함께 도시를 다니면서 수많은 모험을 하는 가짜 왕자라는 주제를 채택하고 있습니다. 그러나 스티븐슨은 자기의 왕자인 보헤미아의 플로리셀과 그의 신하 제랄딘을 만들어 내어 런던을 다니게 합니다. 그러나 그곳은 진짜 런던이 아니라 바그다드와 유사해 보이는 런던입니다. 하지만 이 바그다드도 실제의 바그다드가 아니라 『천하루 밤의 이야기』에 나오는 바그다드입니다.

---

136   존 페인(John Payne, 1842~1916). 영국의 시인이자 번역가.

137   막스 헤닝(Max Henning, 1861~1927). 독일의 아랍학자이자 출판인.

138   구스타프 바일(Gustav Weil, 1808~1889). 독일의 동양학자.

여기 우리가 덧붙여야 할 작가가 또 있습니다. 바로 스티븐슨의 후계자인 체스터턴입니다. 그가 스티븐슨을 읽지 않았다면, 브라운 신부와 '목요일이었던 남자'의 모험이 펼쳐지는 환상적인 런던은 존재하지 않았을 것입니다. 그리고 스티븐슨이 『천하루 밤의 이야기』를 읽지 않았더라면, 『새로운 천하루 밤의 이야기』도 쓰이지 않았을 것입니다. 『천하루 밤의 이야기』는 여전히 살아 있습니다. 어마어마하게 방대한 이 책은 꼭 읽을 필요도 없습니다. 그것은 우리 기억의 일부이며, 오늘 밤의 일부도 되기 때문입니다.

넷째 밤
불교

오늘의 주제는 불교입니다. 싯다르타 또는 고타마라고 불리는 네팔의 왕자가 부처가 되어 법륜, 즉 법의 수레바퀴[139]를 굴리면서 사성제(四聖諦)[140]와 팔정도(八正道)[141]를 설파했다는, 지금으로부터 2500년 전에 시작된 기나긴 역사로 들어가지는 않겠습니다. 나는 이 세상에 가장 널리 퍼진 이 종교의 정수만을 이야기하려고 합니다. 불교의 원리는 기원전 500년 전부터

---

139 법륜은 중생의 번뇌 망상을 없애는 부처의 교법을 이르는 말이다. 한 곳에 머물지 않고 늘 굴러서 여러 사람에 이르는 것이 수레바퀴와 같다 하여 이런 이름이 붙었다.

140 고성제, 집성제, 멸성제, 도성제를 의미한다.

141 도성제의 구체적인 실천 항목으로서, 정견, 정사유, 정어, 정업, 정명, 정정진, 정념, 정정으로 나뉜다.

잘 보존되어 왔습니다. 다시 말하자면, 헤라클레이토스, 피타
고라스, 제논 시대부터 스즈키 다이세쓰[142] 박사가 일본에 선불
교를 보급한 지금의 시대에 이르기까지 그 원리들은 근본적으
로 동일합니다. 이제 이 종교는 신화와 천문학, 그리고 이상한
믿음과 마법과 같은 것으로 뒤덮여 매우 복잡합니다. 그래서
나는 여러 상이한 종파들이 공통적으로 지니고 있는 것에 한
정하여 말하려고 합니다. 이런 종파들은 대부분 히나야나, 즉
소승 불교에 속합니다.

먼저 불교가 그토록 오랫동안 살아남은 비결을 살펴봅시
다. 이 문제는 아마도 역사적인 이유를 통해서도 설명될 수 있
을 것입니다. 그러나 그런 이유들은 우연에 불과합니다. 다시
말하자면, 논쟁이나 실수의 여지가 있는 것들입니다. 나는 두
가지 근본적인 비결을 말하고자 합니다. 첫째는 바로 불교의
관용 정신입니다. 다른 종교와 달리 불교의 관용 정신은 특정
한 시기에만 해당하는 것이 아닙니다. 불교는 항상 관용적이
었습니다.

불교는 절대로 쇠나 불에 의존하지 않습니다. 한 번도 쇠나
불이 설득의 동기가 될 수 있다고 생각하지 않았습니다. 인도
의 아소카 왕이 불교 신자가 되었을 때에도 그는 자신의 새 종
교를 누구에게도 강요하지 않았습니다. 훌륭한 불교 신자는
루터교인이나 장로교인 혹은 감리교인 또는 칼뱅교도도 될 수

---

142   Suzuki Daisetsu(鈴木大拙, 1870~1966). 일본의 불교
        학자이며 사상가. 불교의 선(禪) 사상을 서양에 소개
        한 주요 인물이다.

있습니다. 마찬가지로 시온주의자나 가톨릭교도도 될 수 있습니다. 그리고 이슬람교나 유대교로도 얼마든지 개종할 수 있습니다. 반면에 기독교인이나 유대교인 또는 이슬람교도가 불교 신자가 된다는 것은 생각할 수도 없는 일입니다.

불교의 관용은 약점이 아니라 불교 자체의 특징에 속합니다. 무엇보다 불교는 우리가 요가라고 부를 수 있는 것이었습니다. 그럼 요가란 무엇일까요? 그것은 '멍에'를 의미하는 yogo와 같은 단어이며, 라틴어의 yugu에서 유래합니다. 멍에는 한 사람이 자기 스스로에게 강요하고 부과하는 계율입니다. 불교를 이해하기 위해서는 2500년 전에 부처가 바라나시의 사슴 동산에서 처음으로 한 설법을 이해해야 합니다. 불교는 이해되려고 하지 않습니다. 그것은 심오한 방식을 통해 육체와 영혼으로 느껴야 하는 것입니다. 또한 불교는 육체나 영혼의 현실을 인정하지 않습니다. 이제 그에 관해 설명하겠습니다.

그런데 그것 말고도 불교가 오랫동안 살아남은 이유는 또 있습니다. 불교는 독실한 신앙심을 요구합니다. 모든 종교가 믿음의 행위이니 이것은 자연스러운 것입니다. 마찬가지로 애국심도 믿음의 행위입니다. 나는 종종 나 자신에게 "아르헨티나 사람이 된다는 것은 무엇인가?"라고 묻곤 했습니다. 아르헨티나 사람이 된다는 것은 우리가 아르헨티나 사람이라고 느끼는 것입니다. 그렇다면 불교 신자가 된다는 것은 무엇일까요? 불교 신자가 된다는 것은 불교를 이해하는 것이 아닙니다. 그것은 몇 분 만에도 가능한 일입니다. 불교 신자가 된다는 것은 사성제와 팔정도를 느끼는 것입니다. 여기서 우리는 팔정도의 험한 길로 들어가지는 않을 것입니다. 이 숫자는 나뉘고 또 나뉘는 인도의 관습에 의거하기 때문입니다. 대신 사성제에 대해서만 언급하겠습니다.

그럼 부처의 전설로 들어가겠습니다. 우리는 이 이야기를 믿지 않을 수도 있습니다. 내겐 선불교 신자인 일본인 친구가 있습니다. 우리는 오랫동안 우정 어린 토론을 해 왔습니다. 나는 그에게 부처에 관한 역사적 사실을 믿는다고 말했습니다. 나는 2500년 전에 네팔에 싯다르타 혹은 고타마라는 왕자가 있었고, 잠들어 있거나 인생이라는 기나긴 꿈을 꾸고 있는 우리와 달리 부처, 즉 각자(覺者) 또는 '깨달은 사람'이 되었다는 것을 예전부터 지금까지 믿고 있습니다. 여기서 제임스 조이스의 한 구절이 생각납니다. 그는 "역사는 내가 깨어나길 원하는 악몽이다."라고 말했습니다. 그건 그렇고, 싯다르타는 서른 살의 나이에 잠에서 깨어나, 그러니까 득도를 하여 부처가 되었습니다.

불교 신자인 그 친구와 함께(내가 기독교인인지는 확신할 수 없지만 불교 신자가 아닌 것은 확실합니다.) 토론하면서 나는 "기원전 500년에 카필라바스투에서 태어났다는 것을 왜 믿지 않습니까?"라고 물었습니다. 그러자 그는 이렇게 대답했습니다. "그런 건 전혀 중요하지 않기 때문이죠. 중요한 것은 가르침을 믿는 것입니다." 그러면서 내가 보기에 진실보다는 재치에 가까운 말을 덧붙였습니다. "부처의 역사적 존재를 믿거나 그런 사실에 관심을 보이는 것은 수학의 법칙을 피타고라스나 뉴턴의 생애와 혼동하는 것과 같습니다. 중국과 일본의 사원에서 스님들이 명상하는 주제 중 하나는 부처의 존재를 의심하는 것입니다. 그런 의심을 가져야만 진리에 이를 수 있으니까요."

다른 종교는 역사적 사실을 믿도록 강요합니다. 기독교인은 세 신격 중의 하나가 사람의 몸을 입고 유대에서 십자가에 못 박혔다는 사실을 믿어야 합니다. 이슬람교도는 하느님 외에는 다른 신이 없으며, 마호메트가 하느님의 예언자라는 사실을 믿어야 합니다. 그러나 훌륭한 불교 신자라도 부처가 존재했다는 사실은 부정할 수 있습니다. 다시 말하면, 역사적 사실에 대한 믿음은 중요하지 않으며, 가르침만이 중요하다는 것입니다. 그러나 부처의 전설은 너무나 아름답기에 여기서 언급하지 않을 수 없습니다.

프랑스 사람들은 부처의 전설을 연구하는 데 특별한 관심을 보였습니다. 그들의 요지는 부처의 생애가 너무나 짧은 기간에 한 인간에게 일어난 일을 서술하고 있다는 것입니다. 이런 일은 일어날 수도 있었고 일어나지 않을 수도 있었습니다. 그러나 부처의 전설은 수많은 사람들을 일깨웠고, 지금도 일깨우고 있습니다. 그 전설은 수없이 아름다운 그림이나 조각 또는 시에 영감을 주었습니다. 불교는 종교일 뿐만 아니라 신화나 우주론, 형이상학적 체계, 그러니까 사람들이 이해하지 못해서 서로 논쟁을 하는 형이상학적 체계이기도 합니다.

불교를 믿건 안 믿건, 부처의 전설은 많은 깨달음을 줍니다. 일본에서는 부처의 비역사성을 주장합니다. 그러나 그것이 가르침, 즉 교법이라는 것은 인정합니다. 전설은 하늘에서 시작합니다. 하늘에는 수세기 동안, 보다 직접적으로 말하자면 숫자를 헤아릴 수 없는 세기 동안 깨달음을 얻기 위해 자기 자신을 완성하는 사람이 있었습니다. 바로 후대에 부처가 된 사람이죠.

그는 자기가 태어날 땅을 선택합니다. 불교의 우주 개벽설에 의하면 세상은 네 개의 삼각 대륙으로 나뉘고, 그 가운데에는 황금 산인 메루산이 자리했습니다. 그는 인도에 해당하는 곳에서 태어납니다. 그는 자기가 태어날 세기를 선택하고, 자신의 계급과 어머니도 선택합니다.

이제부터는 전설의 속세 부분이 시작됩니다. 거기에는 마야라는 왕비가 있습니다. 마야는 꿈이나 환각[143]을 의미합니다. 왕비는 자기가 위험에 처하는 꿈을 꿉니다. 이 꿈은 우리에게는 황당하게 보일지 몰라도, 인도인들에게는 그렇지 않습니다. 슈도다나 왕과 결혼한 마야 왕비는 여섯 개의 흰 상아를 가진 코끼리 한 마리가 황금 산을 돌아다니다가 자기의 옆구리로 들어왔지만 아무런 고통도 느끼지 못하는 꿈을 꾸었습니다. 그녀는 놀라서 잠을 깹니다. 왕이 점성가들을 불러 모으자, 그들은 왕비가 아들을 낳을 것이며, 그 아들은 세상의 황제나 부처, 즉 중생을 구제할 운명을 띤 각자(覺者)가 될 것이라고 예언했습니다. 여러분이 익히 예상할 수 있듯이, 왕은 자기 아들이 첫 번째 운명을 띠길 바랐습니다. 세상의 황제가 되기를 말이죠.

그럼 여섯 개의 흰 상아를 자세히 살펴보겠습니다. 올덴베르크[144]는 인도에서 코끼리는 늘 사랑받는 동물이라는 점을 지

---

143   본래는 '지혜'를 뜻한다.

144   헤르만 올덴베르크(Hermann Oldenberg, 1854~1920).
        독일의 인도학자. 리그베다 철학의 토대를 닦은 사람
        으로 유명하다.

적했습니다. 흰색은 항상 순진성을 상징합니다. 그런데 왜 여섯 개의 상아일까요? 여기에서 기억해야 할 것이 있는데, 그것은 종종 역사와 관련이 있습니다. 우리에게 6은 자의적이고 다소 불편한 숫자이지만(그런 이유로 우리는 3이나 7이란 숫자를 선호합니다.) 인도에서는 그렇지 않습니다. 그들은 공간에 여섯 개의 차원(위, 아래, 앞, 뒤, 왼쪽, 오른쪽)이 있다고 믿습니다. 따라서 인도인에게 여섯 개의 흰 상아는 이상한 것이 아닙니다.

왕은 마술사들을 소집하고, 왕비는 고통 없이 순산합니다. 커다란 무우수(無憂樹)가 가지를 기울여 왕비의 출산을 돕습니다. 태자는 다리부터 나오고, 세상에 나오자마자 동서남북으로 각각 네 발짝[145]을 딛습니다. 그러면서 사자처럼 큰 목소리로 "천상천하 유아독존.(하늘 위와 하늘 아래 내가 가장 존귀하다.)"이라고 말하면서, 그것이 자신의 마지막 탄생임을 밝힙니다.(인도인들은 전생의 수가 무한하다고 믿습니다.) 왕자는 자라면서 최고의 사수가 되고, 최고의 기수가 되며, 최고의 수영 선수이자 최고의 운동가이자 최고의 달필가가 됩니다. 그리고 모든 학자들의 이론을 공박합니다. 예수와 율법학자가 떠오르는 대목입니다. 그리고 열여섯 살에 결혼을 합니다.

점성가들이 이미 말해 주었기 때문에, 아버지는 자기 아들이 부처가 될 위험에 처해 있다는 사실을 압니다. 그는 아들이 생로병사라는 삶의 네 가지 진실을 깨닫고 나면, 중생을 구원할 사람이 될지도 모른다고 걱정했습니다. 그래서 왕자를 궁

---

145   본래는 일곱 발짝. 보르헤스의 실수로 보인다.

궐에 가두고 하렘[146]을 제공했습니다. 하렘에 후궁이 몇 명이나
됐는지는 언급하지 않겠습니다. 분명히 인도인들에 의해 과장
되었을 테니까요. 하지만 말하지 않을 이유도 없지 않겠군요.
여자들의 수는 8만 4000명이었습니다.

왕자는 행복하게 살았습니다. 그는 늙고 병들고 죽는다는
사실과 철저히 분리되어 있었기 때문에 세상에 고통이 있다는
것도 모릅니다. 그리고 미리 예정되어 있던 날에 마차를 타고
직사각형 모양의 궁궐에 있는 네 개의 문 중 하나를 통해 궁궐
을 나섭니다. 그냥 북쪽 문이라고 해 둡시다. 그는 잠시 여행을
하다가 자기가 이제껏 보았던 사람들과 전혀 다른 모습의 사
람을 봅니다. 그 사람은 허리가 굽고, 주름이 가득했으며, 머리
카락이 빠져서 없었습니다. 그리고 지팡이에 의존하여 힘들게
걷고 있었습니다. 그러자 마부에게 저 사람이 누구냐고, 저 사
람도 진정 사람이냐고 묻습니다. 마부는 저 사람은 노인이고,
우리가 오랫동안 살면 저 사람처럼 된다고 대답합니다.

왕자는 수심에 차 궁궐로 돌아옵니다. 엿새 후 왕자는 다시
궁궐 밖으로 나갑니다. 이번에는 남쪽 문을 통해 나갑니다. 그
는 시궁창에서 전보다 더욱 이상하게 생긴 사람을 봅니다. 그
는 나병에 걸려 얼굴이 일그러져 있었습니다. 그러자 왕자는
저 사람이 누구냐고, 저 사람도 사람이냐고 묻습니다. 그러자
마부는 병에 걸린 사람이며, 우리가 계속 살면 저 사람처럼 된
다고 대답합니다.

---

146   이슬람 사회에서 부인들이 거처하는 방. 보통 가족을
제외한 모든 남자들의 출입이 금지된다.

왕자는 더욱 걱정스러운 얼굴을 하고 궁궐로 돌아옵니다. 엿새 후 왕자는 다시 떠납니다. 그는 잠을 자는 것처럼 보이지만 얼굴색이 살아 있는 사람과 다른 사람을 보게 됩니다. 네 사람이 그 사람을 지고 가고 있었습니다. 그러자 저 사람이 누구냐고 묻습니다. 마부는 죽은 사람이며, 우리가 충분히 오래 살면 모두 저렇게 된다고 대답합니다.

왕자는 우울했습니다. 세 가지의 끔찍한 진실이 그에게 드러난 것입니다. 늙음의 진실, 질병의 진실, 죽음의 진실이 말입니다. 왕자는 네 번째 외출을 합니다. 그는 거의 벗다시피 했지만 얼굴에는 차분함이 깃든 사람을 봅니다. 그가 누구냐고 묻자 마부는 저 사람은 수도자이며, 세상의 모든 것을 버리고 더없는 행복을 얻은 사람이라고 대답합니다.

그 말을 들은 왕자는 모든 것을 버리기로 결심합니다. 그렇게 부유한 삶을 누리던 왕자가 모든 것을 버리기로 결심한 것입니다. 불교는 고행과 수도가 필요하지만, 그것은 인생을 맛본 후에 필요하다고 믿습니다. 불교는 그 누구도 모든 것을 부정하면서 시작해서는 안 된다고 생각합니다. 하나도 남기지 않고 우리의 삶을 정화한 다음, 인생의 모든 허망한 꿈을 버려야 한다고 생각하지만, 인생을 알지 못한 채 그렇게 해서는 안 된다는 것입니다.

왕자는 부처가 되기로 마음먹습니다. 그 순간 그에게 전갈이 도착합니다. 그의 아내인 야소다라가 아들을 낳았다는 소식입니다. 그러자 그는 "나에게 족쇄가 채워졌구나."라고 말합니다. 그 아들이 그를 삶에 얽매이게 만들 게 뻔했기 때문입니다. 이런 이유로 그는 아들에게 '라훌라', 즉 족쇄라는 이름을

지어 줍니다. 싯다르타는 후궁들 중 젊고 아름다운 여자들을
쳐다보았습니다. 그런데 그 여자들이 늙고 병들어 흉측한 여
자들처럼 보였습니다. 그는 아내의 침실로 갑니다. 아내는 잠
을 자고 있습니다. 그는 팔로 아들을 안습니다. 그러고는 아내
에게 입을 맞추려고 하다가, 만일 입을 맞추면 아내에게서 벗
어나지 못할지도 모른다고 생각합니다. 그리하여 그대로 방을
나섭니다.

그는 스승들을 찾습니다. 여기에 전설이 될 수 없는 생애의
일부가 등장합니다. 나중에 스승들을 버릴 텐데, 왜 그들의 제
자로 왕자를 등장시키는 것일까요? 스승들은 왕자에게 고행
과 수도를 가르치고, 왕자는 오랫동안 그것을 실천합니다. 마
침내 그는 들판 한가운데 누워 있게 됩니다. 그의 몸은 꼼짝도
하지 않습니다. 그러자 서른세 개의 하늘에서 그를 바라보던
신들은 그가 죽었다고 생각합니다. 그때 가장 현명한 어느 신
이 "아닙니다. 그는 부처가 될 것입니다."라고 말합니다. 왕자
는 잠에서 깨어나 근처에 있는 개울로 달려가서 약간의 음식
을 먹습니다. 그리고 성스러운 보리수나무, 그러니까 법의 나
무라고 할 수 있는 나무 아래에 앉습니다.

이후 마법과 같은 시간이 계속됩니다. 이것은 신약에서 예
수가 악마와 싸우는 부분에 상응합니다. 여기에 등장하는 악
마의 이름은 마라입니다. 우리는 이 이름을 '밤의 악마'인 나
이트메어라는 단어를 언급하면서 이미 살펴보았습니다. 마라
는 세상을 지배하는 자신의 통치력이 위기에 처했다는 것을
느끼고 궁궐을 나섭니다. 마라의 악기 줄이 끊어지고, 그 악마
의 물통에는 물이 말라 버립니다. 악마는 군대를 모은 뒤 코끼

리에 올라탑니다. 그 코끼리의 높이가 얼마나 되는지는 잘 모르겠습니다. 마라는 자기의 팔과 무기를 몇 배로 불려서 왕자를 공격합니다. 왕자는 늦은 오후에 지혜의 나무, 그러니까 자기와 같은 시간에 태어난 그 나무 밑에 앉아 있었습니다.

호랑이, 사자, 낙타, 코끼리, 그리고 괴물 같은 전사로 구성된 군대가 악마와 함께 왕자를 향해 화살을 쏩니다. 그런데 그 화살이 왕자에게 이르자 꽃으로 변해 버립니다. 그들은 화산을 던져서 왕자의 머리 위를 불길로 뒤덮습니다. 그러나 왕자는 움직이지 않은 채 팔짱을 끼고 사색에 잠깁니다. 그는 인생을 생각하고 있었습니다. 그는 열반, 즉 구원에 도달하고 있었습니다. 해가 지기 전에 악마는 패배하고 맙니다. 이후 오랜 명상의 밤이 이어집니다. 그리고 그날 밤 이후 싯다르타는 더 이상 싯다르타가 아니었습니다. 열반에 이른 그는 부처가 되었습니다.

부처는 법을 가르치기로 마음먹습니다. 이미 구원을 받은 그는 다른 사람들을 구원하기 위해 자리에서 일어납니다. 그리고 바라나시의 사슴 동산에서 첫 설법을 합니다. 그런 다음 다른 설법을 합니다. 그것은 영혼과 육체를 비롯하여 모든 것은 불타고 있다는 불의 설법입니다. 이것과 비슷한 시기에 에페수스의 헤라클레이토스 역시 만물의 주요 요소는 불이라고 말했습니다.

부처의 법은 고행의 법이 아닙니다. 부처는 고행을 잘못된 것이라고 생각했습니다. 육체적 삶이 저급하고 천하며 추잡하고 고통스럽다는 이유로 그런 삶을 포기해서는 안 됩니다. 고행 역시 천하고 고통스럽기는 마찬가지입니다. 신학 용어를

쓰자면, 그는 중도(中道)를 가르칩니다. 그는 열반에 이른 뒤에
도 설법을 하면서 45년을 삽니다. 죽지 않을 수도 있었지만, 그
는 제자가 충분히 많아지자 죽음의 순간을 선택합니다.

부처는 쿠시나가라의 대장장이 집에서 숨을 거둡니다. 제
자들이 그를 에워쌉니다. 제자들은 그가 없이 어떻게 해야 할
지 생각하면서 절망에 빠집니다. 그러자 부처는 제자들에게
자기는 존재하지 않으며, 그 역시 제자들처럼 죽어야만 하는
사람이라고 말합니다. 하지만 그들에게 자신의 법을 남깁니
다. 여기에 그리스도와 큰 차이가 있습니다. 내 기억에 예수는
제자들에게 두 사람이 모인 곳에서 자기가 세 번째 사람이 되
겠다고 말했습니다.[147] 반면에 부처는 제자들에게 자신의 법을
남기겠다고 말합니다. 즉, 첫 번째 설법에서 그는 법의 수레바
퀴를 굴렸던 것입니다. 이후 불교의 역사가 시작됩니다. 라마
교, 탄트라, 대승 불교, 소승 불교, 일본의 선불교 등의 역사가
시작됩니다.

개인적으로 나는 거의 유사한 두 개의 불교만이 중요하다
고 생각합니다. 하나는 부처가 가르친 불교이고, 다른 하나는
지금 중국과 일본에서 가르치고 있는 선불교입니다. 나머지는
신화로 치장된 꾸며낸 이야기입니다. 그중 몇몇 이야기는 상
당히 흥미롭습니다. 부처가 여러 기적을 행할 수 있었다는 사
실은 널리 알려져 있습니다. 그러나 그는 예수 그리스도처럼

---

147   아마도 「마태복음」 18장 20절의 "두세 사람이 내 이름
       으로 모인 곳에는 나도 그들 중에 있느니라."를 의미
       하는 듯하다.

기적을 좋아하지 않았고, 기적을 일으키려고 하지도 않았습니다. 기적을 저속한 과시라고 여겼던 것입니다. 여러분에게 한 가지 이야기를 들려 드리겠습니다. 바로 백단향의 사발에 관한 이야기입니다.

인도의 어느 도시에서 한 상인이 백단향 나무로 사발을 만들었습니다. 그는 아주 높고 반들반들한 대나무 꼭대기에 사발을 올려놓고서, 그것을 잡아서 내려오는 사람에게 주겠다고 약속했습니다. 몇몇 이교도 스승들이 시도했지만 실패했습니다. 그들은 상인을 매수해서 자기들이 그 사발을 잡았다고 말하게 하려고 했지만, 상인은 그들의 제안을 단호히 거부했습니다. 그때 부처의 제자가 도착했습니다. 부처가 자신의 진정한 제자로는 여기지 않는 사람이었습니다. 그는 이 일화에만 등장하는데, 이름은 언급되지 않습니다. 제자는 공중으로 올라가 나무 주위를 여섯 번 빙빙 돌았습니다. 그리고 그 사발을 집어 상인에게 건넸습니다. 부처는 이 이야기를 듣고, 그 제자를 종단에서 추방했습니다. 경박한 행동을 했다는 이유로 말이죠.

그러나 부처 역시 여러 번 기적을 행했습니다. 가령 다음의 예에서처럼 예의상 필요할 때 말이죠. 부처가 정오에 사막을 건너야만 했습니다. 서른세 개의 하늘에서 신들이 부처가 햇빛을 가릴 수 있도록 각각 양산을 하나씩 던져 주었습니다. 부처는 그 어떤 신도 기분 나쁘게 하고 싶지 않았고, 그래서 자기 자신을 서른세 개의 부처로 만들었습니다. 그렇게 해서 각 신은 자기들이 던져 준 양산을 부처가 들고 가는 모습을 하늘에서 지켜볼 수 있었습니다.

부처의 여러 이야기 중에서 특별히 우리의 눈을 번쩍 뜨게 만드는 것이 하나 있습니다. 바로 화살의 비유입니다. 어떤 사람이 전투에서 화살을 맞아 부상을 입었지만, 그는 자기 몸에서 화살을 빼내길 원치 않았습니다. 화살을 빼내기 전에 그는 사수의 이름이 무엇인지, 그가 어떤 계급에 속하는지, 화살이 어떤 재료로 만들어졌는지, 사수는 당시 어느 곳에 있었는지, 화살의 길이는 얼마인지를 알고 싶어 했습니다. 이런 의문들을 제기하는 동안, 그는 점차로 죽음을 향해 치달았습니다. 그러자 부처가 "내가 화살을 빼내는 법을 가르쳐 주겠다."라고 말했습니다. 그러면서 화살이 무엇이냐는 질문에, 그것은 우주라고 대답했습니다. 화살은 '자아'의 개념, 즉 우리 모두가 박힌 채 가지고 다녀야 하는 자아라고 말했습니다. 그러면서 부처는 쓸데없는 질문에 시간을 허비하지 말라고 타이릅니다. "우주는 유한한가, 무한한가?", "부처는 열반 후에도 살 것인가, 그렇지 않은가?"와 같은 질문은 모두 쓸데없는 것이며, 중요한 것은 화살을 빼내는 것이라는 말이었습니다. 이것은 바로 액막이, 즉 구원의 법을 의미합니다.

부처는 이렇게 말합니다. "광활한 대양이 짠맛을 내는 것처럼 법의 맛은 구원의 맛이다." 부처가 가르치는 법은 바다처럼 넓지만, 그 맛은 단 하나입니다. 바로 구원의 맛이지요. 그런데 제자들은 형이상학적 탐구에 매진하느라 길을 잃어버립니다. 아마 너무 많은 것을 발견했기 때문일 것입니다. 그러나 그것은 불교의 목표가 아닙니다. 불교 신자라면 그 법을 따르는 한 아무 종교나 믿을 수 있습니다. 중요한 것은 구원과 사성제, 즉 고통과 고통의 원인, 고통의 치료, 그리고 치료에 도달하는 길입니다. 종착점은 열반입니다. 진리의 순서는 중요하지 않습니다. 그것들은 병과 관련된 고대의 전통적인 의학적 처방과 진단, 처치와 치료에 해당한다고들 말합니다. 이 경우 치료는 바로 열반입니다.

이제 우리는 가장 어려운 부분에 다다랐습니다. 우리 서양인의 정신이 거부하는 경향이 있는 그것은 바로 윤회입니다. 우리에게 그것은 시적인 개념입니다. 윤회하는 것은 영혼이 아닙니다. 불교는 영혼의 존재를 부정하니까요. 윤회하는 것은 바로 카르마(業), 즉 수없이 윤회하는 일종의 정신적 조직체입니다. 서양에서 이 생각은 특히 피타고라스와 관련이 있습니다. 피타고라스는 자기가 다른 이름이었을 때 트로이 전쟁에서 가지고 싸웠던 방패를 알아보았습니다. 플라톤의『공화국』10권에는 에르의 꿈이 수록되어 있습니다. 이 병사는 망각의 강에서 물을 마시기 전에 자신의 운명을 선택하는 영혼들을 봅니다. 아가멤논은 독수리의 운명을 선택하고, 오르페우스는 백조의 운명을, 그리고 언젠가 '무명'이라고 자신을 불렀던 오디세우스는 인간 중에서 가장 천하고 가장 이름 없는 사람의 운명을 선택합니다.

아그리겐툼의 엠페도클레스[148]가 전생을 회고하는 대목도

---

148   Empedocles(기원전 493년경~기원전 430). 그리스의 철학자이자 정치가이며 시인. 그는 영혼의 윤회를 확고하게 믿었으며, 죄를 지은 자는 죽을 수밖에 없는 수많은 육체를 전전하며 3만 절기를 떠돌아다니다가 결국 4원소 중의 한 원소에서 다른 원소로 오갈 수밖에 없다고 주장했다.

있습니다. "나는 처녀였습니다. 나는 나뭇가지였습니다. 나는
사슴이었습니다. 나는 바닷물에서 뛰어오르는 말 못하는 물고
기였습니다." 카이사르는 이 교법을 드루이드[149]의 것으로 돌
립니다. 웨일스의 시인 탈리에신[150]은 자기가 우주에 있는 모든
것이 되어 보았다고 말합니다. "나는 전쟁터의 대장이었고, 손
에 든 칼이었으며, 예순 개의 강을 지나는 다리였고, 파도의 거
품 속에서 마법에 걸렸으며, 별이었고, 빛이었으며, 나무였고,
책 속의 단어였으며, 처음부터 책이었다." 또한 니카라과의 시
인인 루벤 다리오[151]는 그의 작품 중 가장 아름다운 시에서 이
렇게 노래합니다. "나는 병사였다/ 클레오파트라 여왕의/ 침
대에서 잠을 잔……."

　윤회는 문학의 중요한 주제였습니다. 또한 신비주의자들
의 주제이기도 했습니다. 플로티노스는 하나의 삶에서 다른
삶으로 이동하는 것은 다른 방에서, 그리고 다른 침대에서 잠
을 자는 것과 같다고 말합니다. 나는 우리 모두가 전생의 한순
간을 살았던 것과 비슷한 느낌을 받은 적이 있으리라고 믿습
니다. 단테 게이브리얼 로세티는 「갑작스러운 불빛」이라는 아
름다운 시에서 "나는 예전에 여기에 있었다."라고 노래합니다.
또 자기가 소유했거나 아니면 소유하려고 했던 여인을 향해

149　고대 켈트족의 종교였던 드루이드교의 성직자.

150　Taliesin(534?~599?). 고대 브리튼의 시인. 작품으로
　　　는 중세 웨일스어 필사본 『탈리에신의 서』가 있다.

151　Rubén Darío(1867~1916). 니카라과의 시인. 대표작
　　　으로 『청(靑)』, 『삶과 희망의 노래』, 『가을의 시』 등이
　　　있다.

"당신은 이미 나의 것이었고, 수없이 나의 것이었으며, 무한히 나의 것이 될 것입니다."라고 말합니다. 이것은 우리에게 순환 교리를 떠올리게 합니다. 이 교리는 불교의 교리와 너무나 흡사하며, 성 아우구스티누스가 『신국론』에서 반박한 것이기도 합니다.

스토아학파와 피타고라스학파 사람들에게 우주가 겁(劫)으로 이루어진 수많은 순환으로 이루어져 있다는 인도의 교리가 전해졌습니다. 겁[152]은 인간의 상상을 초월합니다. 철벽을 상상해 봅시다. 그것의 높이는 I만 6000마일이고, 600년마다 어느 천사가 바라나시에서 만든 아주 얇은 천으로 그 벽을 닦습니다. 그 천이 높이가 I만 6000마일이나 되는 철벽을 모두 마멸시키면 비로소 I겁의 첫날이 지나게 됩니다. 신들도 겁이 지속되는 동안 살아 있다가, 겁이 끝나면 비로소 죽었다가 다시 태어납니다.

우주의 역사는 순환의 주기로 나뉘어져 있고, 이런 순환 속에는 아무것도 남지 않거나, 베다[153]의 말만 남는 위대한 소멸이 있습니다. 베다의 말은 사물을 창조하는 원형입니다. 브라마 신 역시 죽어서 다시 태어납니다. 자신의 궁궐에서 애처로운 시간을 보내고 어떤 겁 후에, 그리고 소멸 후에 그는 다시 태

---

152   I겁은 대략 43억 2000만 년으로 알려져 있다.

153   고대 인도를 기원으로 하는 신화적, 종교적, 철학적 문헌들을 가리키는 말. 이것은 산스크리트 문학에서 가장 오래된 층에 해당하며 또한 힌두교의 가장 오래된 성전(聖典)들을 이루고 있다.

어납니다. 그는 텅 빈 방들을 다니며 다른 신들을 생각합니다.
다른 신들은 그의 명령에 따라 모습을 드러냅니다. 그리고 브
라마가 자신들을 창조했다고 믿습니다. 바로 그들이 그곳에
있었기 때문입니다.

우주의 역사를 이렇게 바라보는 시각을 잠시 생각해 봅시
다. 불교에는 유일신이 없습니다. 실제로, 유일신이 있을 수 있
다 해도 그건 근본적인 것이 아닙니다. 중요한 것은 우리의 운
명이 우리의 업에 의해 미리 예정되어 있다는 사실을 믿는 것
입니다. 만일 내가 1899년에 부에노스아이레스에서 태어나야
만 했고, 눈이 멀어야만 했으며, 오늘 밤 여러분 앞에서 이 강연
을 해야만 했다면, 이 모든 것은 내 전생의 결과입니다. 전생에
의해 예정되지 않은 내 인생은 하나도 없습니다. 이것이 바로
업(카르마)이라는 것입니다. 이미 말했듯이 업은 정신 구조, 아
주 미묘하고 정밀한 정신 구조입니다.

우리는 매 순간 우리의 삶을 짜고 있으며, 다른 것과 함께
섞어 짜고 있습니다. 우리는 우리의 의지와 행동, 우리의 선잠,
우리의 잠, 우리의 비몽사몽뿐 아니라, 우리의 업을 영원히 짜
고 있습니다. 그래서 우리가 죽으면 우리의 업을 이어받은 또
다른 사람이 태어나는 것입니다.

불교를 몹시 사랑했던 쇼펜하우어의 제자인 도이센[154]은 이
런 이야기를 들려줍니다. 그는 인도에서 눈먼 거지를 만나자,

---

154   파울 도이센(Paul Deussen, 1845~1919). 독일의 철학
자. 인도 철학의 영향 아래서 기독교에 대한 철학적 해
석을 시도했다.

그를 불쌍히 여겼습니다. 그러자 거지는 "내가 장님으로 태어난 것은 내가 전생에 범한 죄 때문입니다. 내가 앞을 볼 수 없는 건 지극히 정당한 일입니다."라고 말했습니다. 사람들은 고통을 받아들입니다. 간디는 병원 건립을 반대하면서, 병원과 자선 사업은 전생의 빚을 갚는 행위를 지연시킬 뿐이며, 따라서 다른 사람을 도와줄 필요가 없다고 말했습니다. 만일 다른 사람이 고통을 받는다면, 그가 갚아야 할 죄를 지은 것이기 때문에 고통을 받아야 하며, 내가 그들을 도와주면, 그 빚을 갚는 것을 더욱 지연시킬 뿐이라고 생각했던 것입니다.

업은 잔인한 법입니다. 그렇지만 아주 흥미로운 수학적 결과를 낳습니다. 만일 지금의 내 삶이 전생에 의해 예정되어 있다면, 그 전생은 또 다른 전생에 의해 예정되어 있는 것입니다. 그리고 또 다른 전생은 그것과 다른 또 다른 전생에 의해 예정되어 있으며, 그 전생은 또 다른 전생에 의해 예정되어 있다는 것입니다. 이렇게 무한히 나아갑니다. 다시 말하면, Z라는 글자는 Y에 의해 결정되어 있고, Y는 X에 의해, X는 V에 의해, V는 U에 의해 결정되어 있다는 것입니다. 그러니까 현재는 있지만 현재를 시작하게 만든 것은 끝이 없다는 말이죠. 불교도들과 힌두교도들은 일반적으로 현재의 무한성을 믿습니다. 그들은 이 순간에 도달하기 위해서 이미 무한의 시간을 지나왔다는 것을 믿습니다. 여기서 내가 무한이라고 하는 것은 무기한이나 무수한 것을 의미하는 것이 아니라, 글자 그대로 무한한 것, 즉 끝이 없는 것을 뜻합니다.

사람에게 허락된 여섯 개의 운명 중에서(누구는 악마가 될수 있고, 누구는 식물이 될 수 있으며, 누구는 동물이 될 수 있습니

다.) 가장 어려운 것은 사람이 되는 것입니다. 그래서 우리는
그 기회를 놓치지 말고 자신을 구원해야 합니다.

부처는 바다 밑에 사는 거북이와 바다를 떠다니는 팔찌를
상상했습니다. 거북이는 600년마다 바닷물에서 고개를 내밉
니다. 그 머리가 팔찌 안에 들어갈 확률은 극히 희박할 것입니
다. 부처는 이렇게 말합니다. "거북이의 머리가 팔찌 안에 들어
가기 힘든 것처럼, 우리가 사람이 되는 것도 몹시 힘든 일이다.
그래서 사람이 된 시간을 이용하여 열반에 도달해야 한다."

만일 우리가 유일신인 하느님이라는 개념을 부정하고 우주
를 창조한 개인적인 신도 없다고 믿는다면, 고통의 원인, 즉 삶
의 원인은 무엇일까요? 그 개념은 바로 부처가 '선'이라고 부른
것입니다. '선'이란 단어가 매우 이상하게 들릴지도 모릅니다.
그러나 이제 우리가 아는 다른 말들과 비교해 보겠습니다.

가령 쇼펜하우어의 '의지'란 말을 생각해 봅시다. 쇼펜하우
어는 '의지와 표상으로서의 세계'를 상상합니다. 우리 각자 안
에는 구체적으로 표현되는 의지가 있으며, 그 의지는 세계라
는 표상을 만들어 냅니다. 우리는 이런 개념을 다른 철학자들
에게서 다른 이름으로 발견할 수 있습니다. 베르그송은 '생명
의 약동(élan vital)'이라고 했고, 버나드 쇼는 '생명력(life force)'
이라고 했습니다. 이것들은 모든 동일한 개념입니다. 그러나
한 가지 차이가 있습니다. 베르그송과 버나드 쇼에게 '생명의
약동'은 우리가 강요해야 하는 힘이며, 그래서 우리는 세상을
창조하면서 세상을 꿈꿔야 합니다. 쇼펜하우어에게, 그러니까
염세주의자인 우울한 쇼펜하우어와 부처에게 세상은 꿈입니
다. 우리는 꿈꾸기를 멈춰야 합니다. 이는 오랜 노력과 연습을

통해서만 도달할 수 있습니다. 그 첫 단계가 고통이며, 그것은 선이 됩니다. 선은 삶을 만들어 내고, 삶은 어쩔 수 없이 가엾습니다. 그렇다면 산다는 것은 무엇일까요? 그 무엇보다도 산다는 것은 바로 생로병사, 즉 태어나서 늙고 병들고 죽는 것입니다. 그중에서도 부처가 가장 슬퍼한 것은 바로 사랑하는 사람들과 함께 있지 못하는 것입니다.

우리는 열정을 버려야 합니다. 자살은 그 자체가 열정적인 행위이기 때문에 아무런 도움이 되지 않습니다. 스스로 목숨을 끊는 사람은 항상 꿈속의 세계에 있습니다. 세상이란 환영이며 꿈이고, 인생은 꿈이라는 사실을 깨달아야 합니다. 그리고 그러기 위해 명상을 해야 합니다. 불교 사원의 신참 수도승은 명상 속에서 자기 인생의 매 순간을 완전히 경험하며 사는 연습을 합니다. 그는 이렇게 생각해야 합니다. "지금은 정오다. 지금 나는 마당을 지나고 있다. 지금 난 주지 스님과 만났다." 그리고 동시에 정오와 마당과 주지 스님이 자신의 존재나 생각처럼 비현실적인 것이라고 생각해야만 합니다. 불교는 바로 '자아'를 부정하기 때문입니다.

가장 중요한 환멸이 바로 '자아'에 대한 생각입니다. 이런 점에서 불교는 흄과 쇼펜하우어, 그리고 우리 아르헨티나의 소설가인 마세도니오 페르난데스[155]의 생각과 일치합니다. 거기에는 주체가 없습니다. 존재하는 것은 일련의 정신 상태뿐

---

155   Macedonio Fernández(1874~1952). 아르헨티나의 소
       설가, 시인, 철학자. 대표작으로 『에테르나 소설 박물
       관』이 있다.

입니다. 만일 내가 "나는 생각한다."라고 말하면, 나는 오류를
범하는 것입니다. 고정 주체와 그 주체의 작품인 생각을 상정
하고 있기 때문입니다. 그래서는 안 됩니다. 흄이 지적하듯이,
'나는 생각한다'가 아니라 '비 오다'처럼 무인칭 주어로 사용해
야 합니다. 우리는 비가 온다고 말할 때, 비가 행위를 수반하는
것이 아니라, 무슨 일인가가 '일어나고' 있다고만 생각합니다.
'덥다', '춥다', '비 오다'처럼, 무인칭 주어로 '생각한다', '고통
받는다'라고 말하면서 주어의 사용을 피해야 합니다.

불교 사원에서 신참은 규율을 엄격히 지켜야 합니다. 그들은
원할 때 언제라도 사원을 떠날 수 있습니다. 마리아 코다마[156]가
말한 대로라면, 사원에서는 신참들의 이름조차 적어 놓지 않습
니다. 신참이 사원에 들어가면 사원의 승려들은 그에게 힘든
일을 시킵니다. 그가 잠에 들면 15분 후에 깨웁니다. 그러면 신
참은 쓸고 닦아야 합니다. 만일 깊은 잠에 들었다간 육체적으로
심한 벌을 받습니다. 그렇게 그는 항상 생각을 해야 합니다. 그
러나 그의 죄를 생각하는 것이 아니라 모든 것이 비현실임을 생
각합니다. 그는 비현실의 연습을 계속해야 하는 것입니다.

이제 선불교와 보리달마[157]에 대해 말할 차례가 왔습니다.

---

156   María Kodama(1937~). 아르헨티나의 작가이자 번역
       가. 보르헤스의 비서로 일하다가 1986년에 그와 결혼
       하여 현재는 보르헤스 재단을 운영하고 있다.

157   菩提達磨(생몰년 미상). 인도 남부 지방의 천축 향지
       국 타밀 왕가에서 왕자로 태어났지만, 왕족의 허울을
       벗어던지고 북위 제국의 평범한 불제자로 귀화한 불
       교 승려이다.

보리달마는 첫 번째 위대한 선교사였습니다. 서기 6세기에 그는 인도에서 중국으로 여행을 떠났습니다. 그곳에서 불교를 장려한 황제를 만났는데, 황제는 불교 사원들을 열거하면서 불교 신참 수도자들의 숫자를 알려 주었습니다. 그러자 보리달마는 이렇게 대답했습니다. "모든 것은 환영의 세상에 속합니다. 사원과 승려는 당신과 나처럼 비현실적인 존재들입니다." 그런 후 그는 벽을 마주 보고 앉아서 명상에 들어갔습니다.

그의 가르침은 일본에 도달하여 여러 분파로 나뉘었습니다. 그중에서 가장 유명한 것이 선불교입니다. 선불교는 깨달음에 이르는 과정이 밝혀져 있습니다. 그러나 그것은 수년간의 명상 후에야 비로소 가능합니다. 깨달음은 갑자기 옵니다. 그것은 일련의 추론이 아닙니다. '사토리(satori)'라 불리는 그 과정은 우리의 논리를 넘어선 갑작스러운 사건으로 이루어집니다.

우리는 항상 주체-객체, 원인-결과, 논리-비논리, 정-반과 같은 용어로 생각합니다. 이런 범주를 넘어서야 합니다. 선불교 스승들에 의하면, 갑작스러운 직관으로 진리에 이르기 위해서는 비논리적인 대답이 필요합니다. 어느 신참 수도승이 스승에게 부처가 무엇이냐고 묻자, 스승은 "보리수나무는 과일나무다."라고 대답했습니다. 이 대답은 비논리적이지만, 진실을 일깨울 수 있습니다. 신참 수도승이 보리달마가 왜 서쪽에서 왔느냐고 묻자, 스승은 "아마포 1킬로그램."이라고 대답했습니다. 이런 말들은 비유적 의미를 가지고 있는 게 아닙니다. 그것들은 직관을 일깨우기 위해 한 의미 없는 대답이지만, 갑작스레 충격을 주기도 합니다. 제자는 무언가를 물어볼 수 있고, 스승은 충격을 줄 만한 대답을 할 수 있습니다. 아마도 전설이 틀림없겠지만, 이제 보리달마에 대한 이야기를 하나 들려 드리겠습니다.

보리달마가 어느 제자와 함께 다니고 있었습니다. 제자가 질문을 해도 그는 대답하지 않았습니다. 제자는 명상을 하려고 했습니다. 그런데 잠시 후 왼쪽 팔을 잘라서 스승에게 주었습니다. 그의 제자가 되고 싶다는 증거였습니다. 자신의 결심을 보여 주기 위해 고의로 팔을 잘랐던 것입니다. 그래도 스승은 눈 하나 깜짝하지 않았습니다. 어쨌거나 그것은 육체적이고 물리적인 사건이었고, 따라서 환영에 불과했기 때문입니다. 스승은 "도대체 무엇을 원하느냐?"라고 물었습니다. 그러자 제자는 이렇게 대답했습니다. "저는 오랫동안 제 마음을 찾고 있었지만 찾을 수 없었습니다." 그 말을 들은 스승은 "네가 네 마음을 찾지 못한 것은 그것이 존재하지 않기 때문이다."라고 대답했습니다. 그 순간 제자는 진리를 깨달았습니다. '자아'는 존재하지 않는다는 것과, 모든 것은 허상이라는 것을 말이지요. 여기에 대략 선불교의 핵심이 있습니다.

종교는 논리적으로 설명하기 어렵습니다. 특히 자기가 믿지 않는 종교를 설명하기란 더욱 어렵습니다. 여기서 중요한 것은 불교를 재미있는 전설이 아니라 수양과 훈련으로 이해하는 것입니다. 즉, 우리가 할 수 있는 수양으로, 또 우리에게 고행과 금욕을 요구하지 않는 것으로 이해해야 합니다. 물론 이것은 우리에게 육체적인 삶을 포기하라고 요구하지도 않습니다. 우리에게 요구하는 것은 명상입니다. 그것은 우리의 죄나 우리의 전생과는 전혀 관련이 없습니다.

선불교의 명상 주제 중 하나는 우리의 지나간 삶은 환영이라는 것입니다. 만일 내가 승려라면, 나는 이 순간 내가 막 삶을 시작했으며, 보르헤스가 살았던 예전의 삶은 모두 꿈이고, 모든 세계의 역사가 꿈이라고 생각할 것입니다. 정신 수양을 통해 우리는 얼마든지 선을 접할 수 있습니다. 자아가 존재하지 않는다는 사실을 깨달으면, 우리는 자아가 행복할 것이라거나 우리의 임무가 자신을 행복하게 하는 것이라는 생각을 하지 않을 것입니다. 그 결과 평온의 상태에 이르게 됩니다. 이것은 열반에 이르면 더 이상 생각을 하지 못하고 세상을 떠난다는 의미가 아닙니다. 이 증거는 아마도 부처의 전설에서 찾을 수 있을 겁니다. 부처는 보리수나무 아래에서 열반에 이르렀지만, 계속 살았고, 오랫동안 자신의 법을 가르쳤습니다.

열반에 이른다는 것은 무슨 의미일까요? 간단하게 말하자면, 더 이상 우리의 그림자를 투사하지 않는다는 의미입니다. 이 세상에 있는 동안 우리는 업에 종속됩니다. 우리의 행위는 모두 업이라고 불리는 이런 정신 구조 속에 촘촘히 얽혀 있습니다. 열반에 도달한 사람은 행위에 이미 그림자를 가지고 있지 않습니다. 자유의 몸이 되는 것이죠. 성 아우구스티누스는 구원을 받은 사람은 선이나 악을 생각할 필요가 없다고 말했습니다. 선을 생각하지 않고 선을 행하면서 살 것이기 때문입니다.

열반은 무엇일까요? 서양에서 불교에 대해 관심을 보인 것은 대부분 이 아름다운 말 때문입니다. 열반이라는 단어가 아주 소중하고 귀한 것을 담고 있지 않다고는 말할 수 없을 겁니다. 그렇다면 열반은 무엇을 의미할까요? 그것은 소멸, 소화(消火)를 뜻합니다. 많은 사람들이 열반에 이르면 소멸한다고 생각했지만, 우리가 죽으면 거대한 열반이 있고, 그다음에 소멸이 있습니다. 하지만 어느 오스트리아의 동양학자는 부처가 당대의 물리학을 이용했으며, 당시에 생각했던 소멸은 지금과 같지 않았다고 지적했습니다. 불꽃이란 꺼져도 사라지지 않는다고 생각했기 때문입니다. 불꽃은 계속해서 살아 있으며, 다른 상태로 지속된다고 생각했고, 따라서 열반이 반드시 지금의 소멸을 의미하지는 않는다는 것입니다. 열반 후에도 우리는 다른 방식으로 계속 존재하는데, 그것은 우리가 생각할 수 없는 방식이라는 것입니다. 일반적으로 신비주의자들은 혼례의 은유를 사용합니다. 그러나 불교의 은유는 다릅니다. 열반을 말할 때 우리는 열반의 포도주나 열반의 장미 또는 열반의 포옹을 말하지 않습니다. 오히려 섬에 비유합니다. 폭풍 속에서도 굳건히 버티는 섬 말입니다. 물론 정원이나 탑에 비유할 수도 있습니다. 그것은 우리의 생각을 넘어서서 스스로 존재하는 것입니다.

오늘 내가 말한 것은 일부에 지나지 않습니다. 박물관의 어느 유품을 보여 주려는 의도로 오랜 세월 전념했던 교법을 설명한 것이라고 말한다면 그건 거짓말일 것입니다. 사실 나는 불교를 조금밖에 이해하지 못합니다. 내게 불교는 박물관의 유품이 아니라 구원의 길입니다. 나에게뿐 아니라 수많은 사람들에게도 그렇습니다. 불교는 이 세상에 가장 널리 전파된 종교이며, 나는 오늘 밤 내가 이 주제를 경건한 마음으로 다루었기를 바랍니다.

다섯째 밤
시

아일랜드의 범신론자인 스코투스 에리우게나는 성경은 무한한 의미를 담고 있다면서, 그것을 공작새의 무지갯빛 깃털에 비유했습니다. 수세기가 지난 후 어느 스페인 카발라주의자는 하느님은 이스라엘 사람들 각각을 위해 성경을 썼으며, 따라서 성경의 수는 성경의 독자만큼 많다고 말했습니다. 성경의 작가와 독자 각각의 운명을 결정하는 작가가 같다는 것을 생각해 보면, 이는 충분히 수용할 수 있는 말입니다. 이 두 가지 의견, 즉 스코투스 에리우게나가 말한 공작새의 무지갯빛 깃털과 스페인 카발라주의자가 말한 성경의 수가 독자의 수만큼 많다는 말은 각각 켈트족의 상상력과 동양의 상상력을 보여 줍니다. 그러나 성경과 관련해서뿐 아니라 다시 읽을 가치가 있는 그 어떤 책과 관련해서도 이것은 정확한 지적이라고 감히 말하고 싶습니다.

에머슨은 도서관을 가리켜, 마법에 걸린 수많은 책들이 있는 마법의 방이라고 말했습니다. 그들은 우리가 부를 때에만 잠에서 깨어납니다. 우리가 책을 열지 않으면, 그 책은 글자 그 자체, 그리고 기하학적인 종이 더미, 즉 수많은 것 중의 하나일 뿐입니다. 그러나 우리가 책을 열면, 책은 독자를 만나고, 그 안에서는 미학적 사건이 일어납니다. 심지어 동일한 독자에게 동일한 책이 다르게 읽히기도 합니다. 우리가 변하기 때문입니다. 우리는 헤라클레이토스의 강입니다. 그는 어제의 인간은 오늘의 인간이 아니며, 내일의 인간이 될 수 없다고 말했습니다. 우리는 끊임없이 변하고 있으며, 하나의 책을 읽을 때마다, 그리고 그것을 다시 읽을 때마다, 그리고 다시 읽은 책을 기억할 때마다, 작품을 고치고 있는 것입니다. 작품 역시 헤라클레이토스의 변하는 강입니다.

이런 생각은 우리를 크로체의 주장으로 이끕니다. 그는 가장 심오한 사상가는 아닐지 몰라도 가장 편견 없는 사상가였던 것만은 분명합니다. 그는 문학은 표현이라는 개념을 가지고 있었으니까요. 바로 거기서 우리가 종종 잊어버린 크로체의 또 다른 주장이 탄생합니다. 문학이 표현이라면, 문학은 말에 의해 만들어지며, 언어 역시 미학적 현상이라는 것입니다. 언어가 미학적인 것이라는 개념은 사실 받아들이기 어려운 주장입니다. 크로체의 주장을 따르는 사람은 거의 찾아볼 수 없지만, 우리 모두는 계속해서 그런 주장을 응용하고 있습니다.

우리는 흔히 스페인어는 낭랑한 말이고, 영어는 음이 다양한 언어이며, 라틴어에는 나중에 생긴 말들이 모두 원하던 위엄성이 있다고 말합니다. 이렇게 우리는 각 언어를 미학적 범주에 따라 분류합니다. 우리는 언어가 우리가 현실이라 부르는 신비스러운 것에 상응한다는 잘못된 가정을 합니다.

노랗고 빛나며 변하는 무언가를 생각해 봅시다. 그것은 하늘에 있는 원형의 물체일 수 있습니다. 어느 때는 아치 형태를 띠기도 하고, 또 어느 때는 커지거나 작아지기도 합니다. 누군가(우리가 절대 그 이름을 알 수 없는 사람입니다.), 그러니까 우리의 조상, 우리 모두의 조상이 이 물체에게 '달'이라는 이름을 붙여 주었습니다. 이 이름은 여러 언어에서 다르게, 다양하고 사랑스러운 말로 불립니다. 그리스어인 '셀레네(selene)'는 달을 지칭하기에는 너무나 복잡해 보입니다. 영어의 '문(moon)'은 무언가 느린 것, 즉 달에게 어울리는 느낌을 보여 줍니다. 또한 이 단어를 발음할 때 우리 입술은 달처럼 둥글게 됩니다. 스페인어로는 '루나(luna)'입니다. 우리가 라틴어에서 상속받았고 이탈리어와 함께 공유하는 이 아름다운 말은 두 개의 음절과 두 개의 조각으로 구성되어 있습니다. 달을 지칭하기에는 너무 많아 보입니다. 포르투갈어로는 '루아(lua)'입니다. 이 이름은 별로 사랑스러운 느낌이 들지 않습니다. 그리고 프랑스어 '뤼느(lune)'에는 무언가 미스터리한 것이 있습니다. 독일어로 달은 남성형입니다. 그래서 니체는 달은 시샘하면서 땅을 바라보는 수도승, 또는 별들의 카펫 위를 걸어 다니는 고양이(kater)라고 말했습니다.

우리가 스페인어로 말하고 있으니 '루나'라는 말을 선택하도록 합시다. 언젠가 누군가가 '루나'라는 말을 만들어 냈다고 가정해 봅시다. 당연히 처음 만들어졌을 때는 이와 많이 달랐

2부   7일
밤

을 것입니다. 그러나 처음으로 그런 음이나 다른 소리로 '달'
이란 말을 했던 사람에 대해서는 그만 말하겠습니다.

내가 수없이 인용하는 메타포가 있습니다. 달이란 시간
의 거울이라는 페르시아의 메타포입니다. '시간의 거울'이란
말 속에는 달의 허약성과 영원성이 동시에 담겨 있습니다. 그
것은 바로 달의 모순입니다. 즉 반투명하면서도 거의 아무것
도 아닌 것 같지만, 그 크기는 영원합니다. '달'이라고 말하든,
'시간의 거울'이라고 말하든, 그것은 두 개의 미학적 사건입니
다. '시간의 거울'이 두 개의 단위로 이루어져 있기 때문에 좀
더 간접적인 표현이라고 할 수 있겠습니다. 반면에 '달'은 좀
더 효과적인 말이며 달의 개념을 거의 즉각적으로 보여 줍니
다. 각 단어는 시적인 작품입니다.

흔히들 산문은 시보다 현실과 가깝다고 말합니다. 나는 이
말이 틀렸다고 생각합니다. 여기서 우리는 단편 작가인 오라시
오 키로가의 것으로 추정되는 개념을 살펴볼 필요가 있습니다.
그는 만일 차가운 바람이 강둑에서 불어오면 단순히 "차가운
바람이 강둑에서 불어온다."라고 써야 한다고 말합니다. 이렇
게 말한 사람이 키로가가 확실하다면, 그는 그 해석이 강둑에
서 불어오는 차가운 바람처럼 현실과 동떨어져 있음을 잊고 있
는 것입니다. 우리는 무엇을 느끼는 것일까요? 우리는 바람이
라는 움직이는 공기를 느낍니다. 그리고 그 바람이 특정한 방
향, 즉 강둑에서 불어오는 것을 느낍니다. 이런 것을 가지고 우
리는 공고라의 시나 조이스의 문장처럼 아주 복잡한 것을 만들
수도 있습니다. 그럼 "차가운 바람이 강둑에서 불어온다."라는
문장으로 다시 돌아가 봅시다. 우리는 주어 '바람'과 동사 '불어

오다'와 실제 상황인 '강독에서'를 만듭니다. 이 모든 것은 현실과 거리가 있습니다. 현실은 좀 더 단순하기 때문입니다. 이 문장은 분명히 산문이며 평범합니다. 그러나 키로가와 같은 작가에 의해 신중하게 선택되면서 복잡한 문장, 즉 구조가 됩니다.

그럼 카르두치[158]의 유명한 시구 "들판의 푸른 침묵"을 살펴봅시다. 우리는 이 문장이 잘못되었다고 생각할 수 있습니다. "푸른 들판의 침묵"을 쓰려고 했는데, 형용사의 위치를 잘못 놓았다고 말이죠. 고의적인지 수사적인지는 몰라도, 그는 형용사의 위치를 바꾸어 들판의 푸른 침묵에 관해 말합니다. 이것을 어떻게 받아들여야 할까요? 우리는 동시에 여러 것을 느낄 수 있습니다.('것'이란 말이 너무나 명사적인지도 모르겠습니다.) 우리는 들판을 느끼며, 들판의 광활함을 느끼고, 푸름과 침묵을 느낍니다. '침묵'에 단어 하나가 더 붙음으로 인해, 미학적인 창작품이 되는 것입니다. 침묵은 어떤 사람이 입을 다물고 있다거나 종이 조용히 있다고 말하기 위해 적용될 수 있습니다. 그러나 '침묵'을 들판이 아무런 소리도 내지 않는 상황에 적용하는 것은 미학적인 작업이며, 당시에는 매우 과감한 표현이었을 것입니다. "들판의 푸른 침묵"이라고 말하면서, 카르두치는 마치 "푸른 들판의 침묵"을 말하듯이 직접적인 현실에서 가깝기도 하고 멀기도 한 무언가를 말하고 있습니다.

---

158   조수에 카르두치(Giosuè Carducci, 1835~1907). 이탈리아의 시인, 1906년 노벨 문학상 수상자. 대표작으로는 『청춘시집』, 『가볍고 진지한 시』, 『악마 찬가』 등이 있다.

이런 대환법의 유명한 예는 또 있습니다. 바로 베르길리우스의 "그들은 어둠을 통해 외로운 밤 아래로 어둡게 걸었다."라는 탁월한 시구입니다. 여기서 "어둠을 통해"라는 말은 부가적인 설명이니 그냥 "그들(아이네이아스와 시빌라)은 외로운 밤 아래로 어둡게 걸었다."라는 말만 살펴보겠습니다.(외로운(solitary)이란 말이 '아래로'란 단어의 앞에 나오면서 더욱 강한 느낌을 줍니다.) 우리는 베르길리우스가 단어의 위치를 바꾸었다고 생각할 수 있습니다. "어두운 밤 아래로 외로이 걸었다."라는 문장이 더 자연스럽기 때문입니다. 그러나 이미지를 다시 만들어 봅시다. 아이네이아스와 시빌라를 떠올려 보면 "외로운 밤 아래로 어둡게 갔다."라는 말이 "어두운 밤 아래로 외로이 걸었다."라는 말만큼이나 이미지와 매우 가깝다는 것을 알게 됩니다.

언어는 미학적인 창작품입니다. 그것은 조금도 의심할 수 없습니다. 그 증거 중의 하나로 외국어를 배울 때, 그러니까 단어들을 아주 가까이에서 세밀하게 살펴보아야 할 때, 우리는 그 단어들이 아름답다거나 아름답지 않다고 느낍니다. 언어를 공부하면서, 우리는 돋보기를 가지고 살펴보듯이 그 단어들을 자세히 살펴보고, 그래서 이 단어는 추해, 이 단어는 예뻐, 이 단어는 너무 무거워, 같은 생각을 하게 됩니다. 모국어에 대해서는 이런 생각을 하지 않습니다. 모국어에서는 단어들이 담화에서 고립되어 보이지 않기 때문입니다.

크로체는 시란 표현이라고 말했습니다. 하나의 시구가 표현이라면, 운율로 구성된 각 부분이 표현이라면, 각 단어는 그 자체가 표현적입니다. 여러분은 이것이 진부한 생각이며, 우리 모두가 알고 있는 바라고 말할 것입니다. 그러나 우리가 그걸 정말 아는지 나는 잘 모르겠습니다. 나는 그것이 사실이기 때문에 우리가 그렇게 느끼는 것이라고 생각합니다. 시란 도서관에 소장된 책이 아니며, 에머슨이 말한 마법의 방에 있는 책도 아닌 것입니다.

시는 독자가 책과 만나는 것입니다. 말하자면, 독자가 책을 발견하는 것입니다. 또한 미학적이며 아주 이상한 경험도 있습니다. 그것은 시인이 작품을 착상하고, 작품을 발견하거나 만들어 나가는 순간입니다. 이미 잘 알려져 있다시피, 라틴어로 '발견하다(descubrir)'는 '만들다(inventar)'와 동의어입니다. 이 모든 것은 새로이 만들거나 발견하는 것은 기억하는 것이라는 플라톤의 가르침과 일치합니다. 프랜시스 베이컨은 배우는 것이 기억하는 것이라면, 알지 못하는 것은 잊어버리는 것을 배우는 것이라고 덧붙입니다. 모든 것이 이런 식입니다. 단지 우리가 보지 못할 뿐입니다.

나는 무언가를 쓸 때면, 그 무엇이 예전부터 이미 존재하는 것 같은 느낌을 받습니다. 그럼 일반적인 개념에서 출발하겠습니다. 나는 대략 처음과 끝을 알고 있고, 그런 다음 중간 부분들을 발견합니다. 그러나 그 부분을 새로이 만들어 낸다는 느낌도 들지 않고, 그것들이 내 자유 의지에 종속된다는 느낌도 들지 않습니다. 이미 존재하지만 숨겨져 있던 것, 시인으로서의 내 임무는 바로 그것들을 발견하는 것입니다.

브래들리는 시의 효과 중 하나가 새로운 것을 발견하는 것이 아니라, 잊힌 것을 기억해 내는 인상을 주는 것이라고 말했습니다. 훌륭한 시를 읽을 때, 우리는 어쩌면 나도 그것을 쓸 수 있었을 것 같다고 생각합니다. 즉, 그 시가 이미 우리 안에 존재

했다고 생각하는 겁니다. 이런 생각은 시에 대한 플라톤의 정
의, 즉 "가볍고 날개가 달렸으며 성스러운 그것"을 생각하게
합니다. 정의는 틀리기 쉽습니다. 그래서 "가볍고 날개가 달렸
으며 성스러운 그것"은 음악이 될 수도 있습니다.(물론 시도 음
악의 한 형태이지만 말입니다.) 플라톤은 시를 정의하면서, 아주
훌륭한 예를 보여 줍니다. 그것은 우리에게 시란 미학적 경험
이라는 생각을 하게 하는데, 이런 생각은 시를 가르치는 데 있
어 혁명과 같은 것입니다.

　나는 부에노스아이레스 대학교의 문학부에서 영국 문학
교수로 있으면서, 가능한 한 문학사를 염두에 두지 않으려고
노력했습니다. 학생들이 참고 문헌을 부탁하면, 나는 이렇게
말하곤 했습니다. "참고 문헌은 중요하지 않아요. 어쨌거나 셰
익스피어는 셰익스피어 비평에 관한 참고 문헌을 하나도 모르
니까요." 존슨은 자기에 대해 쓰일 책들을 예견할 수 없었습니
다. 그러면서 나는 이렇게 말합니다. "작품을 직접 읽으세요.
그 작품이 마음에 들면 좋은 일이고, 그렇지 않다면 그만 읽으
면 됩니다. 억지로 책을 읽으려 하는 것은 황당한 생각입니다.
그것은 강요된 행복에 대해 말하는 것과 다르지 않습니다. 나
는 시란 느끼는 것이라고 생각합니다. 여러분이 시를 느끼지
않는다면, 아름다움에 대한 느낌이 없다면, 여러분이 어떤 이
야기를 읽고 나중에 무슨 일이 벌어졌는지 알고 싶은 욕망이
생기지 않는다면, 그 작가는 여러분을 위해 그 작품을 쓴 것이
아닙니다. 그럼 그 책을 그냥 한쪽에 놔두십시오. 문학 작품은
너무나 많습니다. 여러분의 관심을 끌 작가는 또 있습니다. 아
니면 오늘은 여러분의 관심을 끌지 못하지만 내일은 여러분이

읽을 만한 작품을 제공할 수 있습니다."

나는 정의 내릴 필요가 없는 미학적 효과에 의지하면서 이렇게 가르치곤 했습니다. 미학적 효과는 사랑이나 과일 맛 또는 물맛처럼 분명하고 즉각적이지만 정의 내릴 수 없는 것입니다. 우리는 어느 여인이 우리 가까이에 있다고 느끼는 것처럼 시를 느낍니다. 아니면 산이나 바다를 느끼는 것처럼 느끼기도 하죠. 만일 우리가 시를 즉각적으로 느낀다면, 왜 우리의 감정보다 약한 다른 단어로 희석시키겠습니까?

시를 거의 느끼지 못하는 사람들이 있습니다. 그들은 일반적으로 시를 가르치는 데 온 힘을 쏟습니다. 나는 시를 느낀다고 생각하지, 그걸 가르치지는 않는다고 믿습니다. 나는 이런저런 특정한 작품을 사랑하라고 가르친 것이 아니라, 내 학생들에게 어떻게 문학을 사랑하고, 문학 속에서 행복의 모습을 볼 수 있는지 가르쳤습니다. 나는 추상적인 생각에는 거의 무능력한 존재입니다. 여러분도 눈치챘겠지만, 나는 계속해서 인용과 기억에 의지하고 있습니다. 시에 관해 추상적으로 말하는 것은 따분하고 한가로운 행위입니다. 그래서 여기에서는 스페인 시 두 편을 택해서 자세히 살펴보려고 합니다.

아주 잘 알려진 작품 두 개를 골랐습니다. 이미 말했듯이 내 기억은 엉터리라서 나는 여러분의 기억 속에 이미 존재하는 작품을 선호합니다. 오수나의 공작인 페드로 테예스 히론[159]을

---

159   Pedro Tellez-Giron(1574~1624). 스페인의 귀족으로 '오수나의 위대한 공작' 혹은 '오수나의 위인'이라고 불린다.

기리기 위해 쓴 케베도의 유명한 소네트를 살펴보려고 합니다. 우선 천천히 이 시를 읊고 나서, 다시 처음으로 돌아가 행마다 살펴보겠습니다.

> 위대한 오수나는 조국이 없을지 모르지만
> 조국 수호에 공적이 없는 것은 아니다.
> 스페인은 그에게 죽음과 감옥을 주었고
> 포르투나는 그를 포로로 삼았다.
>
> 외국과 그의 조국은
> 모두 시샘 속에서 울었고
> 그의 무덤은 플랑드르의 전쟁터이며
> 그의 비명은 피 흘리는 달이다.
>
> 그의 장례식에서 파르테노페는 베수비어스산을 불태웠고,
> 트리니크리아는 몽기벨로를 불태웠고,
> 군인의 눈물은 불어나 홍수가 되었다.
> 마르스는 하늘에서 그에게 최고의 자리를 주었고
> 모젤, 라인, 타호 다뉴브는
> 슬픔에 젖어 그들의 비탄을 읊조린다.

제일 먼저 지적하고 싶은 것은 이것이 법적인 진술과 관련이 있다는 것입니다. 시인은 다른 시에 썼던 것처럼 "감옥에서 죽고, 죽어서도 감옥에 갇혔던" 오수나 공작의 기억을 항변하고자 합니다. 시인은 이 공작이 스페인에게 위대한 군사적 업

적을 베풀었음에도, 스페인은 그 대가를 감옥으로 지불했다고 말합니다. 그러나 이것은 일고의 가치도 없는 변명입니다. 그 영웅에게 죄가 없다거나, 그 영웅이 벌을 받아서는 안 된다는 것에 대한 이유가 되지 않기 때문입니다. 그러나 이렇게 말합니다.

위대한 오수나는 조국이 없을지 모르지만
조국 수호에 공적이 없는 것은 아니다.
스페인은 그에게 죽음과 감옥을 주었고
포르투나는 그를 포로로 삼았다.

이 대목은 매우 선동적입니다. 내가 이 소네트의 내용에 동의한다거나 반대한다고 말하는 게 아닙니다. 나는 이 작품을 분석할 뿐입니다.

외국과 그의 조국은
모두 시샘 속에서 울었고

이 두 행은 아무런 시적 반향을 일으키지 않습니다. 이것들은 소네트를 만들기 위해 덧붙여진 것입니다. 물론 운을 맞추기 위해서였을 수도 있습니다. 케베도는 네 개의 운을 요구하는 이탈리아 식의 어려운 소네트 형식을 사용하곤 했습니다. 셰익스피어는 두 개의 운만 필요로 하는 가장 쉬운 엘리자베스 시대의 소네트 형식을 사용했지만 말입니다. 케베도는 계속해서 이렇게 말합니다.

그의 무덤은 플랑드르의 전쟁터이며
그의 비명은 피 흘리는 달이다.

바로 여기에 본질적인 것이 있습니다. 이 두 행은 모호하기 때문에 풍부합니다. 두 행의 해석을 놓고 수많은 토론이 벌어졌습니다. "그의 무덤은 플랑드르의 전쟁터이며"는 무슨 의미일까요? 우리는 플랑드르의 전쟁터, 즉 공작이 치렀던 전투를 생각할 수 있습니다. "그의 비명은 피 흘리는 달이다."는 스페인어로 쓰인 시에서 가장 기억할 만한 구절입니다. 그런데 그 의미는 무엇일까요? 우리는 「요한계시록」의 피 흘리는 달을 떠올릴 수 있습니다. 전쟁터 위에 떴기 때문에 빨간색이어야만 하는 달을 생각할 수도 있습니다. 그러나 케베도는 오수나 공작에게 또 다른 시도 바쳤습니다. 그 시는 "피 흐르는 일식과 트라키아의 달/ 너의 여정은 이미 봉인되었다."라고 말합니다. 케베도는 처음에 오토만 제국의 국기를 생각했을 것입니다. 그 피 흘리는 달은 아마도 붉은 반달이었을 것입니다. 나는 우리 모두가 이 중 어떤 의미도 지나칠 수 없다는 점에 동의하리라 생각합니다. 우리는 케베도가 군사적 원정이나 공작의 군사 행위, 또는 플랑드르의 전쟁터, 또는 터키 오스만 제국의 국기만을 언급하고 있다고는 말하지 않을 것입니다. 케베도는 여러 의미를 인지했습니다. 그리고 그 시구는 훌륭합니다. 왜냐하면 의미가 모호하기 때문입니다. 그런 다음 그는 이렇게 말합니다.

그의 장례식에서 파르테노페는 베수비어스산을 불태웠고,

트리니크리아는 몽기벨로를 불태웠고,

즉 나폴리는 베수비어스산을 불태웠고, 시칠리아는 에트나산을 불태웠습니다. 당시의 유명한 이름들과 동떨어져 보이는 이런 옛 이름들을 여기에서 언급하는 것이 너무나 이상합니다. 그런 다음 이렇게 덧붙입니다.

군인의 눈물은 불어나 홍수가 되었다.

바로 여기에서 시와 이성적 느낌은 서로 다르다는 증거를 또 하나 보게 됩니다. 홍수가 될 때까지 흘린 병사들의 눈물이라니, 너무나 터무니없습니다. 하지만 나름의 법칙을 지니고 있는 시에서는 전혀 그렇지 않습니다. "군인의 눈물", 특히 "군인의"라는 말은 놀랍습니다. "군인의"는 눈물에 적용되면서 아주 놀라운 형용사가 됩니다. 그런 다음 케베도는 이렇게 적습니다.

마르스는 하늘에서 그에게 최고의 자리를 주었고

이 역시 논리적으로는 정당화될 수 있는 말이 아닙니다. 마르스가 오수나 공작을 카이사르 옆에 자리 잡게 했다고 생각하는 것은 아무 의미가 없습니다. 이 구절은 도치법 덕택에 존재하는 것입니다. 그것은 시의 시금석입니다. 운문은 의미 너머에 존재하기 때문입니다.

모젤, 라인, 타호, 다뉴브는
슬픔에 젖어 그들의 비탄을 읊조린다.

　이 부분이 오랫동안 나를 감동시켰다는 것을 밝히고 싶습니다. 그러나 기본적으로 이 부분은 거짓입니다. 케베도는 전쟁터라는 지리적 공간과 유명한 강들 때문에 울게 된 한 영웅을 그리겠다는 생각에 휩쓸렸습니다. 우리는 그 생각이 아직도 거짓이라고 느낍니다. 아마도 워즈워스가 말했던 것처럼, 진실을 말하는 것이 훨씬 나았을지도 모릅니다. 워즈워스는 그 소네트의 끝부분에서 숲을 베어 버렸다는 사실 때문에 더글러스를 공격합니다. 그는 더글러스가 "숭엄한 나무들의 형제들"인 고상한 동물들을 죽이면서 숲을 파괴했다고 말합니다. 그러나 그러면서도 우리는 그런 못된 짓에 가슴 아파하지만, 자연은 그런 것을 개의치 않는다고 덧붙입니다. 왜냐하면 트위드강과 푸른 초원, 그리고 산과 언덕들은 계속 존재하기 때문입니다. 그는 사실을 통해 보다 훌륭한 효과를 낼 수 있으리라 생각했습니다. 사실을 말하면, 우리는 그런 아름다운 나무들이 베어졌다는 사실에 가슴 아파하지만, 자연은 개의치 않습니다. 자연은(자연이라고 불리는 자주적 통일체가 존재한다면) 그것들을 복구할 수 있으며, 강은 계속 흐른다는 것을 압니다.
　케베도에게 있어 그것들이 강의 신인 것은 사실입니다. 공작의 죽음이 강과 전혀 관련이 없다고 썼다면 더 시적이었을지 모릅니다. 그러나 케베도는 한 편의 애가, 즉 한 사람의 죽음에 관한 시를 쓰고 싶었습니다. 그렇다면 한 사람의 죽음이란 무엇일까요? 플리니우스의 지적에 의하면, 그 사람과 함께 다시는 반복되지 않을 얼굴이 죽는 것입니다. 우리에게는 각자 자기만의 얼굴이 있으며, 우리가 죽으면 수많은 사건과 수많은 기억도 모두 죽습니다. 어린 시절의 기억을 비롯하여 인간적인, 너무나 인간적인 특징들이 사라지는 것입니다. 케베도는 이런 것을 전혀 느끼지 못한 듯 보입니다. 그의 친구인 오수나 공작은 감옥에서 세상을 떠났고, 케베도는 냉담하게 이 소네트를 씁니다. 우리는 이 시에서 그가 본질적으로 무심하다는 것을 느낄 수 있습니다. 그는 마치 공작을 수감하라고 지시한 국가에 대한 반론처럼 씁니다. 그것은 어쩌면 그가 오수나 백작을 좋아하지 않았다는 인상을 줄 수도 있습니다. 어쨌거나 그는 우리가 원하는 방식으로 글을 쓰지 않습니다. 그러나 이 시는 스페인어로 쓰인 가장 훌륭한 소네트 중의 하나입니다.

이제 엔리케 반츠스의 작품으로 가 봅시다. 반츠스를 케베도보다 훌륭한 시인이라고 말하는 것은 한마디로 난센스입니다. 하지만 그런 비교가 무슨 의미가 있겠습니까? 그럼 반츠스의 소네트를 살펴보면서, 무엇이 그토록 우리를 흐뭇하게 만드는지 살펴봅시다.

후하고 충실한 자신의 그림자
작금의 문제는 그런 겉모습과
거울은 어둠 속의 달빛이라는
사실에 익숙해지는 것.

화려한 모습은 밤마다
너울거리는 등불의 빛을 주고

죽어 가는 꽃병 속에서 자신의 머리를

기대는 장미의 슬픔을 선사하네.

고통이 배가되는 것, 그것 역시

나에게는 영혼의 정원인 것들을 되풀이한다.

아마도 언젠가는 푸른 고요 속에

서로의 이마와 꼭 잡은 두 손을

비치게 될, 손님이 살게 될 날을

기다릴지도 모른다.

이 소네트는 아주 흥미롭습니다. 왜냐하면 거울이 주인공이 아니기 때문입니다. 거기에는 비밀의 주인공이 있는데, 그 주인공은 마지막에 나타납니다. 무엇보다도 우리는 아주 시적인 주제를 찾아볼 수 있습니다. 그것은 모든 사물의 모습을 배가시키는 거울입니다.

작금의 문제는 그런 겉모습과

거울은 어둠 속의 달빛이라는

사실에 익숙해지는 것.

플로티노스를 떠올려 봅시다. 초상화를 그려 주겠다고 하자, 그는 거절하면서 이렇게 말했습니다. "나 자신이 그림자입니다. 하늘에 있는 원형의 그림자입니다. 뭐 하러 그런 그림자의 그림자를 또 만들겠습니까?" 플로티노스는 예술이란, 환영을 모방한 또 다른 환영에 지나지 않는다고 생각했습니다. 만일 인간이 덧없는 존재라면, 그런 인간의 모습이 어떻게 사랑받을 수 있겠습니까? 이것이 바로 반츠스가 느낀 것입니다. 그는 거울의 환영적인 성질을 생각했던 것입니다.

거울이 있다는 것은 정말로 끔찍한 일입니다. 나는 거울을 보면서 공포를 느끼곤 했습니다. 에드거 앨런 포 역시 그랬을 겁니다. 그는 그에 관해 에세이를 쓰기도 했습니다. 별로 잘 알려지지 않은 이 글은 방의 장식에 관한 것입니다. 그가 주장하는 여러 가지 조건 중의 하나는, 거울은 앉아 있는 사람이 비치지 않도록 놓여야 한다는 것입니다. 이것은 그가 거울 속에서 자신의 모습을 보면서 얼마나 끔찍한 감정을 느꼈는지 보여 줍니다. 우리는 똑같은 두 개의 모습에 관한 그의 단편 소설 「윌리엄 윌슨」과 「아서 고든 핌의 모험」에서도 그런 두려움을 찾아볼 수 있습니다. 「아서 고든 핌의 모험」에는 남극의 부족이 등장합니다. 그런데 그 부족민은 거울을 처음 봤을 때 그만 놀라서 쓰러지고 맙니다. 우리는 거울을 보는 데 익숙합니다. 그러나 거기에는 현실을 시각적으로 배가시키는 아주 끔찍스러운 것이 있습니다.

그럼 다시 반츠스의 소네트로 돌아갑시다. "후한 인심"이란 제목은 인간적인 감촉을 전해 줍니다. 그러나 우리는 거울이 흐뭇하다고는 생각하지 않습니다. 거울은 절대적인 침묵 속에서, 그리고 상냥한 체념을 통해 받아들여집니다.

후하고 충실한 자신의 그림자
작금의 문제는 그런 겉모습과
거울은 어둠 속의 달빛이라는

사실에 익숙해지는 것.

우리는 거울과 거울의 반짝이는 빛을 봅니다. 그는 그것을 달처럼 만질 수 없는 것과 비교합니다. 그리고 "어둠 속의 달빛"이라고 적으면서 거울의 마술적이고 이상한 현상을 감지합니다. 그런 다음 이렇게 말합니다.

화려한 모습은 밤마다
너울거리는 등불의 빛을 주고

"너울거리는 등불의 빛"은 사물들이 규정될 수 없음을 의미합니다. 따라서 모든 것은 거울처럼, 즉 어둠 속의 거울처럼 불명확해야 합니다. 이런 것으로 볼 때 아마도 늦은 오후나 밤일 것으로 추정됩니다.

화려한 모습은 밤마다
너울거리는 등불의 빛을 주고
죽어 가는 꽃병 속에서 자신의 머리를
기대는 장미의 슬픔을 선사하네.

모든 것이 어렴풋하고 애매하게 보이지 않도록, 이제 장미가 아주 분명하게 등장합니다.

고통이 배가되는 것, 그것 역시
나에게는 영혼의 정원인 것들을 되풀이한다.

그리고 아마도 언젠가는 푸른 고요 속에
서로의 이마와 꼭 잡은 두 손을
비치게 될, 손님이 살게 될 날을
기다릴지도 모른다.

바로 여기에서 이 소네트의 주제를 알 수 있습니다. 그것은 거울이 아니라 사랑, 아주 조심스러운 사랑입니다. 거울은 서로의 이마와 꼭 잡은 두 손을 비출 수 없습니다. 그것을 보고자 하는 사람은 바로 시인입니다. 그러나 시인은 매우 조심스럽게 이 모든 것을 간접적인 방식으로 이야기합니다. 이것은 처음부터 감탄을 연발할 정도로 예고되어 있습니다. "후하고 충실한"이라는 말이 있고, 거울은 유리나 청동으로 만들어진 것이 아니기 때문입니다. 여기서 거울은 사람입니다. 아주 후하고 충실한 사람입니다. 그런 다음 우리가 환영적인 세계, 즉 시의 마지막 부분에서 시인과 동일시되는 환영적인 세계를 보도록 만듭니다. 시인은 바로 손님, 즉 사랑을 보고 싶어 하는 사람입니다.

이 작품에는 케베도의 소네트와는 근본적으로 다른 점이 하나 있습니다. 그것은 우리가 다음 두 행에서 시가 살아 있음을 즉시 느낀다는 점입니다.

그의 무덤은 플랑드르의 전쟁터이며
그의 비명은 피 흘리는 달이다.

나는 언어에 대해 말하면서 한 언어를 다른 언어와 비교한다는 것이 얼마나 부당한 일인지 지적했습니다. 가령, 다음과 같은 스페인어 시의 한 연을 생각해 봅시다.

> 바닷물 위에서
> 그런 행운을 가졌던 사람이 누구리.
> 성 요한의 날 아침에
> 아르날도스 백작이 가졌던 것처럼.

여기서 그런 행운을 가진 것이 배인지, 아르날도스 백작이 누군지는 상관없습니다. 우리는 이 시구들이 스페인어로만 말해질 수 있다고 느낍니다. 프랑스어의 소리는 별로 마음에 들지 않습니다. 왜냐하면 다른 라틴어 계열의 언어에 있는 유음화 현상이 일어나지 않기 때문입니다. 그러나 프랑스어가 형편없다고 할 수는 없습니다. 빅토르 위고는 프랑스어로 다음과 같이 훌륭한 시를 썼으니까요.

L'hydre-Universe tordant son corps écaillé d'astres,
(세계라는 히드라, 별들이 박힌 몸을 뒤틀면서)

다른 언어였으면 도저히 나오지 못했을 시를 탄생시킨 언어를 어떻게 비판할 수 있겠습니까?
영어에 대해 말하자면, 고대 영어의 열린 모음들을 상실했다는 단점이 있다고 생각합니다. 그렇지만 셰익스피어는 그 언어로 이런 시를 썼습니다.

And shake the yoke of inauspicious stars

From this world-wearied flesh

이 말은 "세상에 지친 이 육신에서 기구한 운명의 별들의 멍에를 떨쳐 버리겠소."라고 번역될 수 있습니다. 그러나 다른 언어로 번역될 때의 이 시는 아무런 의미도 갖지 못합니다. 하지만 영어로는 전혀 그렇지 않습니다. 만일 그래도 하나의 언어를 선택해야 한다면(그러나 언어들을 모두 선택하지 말아야 할 이유도 없습니다.) 나는 독일어를 선택하겠습니다. 독일어는 영어처럼, 아니 영어보다 훨씬 많은 합성어를 만들 수 있고, 열린 모음과 놀라울 정도의 음악성을 가지고 있기 때문입니다. 이탈리아어에 대해 말하자면, 『신곡』으로도 충분합니다.

다양한 언어에 수많은 아름다움이 분산되어 있다는 사실처럼 놀라운 것은 없습니다. 나의 스승이자 유대계 스페인인이며 훌륭한 시인인 라파엘 칸시노스 아센스는 "오, 주님이시여, 그토록 많은 아름다움이 존재하지 않게 해 주소서."라는 기도문을 우리에게 남겼습니다. 그리고 브라우닝은 "우리가 가장 안전하다고 느낄 때면 무언가가 일어난다. 낙조라든지, 에우리피데스의 합창이 끝난다든지, 누군가 죽는다든지……. 그럼 다시 우리는 자신을 잃어버린다."라고 썼습니다.

아름다움은 도처에서 우리를 호시탐탐 노리고 있습니다. 만일 우리의 감성이 예민하다면 우리는 모든 언어로 쓰인 시속에서 그런 감성을 느낄 것입니다.

나는 동양 문학을 더 많이 공부해야만 했습니다. 그러나 번역을 통해서만 동양 문학을 엿볼 수 있었고 그럼에도 그 아름다움에 충격을 받았습니다. 가령 페르시아의 시인 하피즈는

"나는 난다, 나의 먼지는 현재의 내가 되리라."라는 시를 썼습
니다. 이 한 줄의 시구에는 모든 윤회설이 들어 있습니다. "나
의 먼지는 현재의 내가 되리라."라는 말은 그가 다른 세기에 또
태어날 것이며, 다시 시인 하피즈가 될 것임을 의미합니다. 이
런 모든 것이 내가 읽은 영어 몇 단어 속에 들어 있었습니다. 그
러나 그것은 페르시아어로 쓰인 것과 아주 다르지 않을 것입
니다. "나의 먼지는 현재의 내가 되리라."라는 말은 너무나 간
단해서 크게 바뀔 수 없기 때문입니다.

　나는 개인적으로 문학을 역사적으로 공부하는 건 잘못이
라고 생각합니다. 나를 포함하여 우리 모두가 다른 방식으로
는 공부를 할 수 없을지도 모르지만 말입니다. 내가 보기에 대
단히 훌륭한 시인이지만 비평가로서는 형편없는 사람의 책
이 한 권 있습니다. 그 시인은 마르셀리노 메넨데스 이 펠라
요[160]이고 그의 책은 『가장 훌륭한 스페인어 시 100선』입니다.
그 책에는 "내가 뜨거운 몸으로 걷는다면, 사람들은 웃을 것이
다."라는 시구가 있습니다. 만일 그것이 스페인어로 쓰인 것 중
가장 훌륭한 시의 하나라면, 사람들은 그렇지 않은 시들은 어
떤 것인지 물을 것입니다. 하지만 바로 그 책에서 우리는 내가
인용했던 케베도의 시를 발견할 수 있으며, 익명의 세비야 시
인이 쓴 「편지」를 비롯하여 많은 훌륭한 시를 볼 수 있습니다.
불행하게도 이 선집에서 자신의 시를 제외한 탓에 메넨데스

160　　Marcelino Menendez y Pelayo(1856~1912). 스페인의
　　　시인, 역사가, 비평가. 대표작으로 『스페인 미학 사상
　　　사』가 있다.

이 펠라요의 시는 한 편도 찾을 수 없습니다.

아름다움은 도처에 있습니다. 그리고 아마도 우리 삶의 순간마다 존재할 것입니다. 페르시아에서 몇 년간 살았고 이란어로 된 오마르 하이얌의 작품을 직접 번역했던 내 친구 로이 바르톨로메우는 이미 내가 짐작하고 있던 사실을 말해 주었습니다. 그곳에서는 일반적으로 문학이나 철학을 역사적으로 공부하지 않는다고 합니다. 그들은 아리스토텔레스가 베르그송과 토론하듯이, 플라톤이 흄과 논쟁하듯이, 모든 것이 동시에 존재한다고 생각하면서 철학사를 공부합니다. 도이센과 막스 뮐러는 자신들이 공부하고 있는 작가들을 연대순으로 정리할 수 없었고, 그 사실에 크게 놀랐습니다.

이제 페니키아 선원들의 기도문을 세 개 인용하면서 이 강연을 마치려고 합니다. 기원후 I세기경의 선원들은 배가 침몰하는 순간 이 기도문 중 하나를 읊었습니다.

카르타고의 어머니, 노를 돌려드립니다.

"카르타고의 어머니"는 디도의 고향인 튀루스를 말합니다. 그런 다음 "노를 돌려드립니다"라고 말하는데, 여기에는 아주 특별한 의미가 있습니다. 그것은 페니키아인들이 인생을 노 젓는 것으로 이해했다는 것입니다. 페니키아인들은 목숨이 다하면 노를 돌려주고, 다른 사람이 노를 받아 계속 젓는다고 생각합니다.

다른 기도문은 더욱 애절합니다.

나는 잠을 잡니다. 그런 다음 다시 노를 젓습니다.

이 사람은 다른 운명을 받아들이지 않습니다. 여기서 그는 또한 순환적 시간의 사상을 보여 줍니다.

마지막 기도문은 아주 감동적이지만 다른 두 개의 기도문과 다릅니다. 운명을 받아들이지 않기 때문입니다. 이것은 곧 죽어, 끔찍한 신에 의해 심판을 받을 것을 아는, 한 인간의 절망이 뒤섞인 기도문입니다.

신들이시여, 하나의 신이 아니라
바다가 부수어 버린 한 인간으로서
심판하여 주소서.

이 세 개의 기도문에서 우리는, 아니 적어도 나는 즉시 시가 존재하는 것을 느낍니다. 미학은 도서관이나 참고 문헌 또는 필사본의 시간적 연구나 굳게 닫힌 책 속에 존재하는 것이 아니라, 바로 이 기도문 안에 있습니다.

나는 성 바오로에 관한 키플링의 단편 소설 「인간의 태도」에서 이 기도문들을 읽었습니다. 그런데 이것은 정말 페니키아인들이 말하듯이 쓴 기도문일까요? 아니면 위대한 시인인 키플링이 쓴 것일까요? 질문을 던지고 나니 부끄러운 생각이 드는군요. 무엇을 선택하든 그건 전혀 중요하지 않을 테니까요. 그럼 두 가지 가능성, 즉 진퇴유곡의 딜레마를 살펴보겠습니다.

첫 번째 경우는 바다의 삶만을 생각할 수 있는 바닷사람인 페니키아 선원들의 기도문일 경우입니다. 그렇다면 이 기도문은 페니키아어에서 그리스어로 옮겨졌고, 그리스어에서 라틴어로, 라틴어에서 영어로 옮겨졌을 것입니다. 그리고 키플링이 그것을 다시 썼을 것입니다.

두 번째 경우는 위대한 시인인 키플링이 페니키아의 선원들을 상상했을 경우입니다. 그는 그들과 어느 정도 가까웠거나 아니면 그가 선원이었을지도 모릅니다. 그는 인생을 바다에서의 삶이라고 생각하고, 그들의 입으로 이런 기도문을 외우게 했을 것입니다. 모든 것은 과거에 있었던 일입니다. 익명의 페니키아 선원들은 죽었고 키플링도 죽었습니다. 그러니 이런 귀신들 중 누가 이 기도문을 썼고, 누가 이런 기도문을 생각했는지가 무슨 상관이겠습니까? 어느 인도의 시에는 아주 이상한 은유가 있습니다. 내가 평가할 자격이 있는지는 모르겠지만 그 시는 이렇게 말합니다. "히말라야, 히말라야의 이 높은 산봉우리들(키플링의 의하면 그 꼭대기는 다른 산들의 무릎입니다.), 히말라야는 시바[161]의 미소이다." 높은 산봉우리들은 어느 신, 어느 무서운 신의 미소라는 말입니다. 그것은 정말 놀라운 은유입니다.

내게 있어서 아름다움은 물리적인 감각입니다. 온몸으로 느끼는 것입니다. 그것은 어떤 평가의 결과가 아니며, 특정한 법칙을 통해야만 도달할 수 있는 것도 아닙니다. 우리가 그것을 느끼거나, 느끼지 않을 뿐입니다.

---

161   힌두교에서 파괴의 신이자 구원의 신.

이제 어느 시인의 위대한 시구로 마무리를 하려고 합니다.
그는 17세기에 앙겔루스 실레지우스[162]라는 이상하게도 시적
이고 현실적인 이름을 택한 사람입니다. 이 시구가 오늘 밤 내
가 말한 모든 것을 요약해 줍니다. 차이라면 나는 그것을 논리
적으로 또는 논리로 위장하여 말했다는 것뿐입니다. 우선 스
페인어로 말하고 나서 독일어로 읊겠습니다.

La rosa sin porqué florece porque florece.

Die Rose ist ohne warum; sie blühet weil sie blühet.

장미에게는 어떤 이유도 없다.

그저 꽃이 피기에 꽃을 피울 뿐.

---

162   Angelus Silesius(1624~1677). 독일의 신비주의적 종교
시인. 『천사의 순례』가 대표작이다.

여섯째 밤
카발라

    카발라라는 이름 아래 모인 여러 종류의 가르침은 가끔 서로 모순되기도 합니다. 그것들은 우리 서양의 정신과는 전혀 다른 개념, 즉 '성스러운 책'이라는 개념에서 출발합니다. 어떤 사람은 우리 역시 비슷한 개념, 그러니까 고전이라는 것을 가지고 있다고 말할지도 모릅니다. 그러나 이 두 개념은 다릅니다. 아마 오스발트 슈펭글러의 『서구의 몰락』을 바탕으로 설명하면 이해하기 쉬우리라 생각합니다.

    고전(classic)이라는 단어가 있습니다. 이 단어의 어원이 의미하는 바는 무엇일까요? 고전이라는 말은 클라시스(classis), 즉 전함이나 함대에서 유래합니다. 고전은 질서 정연한 책입니다. 배를 탈 때 모두 그래야 하듯이 말이지요. 그래서 영어에는 shipshape(정돈된)이라는 단어가 있습니다. 상대적으로 보잘것없는 이런 의미 외에도, 고전은 각 장르에서 손에 꼽을 수 있

는 훌륭한 책입니다. 그래서 우리는 『돈키호테』나 『신곡』 또는
『파우스트』를 고전이라고 말합니다.

이런 책들은 과할 정도로 찬사를 받았지만, 성스러운 책과
는 개념이 다릅니다. 그리스인들은 『일리아드』와 『오디세이』
를 고전으로 여겼습니다. 플루타르코스가 전하는 바에 따르
면, 알렉산드로스는 전사로서의 운명을 상징하는 『일리아드』
와 칼을 항상 자기 베개 밑에 놓아두었다고 합니다. 그러나 그
어떤 그리스인도 『일리아드』에 사용된 말들이 모두 완전하다
고는 생각하지 않았습니다. 알렉산드리아에서 사서들이 모여
『일리아드』를 공부했습니다. 그런데 공부하던 도중에 없어서
는 안 될, 하지만 불행히도 지금은 종종 잊힌 구두점을 창안해
냈습니다. 『일리아드』는 훌륭한 책이며, 시의 극치라고 여겨집
니다. 그러나 각 단어와 모든 육보격의 시가 뛰어나다고는 생
각되지 않습니다. 이것은 다른 개념에 해당합니다. 즉, 바뀔 수
있는 것이라고 생각했고, 그래서 역사적인 방식으로 연구를
했던 것입니다.

호라티우스[163]는 "종종 착한 호라티우스는 잠들어 있다."
라고 말했습니다. 그러나 아무도 착한 성령이 잠들어 있다고
는 말하지 않을 것입니다. 시상(詩想)을 무시한 채(시상이란 정
말 애매한 개념입니다.) 어느 영국 번역가는 호라티우스가 "성난
사람, 이것이 나의 주제다."라고 말한 대목을 읽고는 그의 책

---

163   퀸투스 호라티우스 플라쿠스(Quintus Horatius Fla-
ccus, 기원전 65~기원전 8). 아우구스투스 황제 시대에
로마에서 활동한 뛰어난 서정시인이자 풍자 작가.

에 쓰인 모든 것이 존경할 만한 것은 아니라고 생각했습니다. 그는 책은 바뀔 수 있다고 보았고, 그래서 책을 역사적으로 연구했습니다. 이런 고전 작품들을 역사적인 방식으로 공부하고 또 공부했던 것입니다. 그러니까 그 작품들을 문맥 내에 위치시켰다는 말입니다. 성스러운 책이란 이것과 완전히 다른 것입니다.

오늘날 우리는 책이란 하나의 교리나 학설을 정당화하고 옹호하며 토론하고 설명하며 역사를 기록하는 도구라고 생각합니다. 그러나 고대에는 책이 구어(口語)의 대용품으로 여겨졌습니다. 오로지 그렇게만 말이죠. 플라톤이 책은 조상(彫像)과 같다고 한 대목을 기억해 봅시다. 책이란 살아 있는 것처럼 보이지만, 여러분이 질문을 하면 아무 대답도 하지 못합니다. 이런 문제를 극복하기 위해, 플라톤은 한 주제에 관해 모든 가능성을 탐구하는 플라톤적 대화를 창안했습니다.

또한 우리는 아주 아름답고 이상한 편지 한 통을 알고 있습니다. 플루타르코스에 의하면, 그것은 마케도니아의 알렉산드로스 대왕이 아리스토텔레스에게 보낸 것입니다. 아리스토텔레스가 자신의 책『형이상학』을 막 출판했던, 그러니까 여러 개의 사본을 만들라고 지시하고서 얼마 지나지 않았을 때였습니다. 알렉산드로스 대왕은 예전에는 선택된 소수만이 알았던 것을 이제 모든 사람이 알게 되었다면서 그를 비난했습니다. 그러자 아리스토텔레스는 "내 글은 출판되었으며, 동시에 출판되지 않은 것입니다."라는 대답을 하여 아주 솔직하게 자신을 방어했습니다. 그는 한 권의 책이 하나의 주제를 완전하게 설명할 수 있다고는 생각하지 않았습니다. 다만 말로 했던

가르침을 동반하는 일종의 안내자로 사용될 수 있다고 믿었던
것입니다.

이와는 다른 이유로 헤라클레이토스와 플라톤은 호메로
스의 작품을 비난했습니다. 그의 책들은 존경을 받았지만, 그
들은 그것들이 성스럽다고 여기지 않았습니다. 이는 무엇보다
동양적인 개념입니다.

피타고라스는 글을 한 줄도 남기지 않았습니다. 사람들은
그가 글에 얽매이고 싶어 하지 않았기 때문이라고 추측합니
다. 그는 자기가 죽은 후에도 제자들의 정신 속에 자신의 생각
이 계속 살아서 가지처럼 뻗어 나가기를 원했습니다. 바로 거
기서 항상 잘못 사용되고 있는 "Magister dixit"란 말이 탄생합
니다. 이 말은 사실 '스승께서 그렇게 말씀하셨다'를 의미하는
것이 아닙니다. 그러면 모든 논쟁이 마감되기 때문입니다. 가
령, 어느 피타고라스의 제자가 피타고라스의 전통에 속하지
않은 것, 예를 들면 순환적 시간의 학설을 주장합니다. 만일 그
학설이 피타고라스의 전통을 따르지 않는다는 공격을 받게 되
면, 그는 "스승께서 그렇게 말씀하셨다."라고 대답했고, 그 '말
씀'은 바로 새로운 것을 받아들이게 만드는 동기가 되었습니
다. 피타고라스는 책들이 우리를 속박한다고 생각했습니다.
성경의 말로 하자면, 글자는 우리를 죽이고 영혼은 삶에 활력
을 준다고 여겼던 것입니다.

슈펭글러는 『서구의 몰락』에 실린 마술적 문화에 관한 부
분에서, 마법의 책을 대표하는 예가 코란이라고 지적합니다.
'울레마', 즉 이슬람교 신학자들에게 코란은 다른 책들과 같은
것이 아닙니다. 코란은 아랍어보다 훨씬 이전의 것입니다. 믿

을 수 없지만 그들은 그렇게 믿고 있습니다. 아랍 사람들보다
역사가 깊고, 그것이 쓰인 아랍어보다도 오래되었으며, 우주보
다도 오래되었기 때문에, 코란은 역사적으로나 문헌학적으로
연구될 수 있는 것이 아닙니다. 그들은 심지어 코란이 신의 작
품이라는 점도 인정하지 않습니다. 그것은 무엇보다 심오하고
신비스러운 것이기 때문입니다. 정통 이슬람교도들에게 코란
은 분노와 자비, 그리고 정의와 마찬가지로 신의 속성입니다.
바로 코란에서도 신비스러운 책, 즉 책의 어머니, 다시 말하면
코란의 원형에 대해 말합니다. 그것은 하늘에 있으며, 천사들
이 우러러보는 책이라고 합니다.

따라서 성스러운 책의 개념은 고전과 완전히 다릅니다. 성
스러운 책은 말만 성스러운 것이 아니라 그것을 적은 글자들도
성스럽습니다. 카발라주의자들은 이 개념을 성경 연구에 적용
했습니다. 나는 카발라주의자들의 작업 방식이 영지주의[164] 사
상을 유대 신비주의에 통합시켜 자신들을 정통이라고 합리화
시키려는 욕망에서 시작된 게 아닐까 생각해 봅니다. 어쨌거
나 우리는 아주 간략하게(나는 이것에 관해 말할 자격이 거의 없습

---

164   Gnoticism. 그노시스파 또는 그노시즘. 이 그리스 단어
       는 '신비적이고 계시적이며 밀교적인 지식 또는 깨달
       음'을 뜻한다. 고대에 존재했던 혼합주의적 종교 운동
       의 하나이며 다양한 분파가 존재한다. 그러나 전반적
       으로 불완전한 신인 '데미우르고스'가 완전한 신의 영
       (프네우마)을 이용해 물질을 창조했으며, 인간은 참
       된 지식인 그노시스를 얻음으로써 구원을 얻을 수 있
       다는 구조를 지닌다.

니다.) 카발라주의자들의 작업 방식과 절차가 무엇이며 무엇이
었는지 살펴보려고 합니다.

카발라주의자들은 프랑스 남부와 스페인 북부, 특히 카탈
루냐에서 이 이상한 지식을 적용했고, 이후에는 이탈리아와
독일을 비롯한 대부분의 다른 지역에서도 그렇게 했습니다.
또한 카발라는 팔레스타인에서 유래되지는 않았어도 그곳에
이르렀습니다. 그것은 영지주의자들과 카타리파[165]에서 나온
것입니다.

카발라주의자들은 모세 5경,[166] 즉 토라를 성스러운 책으로
봅니다. 어느 무한한 지성이 한 권의 책을 만들어 내는 인간적
인 과제를 수행했습니다. 성령은 문학이 되었으며, 그것은 하
느님이 인간이 되었다는 것만큼이나 믿을 수 없는 말입니다.
그러나 여기에서는 보다 친밀한 방식으로 자신을 낮추었습니
다. 즉, 성령은 문학이 되어 책을 썼던 것입니다. 그 책에서 우
연한 것은 아무것도 없습니다. 그러나 인간이 쓴 책에는 항상
우연한 것이 있는 법이지요.

『돈키호테』,『맥베스』또는『롤랑의 노래』가 미신에 가까
울 정도로 추앙받고 있다는 것은 모두에게 잘 알려진 사실입
니다. 그 외에도 수많은 책들이 그렇습니다. 그리고 각 나라에

---

165   Catharism. 카타리파 또는 순수파. 12세기에서 13세기
    까지 프랑스 남부의 툴루즈를 중심으로 생겨난 기독
    교 교파이다. 이들의 교리는 이원론과 영지주의를 바
    탕으로 하고 있다.

166   히브리 성경의 「창세기」,「출애굽기」,「레위기」,「민수
    기」,「신명기」를 일컫는다.

는 적어도 그런 책이 한 권씩은 있습니다. 그러나 프랑스는 예외입니다. 프랑스 문학은 너무나 풍부하여, 적어도 두 개의 고전적인 전통을 인정하지만, 지금은 그 주제를 다루지 않겠습니다.

만일 세르반테스 연구자가 이렇게 말했다고 생각해 봅시다. "『돈키호테』는 n으로 끝나는 두 개의 단음절 단어(En과 un), 다섯 철자로 된 단어(lugar)와 두 개의 철자로 된 두 단어(de la), 그 다음에 다섯 개 또는 여섯 개의 철자로 된 단어(Mancha)[167]로 시작한다." 그리고 그가 그런 것으로부터 결론을 이끌어 내려고 한다면, 우리는 즉시 그 학자가 미쳤다고 생각할 것입니다. 그런데 성경은 그런 식으로 연구되곤 했습니다.

가령 성경은 브레시트[168]의 첫 글자인 베트(ב)로 시작한다고 말해집니다. 그런데 왜 "태초에 신들은 하늘과 땅을 만들었다."라면서 동사는 단수로, 그리고 주어는 복수를 사용하는 것일까요? 왜 베트로 시작하는 것일까요? 그것은 첫 글자인 베트가 히브리어로 축복을 의미하기 때문입니다. 그것은 저주에 상응하는 글자로 시작해서는 안 됩니다. 반드시 축복을 의미하는 말로 시작해야 합니다.

카발라에 영향을 끼친 게 틀림없는 흥미로운 상황은 또 있습니다. 위대한 작가 사아베드라 파하르도[169]의 말에 따르면,

---

167   스페인어에서 ch는 한 글자로 간주된다.

168   Breshit. 히브리 성경의 첫 장으로 성경의 「창세기」에 해당한다.

169   디에고 데 사아베드라 파하르도(Diego de Saavedra Fa-

244

하느님의 말들은 하느님이 만드신 작품의 도구였으며, 그 말들을 통해 하느님은 세상을 창조하셨습니다. 하느님이 그곳에 "빛이 있으라."라고 말씀하시자, 빛이 생겨난 것입니다. 여기에서 세상은 '빛'이란 단어에 의해 창조되었거나, 하느님이 '빛'이란 말을 했던 어조에 의해 만들어졌다는 결론이 나옵니다. 만일 다른 단어를 말씀하셨거나, 다른 어조로 말씀하셨다면, 결과는 빛이 아니라 다른 것이 되었을 것입니다.

이제 우리는 지금까지 말했던 것처럼 도저히 믿을 수 없는 것에 이르고 있습니다. 그것은 우리 서양의 정신과 충돌하고, 심지어는 나에게도 충격적인 것입니다. 그러나 나는 그걸 말해야 합니다. 말을 생각할 때, 우리는 말이 처음에는 소리였다가 나중에 글자로 기록되었다고 역사적 관점으로 생각하게 됩니다. 반면에 수용 또는 전통을 의미하는 카발라에서는 글자가 소리보다 먼저라고 생각합니다. 즉 글자는 하느님의 도구였지 말을 표시하기 위해 글자가 사용된 것이 아니라는 것입니다. 우리의 경험과 반대로, 그것은 마치 글쓰기가 말을 구술하는 것보다 더 먼저 있었던 일이라고 생각하는 것과 같습니다. 그러므로 성경에서는 그 어떤 것도 우발적이지 않습니다. 각 절의 글자 숫자를 포함하여, 모든 것이 결정되어 있기 때문입니다.

그런 다음 글자들이 동등한 가치를 갖도록 했습니다. 그들

---

jardo, 1584~1648). 스페인의 작가이자 외교관. 대표작으로 『문학 공화국』, 『기독교 왕자의 정치 사상』 등이 있다.

은 성경을 마치 암호문처럼 다루었고, 여러 가지 법칙을 만들어 그것을 읽었습니다. 성경의 각 글자를 선택하여 그 글자를 다른 단어의 첫 글자로 읽었고, 그 단어의 숨겨진 의미를 드러내며 읽었습니다. 그렇게 성경의 글자 하나하나의 의미를 밝혔습니다.

또한 두 개의 알파벳을 구상했습니다. 가령 A에서 L까지의 한 글자와 M에서 Z까지의 한 글자, 또는 이와 비슷한 방식으로 히브리 글자를 선택했습니다. 그런 다음 위의 글자들과 아래의 글자들의 의미가 같다고 보았습니다. 그리고 그리스어를 사용하기 위해 부스트로페돈 방식으로 성경을 읽기도 했습니다. 그러니까 오른쪽에서 왼쪽, 그런 다음에 왼쪽에서 오른쪽, 그다음에 오른쪽에서 왼쪽으로 읽었던 것입니다. 또한 글자에 숫자적 가치를 부여하기도 했습니다. 이런 모든 것이 해석될 수 있는 암호문을 이루고 해석되었으며, 그 결과는 우리가 귀를 기울일 만한 것이었습니다. 무한한 하느님의 지성에 의해 모든 것이 예견되어 있었기 때문입니다. 그렇게 암호문을 통해, 그리고 포의 「황금 풍뎅이」를 연상케 하는 작업을 통해 그들은 가르침에 도달했습니다.

나는 가르침이 작업 방식보다 앞선 것이 아닐까 생각해 봅니다. 또한 스피노자[170]의 철학, 즉 기하학적 질서가 나중에 온다는 주장과 같은 현상이 카발라에게 일어나는 것은 아닐까 의

---

170   바루흐 스피노자(Baruch Spinoza, 1632~1677). 네덜란드 암스테르담에서 태어난 포르투갈계 유대인 혈통의 철학자. 대표작으로 『에티카』가 있다.

문을 품어 봅니다. 그리고 카발라주의자들이 영지주의로부터
영향을 받았고, 모든 것을 히브리의 전통과 연결되도록 이상한
방식으로 글자를 해석하려고 하지 않았는지도 생각해 봅니다.

카발라주의자들의 이상한 작업 방식은 하나의 논리적 전
제를 바탕으로 하고 있습니다. 그것은 성경은 절대적 텍스트
이고 절대적 텍스트 속에서는 그 어느 것도 우연한 작업일 수
없다는 생각입니다.

절대적 텍스트는 존재하지 않습니다. 어쨌든 인간의 텍스
트는 그렇지 않습니다. 산문은 단어의 의미에 더 관심을 기울
이고, 운문은 음에 더 관심을 보입니다. 무한한 지성이 만든 텍
스트에서, 즉 성령에 의해 쓰인 텍스트에서 어떻게 죽음이나
틈을 생각할 수 있겠습니까? 모든 것은 숙명적이어야 합니다.
그런 숙명론을 바탕으로 카발라주의자들은 자신들의 체계를
추출했습니다.

만일 성경이 무한한 지성의 글쓰기가 아니라면, 어떤 점에
서 인간이 쓴 것과 다르며, 「열왕기」가 역사책과 어떻게 다르
고, 「시편」이 시와 어떤 차이가 있겠습니까? 성경의 의미는 무
한하다고 생각해야 합니다. 스코투스 에리우게나는 공작새의
반짝이는 깃털이 햇빛을 받을 때마다 변하는 것처럼 성경의
의미로 무궁무진하다고 말했습니다.

카발라의 광대한 체계는 다음과 같이 설명될 수 있습니다.
태초에 스피노자의 하느님과 유사한 존재가 있었습니다. 그러
나 스피노자의 하느님은 무한히 풍부한 반면, 카발라의 무한
한 신인 아인 소프는 무한히 빈약합니다. 그것은 원시적인 존
재입니다. 그래서 그 존재만으로는 하느님이 존재한다고 말할

수 없습니다. 하느님이 존재한다면, 별도 존재하고, 사람과 개미도 존재하기 때문입니다. 하느님과 별, 그리고 사람과 개미를 어떻게 동일한 범주에 놓을 수 있겠습니까? 그렇습니다. 그 원시적인 존재는 존재하지 않습니다. 또한 우리는 그 존재가 생각한다고도 말할 수 없습니다. 생각한다는 것은 논리적인 과정, 즉 전제에서 결론으로 나아가는 것이기 때문입니다. 또한 그 존재가 원한다고도 말할 수 없습니다. 무언가를 원한다는 것은 부족함을 느낀다는 뜻이기 때문입니다. 한편 일한다고도 말할 수 없습니다. 아인 소프는 일하지 않습니다. 일한다는 것은 목표를 제시하고 그것을 향해 애쓰는 것이기 때문입니다. 게다가 아인 소프가 무한한데(여러 카발라주의자들은 그것을 무한의 상징인 바다와 비교합니다.) 어떻게 다른 것을 원할 수 있겠습니까? 하느님이 자기 자신과 혼동될 무한한 존재 외에 그 무엇을 만들겠습니까? 그러나 불행하게도 세상의 창조는 필요했고, 우리는 열 개의 발산, 즉 하느님에게서 나오지만 하느님 이후에 나오는 것이 아닌 세피로트를 가지고 있습니다.

이 열 개의 발산을 항상 지니고 있는 영원한 존재가 있다고 생각하기란 좀처럼 쉬운 일이 아닙니다. 이 열 개는 서로 다른 것에서 나옵니다. 히브리 성경에서는 그것이 손가락에 해당한다고 말합니다. 첫 번째 발산은 왕관이라 불리고, 그것은 아인 소프에서 나오는 한 줄기 빛, 즉 작아지지 않는 한 줄기 빛이며 작아질 수도 없는 무한한 존재와 비교될 수 있습니다. 왕관에서 다른 발산이 나오고, 그 발산에서 또 다른 발산이, 그리고 거기서 다시 또 다른 발산이 나옵니다. 열 개의 발산이 이루어질 때까지 그런 식으로 계속됩니다. 각각의 발산은 다시 세 부분으로 이루어져 있습니다. 이 세 부분의 하나는 상급 존재와 통하고, 가운데 부분은 실재이며, 세 번째 부분은 하급 존재와 연결됩니다.

열 개의 발산은 아담 카드몬, 즉 원형 인간을 이룹니다. 이 사람은 하늘에 있고, 우리는 그의 그림자입니다. 이 사람은 열 개의 발산에서 세상을 발산하고, 그 세상은 다른 세상을 발산합니다. 이렇게 네 개의 세상이 이루어질 때까지 계속됩니다. 세 번째 세상은 우리의 물질세계이며, 네 번째는 지옥세계입니다. 모든 세계들은 인간과 그의 소우주를 이해하는, 즉 모든 것을 이해하는 아담 카드몬에 포함되어 있습니다.

나는 박물관의 한 유품인 철학사를 다루고 있는 게 아닙니다. 나는 이 체제가 응용성이 있다고 생각합니다. 이것은 우주를 생각하고 우주를 이해하는 데 도움이 됩니다. 영지주의 교도들은 카발라주의자들보다 수세기 전의 사람들이었습니다. 그들은 불확정적인 신을 상정하는 비슷한 체제를 가지고 있었습니다. 피에로마(충만)라고 불리는 이 신에서 다른 신(나는 이레나이우스[171]의 엉터리 번역본을 따르고 있습니다.)이 발산되고, 그 신에서 다른 발산이 나오고, 그 발산에서 또 다른 발산이 나옵니다. 거기에는 발산들의 탑이 있고, 각각의 발산은 하늘을 이룹니다. 그렇게 우리는 365라는 숫자에 이릅니다. 우리가 마

---

[171]   Irenaeus(135~202). 로마 제국의 영토였던 갈리아 지방의 기독교 주교이자 로마 가톨릭교회와 동방 정교회에서 성인으로 공경하는 인물. 180년경에 「이단들을 반박함」을 써서 영지주의를 반박했다.

지막 발산에 이르면, 거기에서 신성한 부분은 거의 0으로 축소됩니다. 그리고 우리는 여호와라고 불리는 이 세상을 창조한 신을 만나게 됩니다.

그런데 그는 왜 이토록 실수로 가득하고, 참사로 가득하며, 죄로 가득하고, 육체적 고통으로 가득하며, 죄책감으로 가득하고, 범죄로 가득한 세상을 만든 것일까요? 그것은 신성이 축소되어 실수로 가득한 이 세상을 창조한 여호와에 이르기 때문입니다.

열 개의 세피로트와 네 개의 세계를 만드는 데는 동일한 메커니즘이 작용했습니다. 열 개의 발산은 아인 소프와 무한적이며 숨은 존재 혹은 숨은 존재들(카발라주의자들이 비유적인 언어로 그렇게 부르는 것처럼)에서 멀어지면서, 힘을 잃고 마침내는 이 세상을 창조한 신에게 이르게 됩니다. 우리가 살고 있고, 오류로 가득하고, 수많은 불행에 노출되어 있으며, 행복은 순간적으로만 존재하는 이 세상 말입니다. 터무니없는 생각이 아닙니다. 우리는 영원한 문제, 즉 악의 문제와 직면하고 있습니다. 그것은 제임스 앤서니 프루드[172]가 위대한 문학 작품이라고 평가하는 「욥기」에 근사하게 다루어져 있습니다.

여러분은 욥의 이야기를 기억할 겁니다. 그는 박해를 받았고, 하느님 앞에서 결백을 증명하려 했으며, 친구들에게 버림

---

[172] James Anthony Froude(1818~1894). 영국의 역사학자이며 소설가. 토마스 칼라일에 대한 전기로 유명하다. 여기에서 말하는 『욥에 관한 에세이』는 1854년에 출판되었다.

받았습니다. 마침내 하느님은 회오리바람 속에서 그와 이야기
를 합니다. 하느님은 자신이 인간의 한계를 뛰어넘는다고 말
합니다. 그러면서 코끼리와 고래의 예를 들면서, 자신이 그것
들을 만들었다고 말합니다. 막스 브로트[173]는 코끼리, 즉 베헤
못('동물들')은 너무나 커서 이름이 복수라고 지적하면서, 거대
한 해수(海獸)는 두 개의 괴물, 즉 고래나 악어가 될 수 있다고
주장합니다. 하느님은 그런 괴물들처럼 불가사의하며, 인간이
잴 수 있는 크기가 아니라고 그는 말합니다.

스피노자 역시 같은 결론에 도달합니다. 그는 인간의 속성
을 하느님에게 부여하는 것은, 하느님은 삼각형이 분명하다고
말하는 것과 같다고 지적합니다. 하느님이 공정하고 자비로우
며 사람의 모습과 흡사하다고 말하는 것은 하느님에게 사람처
럼 얼굴과 눈, 손이 있다고 말하는 것과 다름없습니다.

이제 여기에 위에 계신 하느님과 아래에 있는 발산이 있습
니다. 발산은 하느님이 아무런 잘못도 없다는 것을 가장 무례
하지 않게 표현하는 말처럼 보입니다. 마치 쇼펜하우어가 잘
못은 왕이 아니라 신하들에게 있다고 말했던 것처럼, 그런 발
산이 바로 이 세상을 만들어 냈기 때문이라고 말하는 것 같습
니다.

악을 변호하려는 노력은 여러 차례 있었습니다. 먼저 신학
자들이 고전적으로 해 오던 변호를 들 수 있습니다. 그들은 악
이란 항상 부정문이라고 말하면서, '악'은 그저 선이 없는 상

---

173   Max Brod(1884~1968). 체코의 소설가. 프란츠 카프카
       의 친구이자 그의 유고 관리인으로 널리 알려져 있다.

태라고 주장합니다. 조금이라도 지각이 있는 사람이라면, 이 것이 거짓임을 쉽게 알 것입니다. 육체적 고통은 강하며, 그 어 떤 쾌감보다 강렬합니다. 불행은 행복이 결여된 상태가 아닙 니다. 불행에 빠지면 비참한 기분이 드는 것처럼 그것은 긍정 문으로도 표현됩니다.

아주 우아하지만 사실은 거짓인 주장도 있습니다. 악의 존 재를 옹호하는 라이프니츠의 주장입니다. 가령 두 개의 도서 관을 생각해 보라고 그는 말합니다. 첫 번째 도서관에는 완벽 한 책이라고 여겨지고 실제로도 그럴지 모르는 천 권의『아이 네이스』가 가득 차 있습니다. 또 다른 도서관은 상이한 가치가 있는 천 권의 책이 소장되어 있고,『아이네이스』는 그중의 한 권입니다. 어떤 편이 더 나은 도서관일까요? 말할 필요도 없이 두 번째 도서관입니다. 라이프니츠는 악이란 세상의 다양한 가치를 위한 필요악이라는 결론에 도달합니다.

다른 예는 그림에서 택해지기도 합니다. 아주 아름다운 그 림, 가령 렘브란트의 그림을 예로 들어 봅시다. 캔버스에 악에 해당하는 어두운 장소가 있습니다. 라이프니츠는 캔버스나 책 을 예로 들면서도 하나는 도서관에 나쁜 책들이 있을 수 있는 것과 나쁜 책들이 되는 것은 전혀 다르다는 사실을 잊고 있는 것 같습 니다. 만일 우리가 그런 책들이라면, 우리는 지옥을 선고받은 것입니다.

모든 사람이 키르케고르의 희열을 느끼는 것은 아닙니다. 나도 그가 항상 그런 희열을 느꼈는지 알지 못합니다. 그는 지 옥에 있는 단 하나의 영혼, 즉 다양한 세상을 위해 필요한 영혼 이 있다면, 그리고 그것이 바로 자신의 영혼이라면, 지옥의 심연에서 전지전능한 신을 찬양하겠다고 말합니다.

이렇게 느끼는 것이 쉬운 일인지는 잘 모르겠습니다. 또한 잠시 지옥에서 보낸 후에도 키르케고르가 계속 그렇게 느꼈을지도 잘 모르겠습니다. 그러나 여러분이 보듯이 그의 생각은 근본적인 문제, 즉 영지주의 교도들과 카발라주의자들이 동일한 방식으로 해결했던 악의 존재를 언급하고 있습니다.

그들은 우주란 불완전한 신의 작품이며 그 신의 일부는 0에 접근한다고 선언함으로써 그 문제를 해결합니다. 다시 말하면, 전능하신 하느님이 아닌 하위 신의 작품이라는 것이죠. 하느님의 먼 후손인 하위 신 말입니다. 나는 우리의 정신이 365개의 발산을 주장하는 바실리데스[174]의 영지주의 교리나, 하느님이나 신처럼 광범위하고 애매한 말과 함께 작용할 수 있는지 잘 알지 못합니다. 그러나 우리는 불완전한 신의 개념, 즉 조잡한 재료로 이 세상을 만들어야 했던 신의 개념을 수용할 수 있습니다. 그러면 "하느님은 만들어지고 있다."라고 말한 버나드 쇼의 생각에 이를 것입니다. 하느님은 과거에 속한 것이 아니며, 아마 현재에도 속하지 않을 것입니다. 그분은 영원하기 때문입니다. 그래서 하느님은 미래가 될 수 있는 것입니다. 만일 우리가 관대하다면, 심지어 우리가 똑똑하고 명민하다면, 우리는 하느님을 만드는 데 일조하게 될 것입니다.

---

174   Basilides(117~138). 이집트 알렉산드리아의 초기 영지주의 교부 중의 한 명. 알렉산드리아에 영지주의 사상을 널리 퍼뜨렸으며, 그의 가르침은 그의 견해에 반대했던 신학자들의 글을 통해 전해진다.

웰스[175]가 쓴 『꺼지지 않는 불』의 줄거리는 「욥기」를 따르고 있으며, 그 주인공 역시 흡사합니다. 마취된 상태에서 작중 인물은 자기가 실험실로 들어가는 꿈을 꿉니다. 형편없는 실험실에서는 나이 든 노인이 일하고 있습니다. 그 노인은 하느님으로, 상당히 화가 나 있습니다. 그는 작중 인물에게 "나는 내가 할 수 있는 일을 하고 있지만, 사실 그것은 힘든 재료와의 투쟁일세."라고 말합니다. 하느님에게도 악은 다루기 힘든 재료이며, 선은 유순한 재료입니다. 그러나 길게 보면, 선은 승리하게 되어 있고 승리하고 있습니다. 사람들이 진보라는 것을 믿는지 모르겠습니다만, 나는 그것을 믿습니다. 적어도 괴테의 나선형식 진보를 믿습니다. 우리는 앞으로 나아갔다가 뒤로 물러서지만, 종합적으로 보면 개선되고 있습니다. 수많은 잔인함으로 가득한 이 시대에 어떻게 그런 말을 할 수 있을까요? 그러나 이제 죄수를 생각해 봅시다. 죄수들은 교도소나 집단 수용소로 이송될 수도 있습니다. 하지만 적들을 생각해 봅시다. 마케도니아의 알렉산드로스 대왕 시절에는 승리한 군대가 패자들을 죽이고, 전쟁에 패한 도시를 불태우는 것이 자연스러운 일처럼 보였습니다. 아마 우리는 지적으로도 향상되고 있는 것 같습니다. 그 증거는 이 작은 사건이 될 것입니다. 여기서 우리는 카발라주의자들이 생각했던 것에 흥미를 느낄 수 있습니다. 우리는 열린 지성을 지니고 있고, 타인의 지성뿐 아

---

175   허버트 조지 웰스(Herbert George Wells, 1866~1946).
      과학 소설로 유명한 영국의 소설가이자 문명 비평가.
      대표작으로 『타임머신』, 『투명인간』 등이 있다.

니라 타인의 우둔함과 막연한 믿음을 연구할 자세도 갖추고
있습니다. 카발라는 박물관의 유품일 뿐만 아니라 사상의 은
유이기도 합니다.

이제 나는 카발라의 신화이자 가장 흥미로운 전설 중 하나
를 말하려고 합니다. 바로 골렘입니다. 골렘은 마이링크[176]의
유명한 소설에 영감을 제공했으며, 마이링크의 작품은 내가
쓴 어느 시에 영감을 주었습니다. 하느님이 흙 한 줌을 집어서
(아담은 '붉은 흙'을 뜻합니다.) 그것에게 생명을 불어넣습니다. 아
담은 그렇게 창조되었습니다. 카발라주의자들에게 그 아담은
최초의 골렘에 해당합니다. 그는 하느님의 말, 즉 생명을 불어넣
는 말에 의해 만들어집니다. 카발라에서처럼 모든 모세 5경은
하느님의 이름입니다. 글자들이 뒤섞여 있긴 하지만 말입니
다. 그렇게 만일 누군가가 하느님의 이름을 소유한다면, 또는
누군가가 하느님의 이름 네 글자에 이르게 된다면, 그리고 그
이름을 정확하게 말할 수 있다면, 마찬가지로 골렘, 즉 사람을
창조할 수 있습니다.

얼마 전에 내가 읽은 『카발라와 상징』에서 이 책의 저자인
게르숌 숄렘[177]은 골렘의 전설을 아주 아름답게 사용하고 있습

176　　구스타프 마이링크(Gustav Meyrink, 1868~1932). 오
　　　　스트리아의 소설가이자 번역가. 대표작으로 『골렘』,
　　　　『밀랍 인형관』 등이 있다.

177　　게르숌 게하르트 숄렘(Gershom Gerhard Scholem,
　　　　1897~1982). 독일에서 태어난 유대교 철학자이며 역
　　　　사가. 카발라를 현대적으로 연구하기 시작했으며, 대
　　　　표작으로는 『유대교 신비주의의 주류』, 『카발라와 상

니다. 나는 이 책이 이 주제를 가장 분명하게 다루었다고 생각합니다. 그것은 본래의 출처를 찾는 것이 거의 소용없는 일임을 확인했기 때문입니다. 나는 또한 레온 두호브네[178]가 아름답고도 정확하게 번역한 『세퍼 예치라 또는 창조의 책』을 읽었습니다. 그리고 『조하르 또는 빛나는 책』도 읽었습니다. 그러나 이런 책들은 카발라를 가르치기 위해서가 아니라, 그것에 접근하도록 쓰인 책들입니다. 카발라를 공부하는 학생이 그 책들을 읽고 기운을 얻도록 말입니다. 이 책들은 모든 진실을 말해 주지 않습니다. 마치 출판되었으면서도 출판되지 않은 아리스토텔레스의 책처럼 말입니다.

다시 골렘으로 돌아갑시다. 골렘은 이렇게 탄생되었다고 합니다. 어느 랍비가 하느님 이름의 비밀을 배웠습니다. 아니, 우연히 알게 되었습니다. 그리고 점토로 만든 인간의 형상 위로 그 이름을 말했습니다. 이 전설에 관한 어느 판본에는 '진실'이라는 뜻을 가진 '에메트(emet)'라는 단어를 이마에 썼다고 합니다. 그러자 골렘이 커지더니, 어느 순간 주인의 손이 골렘의 머리에 닿지 않을 정도가 되었습니다. 그러자 주인은 신발 끈을 묶어 달라고 부탁합니다. 골렘이 몸을 숙이자, 랍비는 그 틈을 이용해 입김을 불어 '에메트'의 첫 글자 또는 알레프($\aleph$)[179]를 지

징』이 있다.

178   León Dujovne(1898~1984). 아르헨티나의 철학자이자 언론인. 대표작으로 『가치론과 역사 철학』, 『크로체의 역사 사상』 등이 있다.

179   Aleph. 히브리어의 첫 번째 알파벳.

우는 데 성공합니다. 그러자 '메트', 즉 '죽음'이라는 글자가 남게 됩니다. 골렘은 다시 흙으로 변합니다.

다른 전설에서는 마법사인 어느 랍비 또는 몇 명의 랍비들이 골렘을 만들어, 그를 다른 스승에게 보냅니다. 스승은 골렘을 만들 수 있지만 그런 허영심을 초월한 사람입니다. 랍비는 그에게 말을 걸지만 골렘은 아무 대답도 하지 않습니다. 말하고 생각할 능력이 없기 때문입니다. 그러자 랍비는 골렘에게 "너는 마법사들의 작품이다. 그러니 다시 흙으로 돌아가라."라고 선고합니다. 그러자 골렘은 부서지고 맙니다.

마지막으로 숄렘이 전하는 전설을 또 하나 들려드리겠습니다. 많은 제자들이(혼자서는 『창조의 책』을 공부할 수도 없고 이해할 수도 없습니다.) 골렘을 만드는 데 성공합니다. 그 골렘은 손에 단도를 들고 태어나서 자기를 만든 사람들에게 "내가 살면 사람들은 나를 우상처럼 섬길지도 모릅니다."라면서 자기를 죽여 달라고 부탁합니다. 개신교와 마찬가지로 이스라엘 사람들에게도 우상 숭배는 가장 큰 죄 가운데 하나였습니다. 그러자 제자들은 골렘을 죽여 버립니다.

지금까지 몇 가지 전설을 언급했지만, 이제 처음의 전설로 돌아가려고 합니다. 가장 귀 기울여 들을 만한 가르침이 거기에 있다고 생각하기 때문입니다. 우리 각자 안에는 극히 작은 신의 입자가 있습니다. 이 세상은 명백하게 전능하고 정의로운 하느님의 작품이 아닙니다. 그것은 모두 우리에게 달려 있습니다. 카발라가 우리에게 주는 가르침은 바로 그것입니다. 그것은 역사학자나 문법학자들이 공부하는 호기심 이상의 것입니다. 위고의 시집 『명상록』에 수록된 위대한 시구 "어둠의 입이 외친 것"[180]처럼, 카발라는 그리스인이 '아포카타스타시스(apokatastasis)'[181]라고 부른 교리를 가르쳤습니다. 그 가르침에 의하면, 모든 피조물, 심지어 카인과 악마도 기나긴 윤회가 끝나면 돌아와서 언젠가 그들을 출현하게 만들었던 신과 뒤섞인다고 합니다.

---

180   신이 우주를 창조했고 우주가 악을 만들었다는 내용.
181   원 상태로의 회복을 의미한다.

일곱째 밤
실명

수많은 강연을 하면서 나는 청중이 일반적인 것보다는 개인적인 것을, 그리고 추상적인 것보다는 구체적인 것을 원한다는 사실을 깨달았습니다. 그래서 나 자신의 보잘것없는 실명에 대한 이야기로 강연을 시작하려고 합니다. '보잘것없는'이라고 말한 까닭은 한쪽 눈은 완전히 실명했지만, 다른 쪽 눈은 완전히 실명한 것이 아니기 때문입니다. 아직도 나는 몇 가지 색깔을 구별할 수 있습니다. 가령 초록색과 파란색을 구별할 수 있죠. 특히 노란색은 지금까지 한 번도 알아보지 못한 적이 없습니다. 어렸을 때가 기억납니다. 아마 내 여동생도 기억할 겁니다. 나는 팔레르모 지역에 있던 동물원의 몇몇 우리 앞에서 오랫동안 머물렀던 적이 있습니다. 호랑이와 표범의 우리였습니다. 나는 호랑이의 노란색과 검은색을 보면서 그곳에 있었습니다. 그리고 노란색은 지금까지 나와 함께하고 있습니

다.「호랑이의 황금색」이란 시에서 이런 우정을 언급한 적도
있습니다.

　이제 나는 사람들이 자주 잊어버리는 사실에 대해 말하려
합니다. 나 역시 그런 현상이 일반적으로 적용될 수 있는지는
잘 알지 못합니다. 사람들은 맹인이 캄캄한 세계 속에 갇혀 있
을 거라고 생각합니다. "맹인들이 보는 어둠을 바라보면서"라
는 셰익스피어의 시구는 바로 이런 생각을 그대로 보여 줍니
다. 어둠을 '캄캄한 색'으로 이해한 것이라면, 셰익스피어는
오류를 범하고 있다고 할 수 있습니다.

　맹인, 특히 여기서 여러분에게 말하고 있는 이 맹인이 볼 수
없는 색이 바로 검은색입니다. 그리고 빨간색도 볼 수 없습니
다. '적과 흑', 이것이야말로 우리가 볼 수 없는 색입니다. 나는
아주 캄캄해야만 잠을 자는 습관이 있습니다. 그래서 오랫동안
이 안개와 같은 세상, 그러니까 초록색이나 파란색의 안개가
끼여 있는 것 같은 세상에서 잠들기가 몹시 힘들었습니다. 맹
인의 세계는 바로 희미한 빛이 비치는 세계입니다. 나는 어둠
속에서 자고 싶었습니다. 빨간색은 희미한 밤색으로 보입니다.
실명의 세계는 사람들이 상상하듯이 밤의 세계가 아닙니다. 어
쨌거나 나는 지금 내 이름을 걸고, 그리고 역시 눈이 먼 채 세상
을 떠나셨던 나의 아버지와 할머니의 이름을 걸고 말합니다.
나 역시 그들처럼 눈이 먼 채 웃으면서 용감하게 죽고 싶습니
다. 많은 것들, 가령 눈이 머는 것과 같은 것은 유전됩니다. 하
지만 용기는 유전되지 않습니다. 나는 아버지와 할머니가 용감
했다는 것을 압니다.

　맹인은 매우 불편한 세계에서 삽니다. 그것은 불확실한 세

상이며 몇 개의 색이 나타나는 세상입니다. 나는 아직도 노란
색과 파란색(파란색이 초록색이 되는 경우를 제외하고) 그리고 초
록색(초록색이 파란색이 되는 경우를 제외하고)을 볼 수 있습니
다. 흰색은 보이지 않거나, 회색과 혼동되곤 합니다. 빨간색은
나의 시야에서 완전히 사라졌습니다. 그러나 나는 계속 치료
를 받고 있으며, 언젠가 시력이 나아져 그 위대한 색을 볼 수 있
는 날이 오기를 고대합니다. 시 속에서 환하게 빛나는 그 색,
수많은 언어에서 그토록 아름다운 이름을 지니고 있는 그 색
을 말입니다. 독일어의 '샤를라흐(scharlach)', 영어의 '스칼렛
(scarlet)', 스페인어의 '에스카를라타(escarlata)', 프랑스어의 '에
카를라트(écarlate)'는 이 위대한 색과 잘 어울리는 단어들입니
다. 반면에 노란색을 의미하는 스페인어 '아마리요(amarrillo)'
는 너무나 힘이 없어 보입니다. 영어의 '옐로(yellow)'는 너무나
노란색처럼 들립니다. 나는 고대 스페인어에서 노란색이 '아
마리엘료'였다고 생각합니다.

나는 그런 색의 세계에서 삽니다. 이제 무엇보다도 나의 개
인적인 실명에 대해 말하겠습니다. 나의 보잘것없는 실명에
대해 말하는 것은, 우선 사람들이 생각하듯이 나는 완전히 실
명한 것이 아니며, 둘째는 그것이 나와 직접적인 관계가 있기
때문입니다. 나의 경우는 아주 극적인 상황이었다고는 말할
수 없습니다. 극적인 상황이란 갑자기 시력을 잃는 경우를 말
하죠. 전광석화와 같은 순간이나 개기 일식의 순간처럼 시력
을 상실하는 경우 말입니다. 나의 경우는 천천히 해가 지듯이,
내가 세상을 보기 시작한 순간부터 서서히 시력을 잃었습니
다. 그러니까 1899년부터 진행되었지만 극적인 순간은 없었습

니다. 다만 더딘 황혼 녘이 반세기 이상 지속되었을 뿐입니다.

이 강연의 목표인 실명에 대해 관심을 보이도록 나는 여러 분의 연민을 자아낼 순간을 찾아야 합니다. 그런데 그런 순간 이 왔습니다. 나는 시력을 잃었고, 독자로서의 시력과 작가로 서의 시력도 잃었다는 것을 알게 되었습니다. 그때가 언제인 지 구태여 숨길 필요는 없을 것 같습니다. 그 기억할 만한 해는 바로 1955년이었습니다. 그해의 역사적인 폭우를 말하는 것이 아닙니다. 그저 개인적인 상황을 말하고 있는 것입니다.

나는 평생 동안 과분한 영예를 얻었지만, 그 무엇보다 영광 스러웠던 것은 바로 국립 도서관의 관장으로 일할 수 있었던 것입니다. 문학적이라기보다는 정치적인 이유로 자유 혁명을 주창하던 아람부루[182] 정부는 나를 임명했습니다.

그렇게 도서관장으로 임명되면서, 수많은 기억을 간직하 고 있던 바로 그 건물로 돌아갔습니다. 그 건물은 몬세라트 지 역의 멕시코가에 있는 국립 도서관이었습니다. 나는 그곳의 관장이 될 거라고는 꿈도 꿔 본 적이 없습니다. 나는 그곳에 대 해 다른 종류의 기억을 가지고 있습니다. 그곳은 내가 아버지 와 함께 밤에 자주 가던 곳이었습니다. 심리학 교수였던 아버 지는 좋아하던 작가인 베르그송이나 윌리엄 제임스의 책이나 구스타프 슈필러의 책을 대출하곤 했습니다. 반면에 책을 빌 려달라고 부탁하기에는 너무나 소심했던 나는 「브리태니커

---

182   페드로 에우헤니오 아람부루(Pedro Eugenio Aram-
        buru, 1903~1970). 아르헨티나의 군인이자 정치가.
        1955년부터 1958년까지 아르헨티나 대통령을 지냈다.

백과사전」의 한 권을 찾거나 아니면 브록하우스 출판사나 마이어 출판사에서 펴낸 독일 백과사전을 읽곤 했습니다. 나는 책장 선반에서 아무 책이나 집어서 읽곤 했습니다.

어느 밤이 기억납니다. 그날 밤 나는 몹시 보람을 느꼈습니다. 드루이드교, 드루즈파, 드라이든에 관한 세 개의 글을 읽었기 때문입니다. 그러니까 Dr로 시작하는 페이지의 선물이었죠. 다른 날 밤에도 그곳을 찾아갔지만 그때만큼 행운이 따르지는 않았습니다. 게다가 나는 그 건물에 그루삭의 책이 있다는 것을 알고 있었습니다. 나는 그를 개인적으로 만날 기회가 있었지만, 당시에는 몹시 수줍음이 많았습니다. 지금만큼이나 숫기가 없었죠. 당시에는 소심함을 아주 중요하게 생각했지만, 이제는 그것이 노력해서 극복해야 하는 단점이라는 것을 알고 있습니다. 사실 여기서 소심하다는 것은 중요하지 않습니다. 우리가 너무나 과장하여 중요성을 부과하는 다른 수많은 것들과 마찬가지로 말입니다.

나는 1955년에 도서관장으로 임명되었습니다. 나는 그 일을 맡으면서 장서가 몇 권이나 되는지 물었습니다. 100만 권이라고 하더군요. 나중에 확인해 보고 90만 권임을 알았지만, 충분하고도 넘치는 숫자였습니다.(90만이란 수가 100만보다 커 보이기도 합니다.)

조금씩 나는 도서관장과 실명이라는 이상한 아이러니를 깨닫게 되었습니다. 나는 항상 천국을 도서관과 같은 것으로 상상했습니다. 어떤 사람은 천국이란 단어를 들으면 정원을 생각할 테고, 어떤 사람은 대궐을 생각하겠지만요. 그런데 그곳에 바로 내가 있었습니다. 어떤 면에서 나는 여러 언어로 된 90만 권의 중심이었습니다. 나는 간신히 책 표지와 책등만을 판독할 수 있다는 사실을 확인했습니다. 그러고는 「축복의 시」를 썼습니다. 그 시는 다음과 같이 시작합니다. "그 누구도 눈물을 흘리거나 비난으로 깎아내리지 말길/ 책과 밤을 동시에 주신/ 하느님의 훌륭한 아이러니/ 그 오묘함에 대한 나의 심경을……." 이 두 가지 선물, 즉 수많은 책과 밤, 그리고 그것을 읽을 수 없는 무능함은 서로 모순됩니다.

나는 그 시의 작가가 그루삭이어야 한다고 생각했습니다. 그 역시 도서관장이었고, 또한 시력을 잃었기 때문입니다. 그루삭은 나보다 용기가 많았습니다. 실명에 대해 침묵을 지켰으니까요. 그러나 나는 분명히 우리의 삶이 일치했던 순간이 있다는 것을 압니다. 우리는 둘 다 시력을 잃었고, 또한 책을 사랑했습니다. 그는 나보다 훨씬 훌륭한 책으로 문학에 공헌했습니다. 그러나 어쨌든 우리 두 사람은 문인이었고 금서로 가득한 도서관을 돌아다녔습니다. 그러니까 우리의 어두운 눈에는 흰 종이와 마찬가지의 책, 글자가 없는 책이었다고 말할 수 있을 겁니다. 나는 하느님의 아이러니에 대해 시를 썼고, 그 시의 말미에 화자가 복수의 '나'이면서도 하나의 그림자로 이루어진 그 시를 쓴 사람이, 과연 우리 두 사람 중 누구일지를 나 자신에게 물었습니다.

당시에는 나와 처지가 비슷했던 도서관장이 또 있었다는 사실을 몰랐습니다. 나처럼 눈이 멀었던 호세 마르몰[183]이었습

---

183   José Mármol(1817~1871). 아르헨티나의 시인, 소설
        가, 정치인. 대표작으로는 아르헨티나 최초의 소설로

니다. 여기에 모든 것을 확정하는 숫자 3이 나옵니다. 2는 순
전히 우연한 수이고, 3은 확인의 수입니다. 3이란 수는 하느님
으로부터 또는 신학적으로 인증을 받은 숫자입니다. 마르몰은
국립 도서관이 베네수엘라가에 있었을 때 도서관장을 지냈습
니다.

　지금은 마르몰에 관해 좋지 않은 소리를 하거나 그에 관해
말하지 않는 것이 일반적입니다. 그러나 여기서 기억해야 할
것이 하나 있습니다. 로사스[184] 시절을 말할 때면 라모스 메히
아[185]의 훌륭한 책 『로사스와 그의 시대』를 떠올리는 것이 아니
라, 마르몰이 『아말리아』에서 놀라울 정도의 수다로 묘사한 로
사스의 시절을 생각한다는 것입니다. 한 시대의 모습을 한 국
가에게 물려준다는 것은 작은 영광이 아닙니다. 나에게도 이와
비슷하게 이야기를 들려줄 수 있는 재능이 있다면 여한이 없을
것 같습니다. 사실 '로사스의 시절'을 언급할 때면, 우리는 마르
몰이 팔레르모의 좌담회에서 묘사한 비밀경찰을 떠올리고, 독
재자의 어느 장관과 솔레르가 나눈 대화를 떠올립니다.

　이렇게 우리는 동일한 운명을 부여받은 세 사람을 알고 있

　　　　　평가받는 『아말리아』가 있다.

184　　　후안 마누엘 데 로사스(Juan Manuel de Rosas, 1793~
　　　　　1877). 아르헨티나의 군인이자 정치가. 1835년부터
　　　　　1852년까지 아르헨티나 연방을 통치한 독재자이다.

185　　　호세 마리아 라모스 메히야(José María Ramos Mejía,
　　　　　1849~1914). 아르헨티나의 의사, 작가, 정치가. 대표
　　　　　작으로 『아르헨티나 역사에서 유명인들의 신경증』,
　　　　　『역사의 광기』 등이 있다.

습니다. 그리고 나는 남쪽에 있는 몬세라트 지역으로 돌아가는 기쁨이 어떤 것인지 알고 있습니다. 모든 아르헨티나 사람들에게 남쪽은 부에노스아이레스의 은밀한 중심가입니다. 우리가 관광객들에게 보여 주는 휘황찬란한 중심가가 아닌 것이죠. 당시에는 산텔모 지역이라고 불리는 그 유명한 중심가가 존재하지 않았습니다. 그래서 남쪽은 부에노스아이레스의 별볼일 없고 은밀한 중심가였던 것입니다.

부에노스아이레스를 생각할 때면, 나는 어릴 적에 알았던 부에노스아이레스를 떠올립니다. 그곳에는 지붕이 낮고, 정원과 베란다와 거북이들이 사는 물탱크가 있으며, 창문에 창살이 쳐진 그런 집들이 늘어서 있었습니다. 그런 부에노스아이레스가 예전에는 부에노스아이레스의 전부였습니다. 이제 그런 모습은 남쪽 지역에서만 보존되고 있습니다. 그래서 남쪽을 생각할 때면, 나는 옛날 사람들이 살았던 지역으로 돌아가는 느낌을 받습니다. 바로 거기에 내 책들이 있었지만, 나는 친구들에게 책 이름들을 물어봐야만 했습니다. 나는 루돌프 슈타이너[186]가 인지학(人知學)에 관해 쓴 책에서 말했던 대목을 기억합니다. 인지학이란 그의 신지학을 일컫는 말입니다. 그는 무언가가 끝날 때면, 무언가가 다시 시작된다는 것을 생각해야 한다고 말했습니다. 그의 충고는 귀담아들을 만했지만, 그걸 실행에 옮기기는 매우 어려웠습니다. 우리는 얻을 것보

---

186   Rudolf Steiner(1861~1925). 오스트리아의 학자이며 인지학의 창시자. 대표작으로 『자유의 철학』, 『숨겨진 학문』 등이 있다.

다 이미 잃어버린 것을 더 많이 생각하기 때문입니다. 우리는 잃어버린 것에 대해 아주 소중한 이미지, 가끔은 파렴치한 이미지를 간직하고 있습니다. 그러나 다시 시작할 수 있는 것, 또는 잃어버린 것을 대체할 수 있는 것은 모릅니다.

나는 결심했습니다. 그리고 마음속으로 말했습니다. '이제 내가 그토록 사랑했던 눈으로 볼 수 있는 세상을 잃어버렸으니, 다른 것을 만들어야 해. 나는 미래를 만들어야 해. 내가 정말로 잃어버린 가시적인 세상을 이어받을 미래를 말이야.' 나는 집에 있던 몇 권의 책을 떠올렸습니다. 당시 나는 대학의 영문학 교수였습니다. 그런데 거의 무한하다고 말할 수 있는 문학, 한 인간의 생애, 심지어는 여러 세대를 뛰어넘는 그 문학을 가르치기 위해 내가 할 수 있는 일이 무엇일까요? 국경일과 동맹 휴학을 포함하여 4개월이란 아르헨티나의 한 학기 동안 무엇을 할 수 있었을까요?

나는 그 문학에 대한 사랑을 가르치기 위해 있는 힘을 다했습니다. 그리고 가능한 한 날짜와 이름들을 자제했습니다. 그런데 몇몇 여학생이 나를 찾아왔습니다. 모두 시험을 치고 통과한 학생들이었습니다.(여학생들은 모두 내 과목을 통과했습니다. 나는 항상 그 누구도 낙제시키지 않으려고 애썼습니다. 10년을 강의하는 동안 학생을 낙제를 시킨 것은 단 세 번뿐이었습니다. 그 학생들이 낙제시켜 달라고 요구했기 때문입니다.) 아홉 명인가 열 명인가 되는 여학생들에게 나는 말했습니다. "한 가지 생각이 있어요. 지금 여러분은 내 과목을 통과했고, 나도 교수로서의 의무를 다했어요. 그러니 이제 우리가 거의 알지 못하는 언어와 문학 공부를 시작하는 게 흥미로울 것 같지 않아요?" 그러자 학생들은 어떤 언어와 문학이냐고 물었습니다. "좋아요. 물론 영어와 영문학이지요. 그럼 그것들을 공부하도록 합시다. 이제 우리는 시험이라는 부질없는 속박에서 자유로워졌으니까요."

나는 다시 손에 잡을 수 있는 책 두 권이 집에 있다는 사실을 떠올렸습니다. 사용할 일이 없으리라고 생각하여 책장 꼭대기에 올려 둔 책이었습니다. 헨리 스위트[187]의 『앵글로·색슨 독자』와 『앵글로·색슨 연대기』라는 책이었습니다. 이 책들의 권말에는 용어 풀이 부록이 있었습니다. 그리고 우리는 어느 날 아침 국립 도서관에서 모였습니다.

나는 이런 생각을 했습니다. '나는 눈에 보이는 세상을 잃어버렸어. 하지만 다른 세상을 찾아낼 거야. 머나먼 조상들의 세상, 북유럽의 거친 바다를 노를 저어 건넌 사람들의 세상, 그리고 덴마크와 독일과 베네룩스 3국으로부터 영국을 정복했던 사람들의 세상을 되찾을 거야. 켈트계 브리튼족의 땅이었는데, 우리는 그들 때문에 지금 '잉글랜드', 즉 앵글족들의 땅이라고 부르게 된 거지.'

그날은 토요일 아침이었습니다. 우리는 그루삭의 사무실에 모여서 책을 읽기 시작했습니다. 우리를 즐겁게 하기도 하고 괴롭게 하기도 했지만, 동시에 자부심으로 가득 채워 준 상황이 하나 있었습니다. 그것은 스칸디나비아 사람들과 마찬가지로 색슨족도 고대 북유럽의 룬 문자 두 개를 사용했다는 사실이었습니다. 그들은 thing이나 the의 th의 두 소리를 의미하

---

187   Henry Sweet(1845~1912). 영국의 문헌학자이자 문법
         학자.

기 위해 그랬던 것입니다. 이것 때문에 그 페이지는 이상한 분
위기를 띠었습니다. 나는 두 글자를 칠판에 썼습니다.

우리는 영어와는 사뭇 다르고, 오히려 독일어와 비슷한 언
어를 만나게 되었습니다. 그리고 우리가 외국어를 공부할 때
면 늘 일어나던 일이 일어났습니다. 각각의 단어가 마치 새겨
진 것처럼 또는 부적처럼 돋보였던 것입니다. 그래서 외국어
로 쓰인 시는 본래의 언어로 쓰였을 때 누리지 못하던 특권을
지니게 되는 것입니다. 그것은 우리가 각각의 단어를 일일이
보고 들으면서, 그 단어들의 아름다움이나 힘을 떠올리거나,
단순히 이상하다고 생각하기 때문입니다.

그날 아침에 우리에게는 행운이 따랐습니다. "율리우스 카
이사르는 로마인 중에서 가장 먼저 영국을 발견한 사람이다."
라는 문장을 찾았기 때문이지요. 북유럽의 작품에서 로마인과
마주치자 우리는 감동했습니다. 우리는 그 언어를 전혀 알지
도 못했지만 돋보기를 갖다 대면서 그 글들을 읽었으며, 그래
서 각각의 단어는 우리가 발굴하는 일종의 부적과도 같이 불
가사의한 힘을 지니게 되었음을 기억해 주십시오. 우리는 두
단어를 찾았고, 그 단어에 거의 도취해 있었습니다.

나는 늙었고, 여학생들은 젊었습니다. 사실 그 자체가 도취
할 만한 상태였지만 말입니다. 나는 생각했습니다. '나는 50세
대 전에 내 조상들이 말하던 언어로 돌아가고 있어. 나는 그
언어로 돌아가고 있고, 그 언어를 회복하고 있어. 내가 그 말
을 하는 건 이번이 처음이 아니야. 이것은 내가 다른 이름이었
을 때 쓰던 언어였어.' 이 두 단어는 런던의 이름인 룬덴부르
(Lundenburh)와 로마의 이름 로메부르(Romeburh)였습니다. 로

마의 이름은 우리를 더욱 흥분시켰는데, 북유럽의 섬나라에 로마의 불빛이 비쳤다고 생각하게 만들었기 때문입니다. 내 기억에 우리는 "룬덴부르, 로메부르……."라고 외치면서 거리로 나왔던 것 같습니다.

그렇게 앵글로·색슨어를 공부하기 시작했습니다. 실명이 나를 그 공부로 나아가게 한 것입니다. 이제 나는 애가(哀歌)와 서사시로 가득한 앵글로·색슨어의 시구를 잔뜩 외우고 있습니다.

나는 눈에 보이는 세상을 앵글로·색슨어의 청각적인 세상으로 대치했습니다. 그런 다음 보다 풍부한 스칸디나비아 문학으로 옮겨 갔습니다. 즉, 아이슬란드의 신화집인 『에더』와 무용담으로 말이죠. 그 후 나는 『고대 게르만 문학』을 썼고, 그 주제에 바탕을 둔 많은 시들을 썼습니다. 무엇보다 나는 그 문학을 즐겼습니다. 이제는 스칸디나비아 문학에 대한 책을 준비하고 있습니다.

나는 실명 앞에서 겁먹지 않았습니다. 그 외에도 내 편집인은 아주 멋진 소식을 전해 주었습니다. 내가 해마다 서른 편의 시를 쓰면, 그것을 묶어서 책으로 출판해 주겠다는 것이었습니다. 서른 편의 시를 쓴다는 것은 규율과 자제를 의미합니다. 그러나 동시에 충분할 정도의 자유를 뜻하기도 합니다. 1년에 시를 서른 번 쓸 기회가 오지 않을 리는 없으니까요. 실명은 나를 불행하게 한 것만은 아니었습니다. 그러니 나를 불쌍하고 측은하게 바라볼 필요는 없습니다. 그건 삶의 방식이자 스타일의 하나일 뿐입니다.

앞을 보지 못하는 상황에는 나름의 장점이 있습니다. 나는

어둠 때문에 몇 가지 선물을 받게 되었습니다. 앵글로·색슨어,
아이슬란드에 관한 나의 제한된 지식, 수많은 시구에서 느꼈
던 기쁨, 어느 정도의 기만성과 어느 정도의 자만심으로『어둠
의 찬양』이라는 이름이 붙은 책을 쓸 수 있었던 것도 모두 어둠
이 준 선물이었습니다.

　이제 다른 경우, 그러니까 아주 유명한 경우에 대해 말해 보
겠습니다. 우정과 시와 실명에 대한 분명한 예로부터 시작하
겠습니다. 시인 중에서도 가장 훌륭한 시인으로 여겨지는 호
메로스로부터 말이지요.(우리는 앞을 못 보는 그리스의 또 다른 시
인인 타미리스[188]를 알고 있습니다. 그의 작품은 소실되어 전해지지
않지만, 또 다른 장님 시인인 밀턴의 언급을 통해 주로 알려져 있습니
다. 타미리스는 뮤즈와의 전투에서 패했고, 뮤즈들은 그의 수금을 부
수고 눈을 빼 버렸습니다.)

　오스카 와일드[189]는 매우 흥미로운 가정을 했습니다. 내가
보기에 역사성에 바탕을 두고 있지는 않지만, 지적인 면에서
는 상당히 마음에 듭니다. 일반적으로 작가들은 자기 눈에 심
오하게 보이는 것을 다룹니다. 와일드는 경박스럽게 보이려
고 애썼지만 사실은 매우 깊이 있는 작가입니다. 그러나 그는
우리가 자기를 보수주의자로 상상하길 원했고, 플라톤이 시에
관해 생각했던 것처럼 우리가 그를 "날개 있는 가볍고 성스러

188　　Thamyris. 그리스 신화에 나오는 트라키아의 시인.

189　　Oscar Wilde(1854~1900). 아일랜드의 극작가이자 소
　　　　설가이며 시인. 대표작으로『도리안 그레이의 초상』,
　　　　『행복한 왕자』등이 있다.

운 것"으로 생각하길 원했습니다. 날개 있는 가볍고 성스러운 것은 바로 오스카 와일드라고 불리는 인물이었습니다. 그는 고대 문학이 호메로스를 장님 시인으로 그리고 있는데, 이는 매우 의도적이라고 지적했습니다.

우리는 호메로스가 실제로 존재했는지 알지 못합니다. 일곱 도시가 그의 이름을 차지하기 위해 싸웠다는 사실은 그의 역사성을 의심하게 만듭니다. 어쩌면 호메로스는 한 명이 아니었을지도 모릅니다. 수많은 그리스 시인들이 있었고, 우리는 그들을 호메로스라는 이름으로 숨기고 있는 것인지도 모릅니다. 전해져 내려오는 이야기들은 하나같이 우리에게 장님 시인의 모습을 보여 줍니다. 그러나 호메로스의 시는 시각적입니다. 놀라울 정도로 시각적입니다. 호메로스만큼은 아니지만, 오스카 와일드의 시 역시 시각적입니다.

와일드는 자신의 시가 너무나 시각적이라는 사실을 깨닫고, 그런 단점을 고치려고 했습니다. 그는 시각적일 뿐만 아니라 청각적이고 음악적인 시를 쓰기 원했습니다. 그러니까 그가 너무나 사랑하고 존경했던 테니슨[190]이나 베를렌[191]처럼 쓰고 싶어 했습니다. 와일드는 '그리스인들은 호메로스가 시란 시각적이 아니라 청각적이어야 한다는 것을 강조하기 위해 장

---

190   앨프리드 테니슨(Alfred Tennyson, 1809~1892). 빅토리아 시대의 영국의 계관 시인. 대표작으로 『이노크 아든』, 『모래톱을 넘어서』 등이 있다.

191   폴마리 베를렌(Paul-Marie Verlaine, 1844~1896). 프랑스의 시인. 상징주의의 대표 작가. 대표작으로는 『저주받은 시인들』, 『참회록』 등이 있다.

넘이 되었다고 주장했다.'라고 생각했습니다. 거기에서 베를렌의 '무엇보다도 음악적인 시'가 탄생하고, 와일드와 동시대인 상징주의가 나오는 것입니다.

우리는 호메로스가 실존 인물이 아니었지만, 그리스인들은 그를 장님으로 상상하고자 했다고 생각할 수 있습니다. 그것은 바로 시가 무엇보다도 음악이며, 무엇보다도 수금이며, 시각적인 것은 시인에게 존재할 수도 있고 존재하지 않을 수도 있다고 주장하기 위해서입니다. 나는 시각적인 시를 쓴 위대한 시인들을 알고 있으며, 시각적이지 않은 시를 쓴 위대한 시인들도 압니다. 후자에 속하는 시인들은 지적이며 정신적입니다. 그런 시인들의 이름을 언급할 필요는 없을 것 같습니다.

이제 밀턴으로 넘어갑시다. 밀턴의 실명은 자발적인 것이었습니다. 처음부터 그는 자기가 위대한 시인이 되리란 걸 알았습니다. 비슷한 현상을 경험한 시인은 또 있습니다. 콜리지와 드 퀸시는 시 한 소절을 쓰기도 전에 자신이 문인이 될 운명이란 걸 알았습니다. 이런 문인들에 내가 포함되는지는 모르겠지만, 나 역시 그랬습니다. 항상 나는 내 운명이 무엇보다도 문학이란 걸 느꼈습니다. 다시 말하자면, 내게 수많은 나쁜 일과 몇 개의 좋은 일이 일어나리란 걸 예감했습니다. 하지만 언제나 그 모든 것, 특히 나쁜 일들이 장기적으로는 글로 변하리란 것을 알았습니다. 행복은 다른 것으로 변화될 필요가 없으니까요. 행복은 그 자체가 목적이기 때문입니다.

다시 밀턴으로 돌아가겠습니다. 그는 의회가 국왕을 처형하는 것을 옹호하는 글을 쓰면서 눈을 못 쓰게 만들었습니다. 밀턴은 자유를 옹호하면서 스스로 시력을 잃었다고 말합니다.

그는 그 고귀한 작업에 관해 말하면서 자기가 실명했다는 것을 한 번도 불평하지 않았습니다. 밀턴은 스스로 눈을 희생시켰다고 생각하면서, 시인이 되고자 하는 자신의 첫 번째 소망을 떠올렸습니다. 케임브리지 대학교에서 그의 필사본이 발견되었습니다. 그 안에는 젊은 밀턴이 길고 위대한 시를 쓰기 위해 여러 가지 주제를 제안한 내용이 실려 있습니다.

"나는 앞으로 올 세대들에게 무언가를 써서 남기고 싶다. 그 세대들은 그것이 사라지게 두지 않을 것이다."라고 밀턴은 공언했습니다. 그는 이미 열 개 정도, 아니 열다섯 개 정도의 주제를 적어 놓았는데, 그중에는 예언적인 글이 될지도 모른 채 적힌 것이 하나 있었습니다. 바로 삼손이란 주제입니다. 그는 자신이 삼손과 같은 운명이 되리란 걸 전혀 알지 못했습니다. 구약에서 그리스도의 재림을 예언한 것처럼, 삼손도 밀턴이 올 것을 아주 정확하게 예언했습니다. 그는 자기가 평생 앞을 보지 못하리란 것을 알고, 두 개의 역사적인 작품에 착수했습니다. 바로 미완성으로 남은 『모스크바 소사(小史)』와 『영국사』였습니다. 그런 다음 장시 『실락원』을 쓰기 시작했습니다. 영국인들뿐 아니라 모든 사람이 관심을 보일 만한 주제를 찾은 것입니다. 바로 우리의 첫 번째 조상인 아담이라는 주제죠.

그는 대부분의 시간을 시를 쓰며 혼자 보냈고, 그러면서 그의 기억은 늘어만 갔습니다. 머릿속에 40행이나 50행 가량의 11음절 무운시가 쌓이면, 자기를 찾아온 사람들에게 그것들을 받아쓰게 했습니다. 그렇게 그는 시를 써 나갔습니다. 밀턴은 자신의 운명과 너무나 흡사한 삼손의 운명을 떠올렸습니다. 크롬웰은 이미 죽었고 왕정복고 시대가 도래했기 때문입니다.

밀턴은 탄압을 받았고, 왕의 처형을 지지했다는 이유로 사형을 선고받을 수도 있었습니다. 그러나 형장의 이슬로 사라진 찰스 1세의 아들인 찰스 2세는 사형을 선고받은 사람들의 명단이 도착하자, 펜을 들고 점잖게 말했습니다. "내 오른손이 나를 사형 선고에 서명하도록 두지 않는구나." 그 덕분에 밀턴은 목숨을 구했고, 그와 함께 많은 다른 사람들도 목숨을 구했습니다.

그러자 그는 『투사 삼손』을 썼습니다. 그는 그리스 비극을 만들고자 했습니다. 사건은 삼손의 마지막 날에 일어납니다. 삼손처럼 강했지만 결국은 패했던 밀턴은 비슷한 운명들을 생각했습니다. 그는 앞을 보지 못했습니다. 그리고 그 유명한 시구를 썼습니다.[192] 월터 새비지 랜더[193]는 그가 구두점을 잘못 사용했고, 그래서 사실 그 시구는 "눈이 멀어, 가자(가자는 필리스티아의 도시, 즉 이스라엘 적들의 도시입니다.)에서, 방앗간에서, 노예들과 함께"가 되어야 한다고 주장했습니다. 그것은 마치 불행이 삼손에게 누적되는 것 같은 느낌을 줍니다.

밀턴은 어느 소네트에서 자신의 실명에 대해 말합니다. 거기에는 눈이 먼 사람이 쓴 게 틀림없는 소절이 하나 있습니다. 그는 세상을 그리면서 "이 어둡고 광활한 세상에서"라고 말합

---

192   『투사 삼손』에 나오는 시구는 "Eyeless in Gaza, at the mill with slaves(노예들과 가자의 방앗간에서 눈이 멀어)"이다.

193   Walter Savage Landor(1775~1864). 영국의 작가. 역사적인 인물들의 대화를 산문 형식으로 적은 『상상적 대화』로 널리 알려졌다.

니다. 그것은 바로 실명한 사람이 혼자 팔을 뻗어 무언가 의지할 것을 찾을 때 느끼는 세상입니다. 여기에 나보다 훨씬 중요한 사람, 즉 실명을 이겨 내고 불후의 명작을 쓴 사람이 있습니다. 그는 『실락원』, 『복락원』, 『투사 삼손』을 비롯하여, 그의 가장 훌륭한 소네트로 작성된 『영국사』, 즉 영국의 기원부터 노르만족의 정복까지 다룬 책을 썼습니다. 그는 눈이 먼 후에 자신의 집에 들른 방문객들에게 구술함으로써 이 모든 것을 만들어 냈습니다.

보스턴의 귀족인 프레스콧[194]은 아내의 도움을 받았습니다. 그는 하버드 대학교에 다닐 때 사고로 한쪽 눈을 잃었고, 다른 한쪽도 거의 볼 수 없었습니다. 그 후 그는 일생을 문학에 헌신하기로 마음먹고 영국과 프랑스, 이탈리아, 스페인 문학을 배우고 공부했습니다. 자신이 생각하던 세상을 그는 스페인 제국에서 찾았습니다. 스페인 제국은 영국의 공화정을 단호하게 거부하던 그의 생각과 일치했기 때문입니다. 그는 해박한 지식을 이용하여 작가로 변신했고, 자신에게 책을 읽어 주던 아내에게 멕시코와 페루의 정복사를 비롯하여 페루와 가톨릭 왕들,[195] 펠리페 2세의 치세를 구술했습니다. 그것은 20년 이상이 걸린 행복한 작업, 아니 완벽한 작업이었습니다.

---

194   윌리엄 히클링 프레스콧(William Hickling Prescott, 1796~1859). 미국의 역사가. 대표작으로 『멕시코 정복사』, 『페루 정복사』 등이 있다.

195   스페인의 이사벨 여왕과 페르난도 왕을 지칭하는 용어이다. 이 두 왕은 1492년에 스페인의 통일을 이루고 아랍인들을 이베리아 반도에서 축출했다.

우리와 보다 가까운 시대에서도 두 가지 예를 찾아볼 수 있습니다. 하나는 이미 언급했듯이 그루삭입니다. 그루삭은 부당하게 우리의 기억에서 사라졌습니다. 사람들은 지금 그를 아르헨티나에 무단 침입한 프랑스인으로만 바라봅니다. 그의 역사물은 너무나 자료가 정확하여 지금은 최고의 가치가 있는 사료로 인정받습니다. 그러나 그루삭이 두 개의 작품을 남겼다는 사실은 잊었습니다. 하나는 그의 주제이고, 둘째는 그 주제를 서술한 방식입니다. 역사적이고 비판적인 작품을 남긴 것 외에도, 그루삭은 스페인어 산문을 혁신시켰습니다. 스페인과 라틴아메리카를 통틀어 역사상 최고의 산문가였던 알폰소 레예스[196]는 내게 이렇게 말했습니다. "그루삭은 나에게 스페인어를 어떻게 써야 하는지 가르쳐 주었네." 그루삭은 실명을 극복했고, 우리 나라에 최고의 산문 작품을 남겼습니다. 이런 사실을 떠올리면 나는 마음이 항상 흡족합니다.

그루삭보다 더 유명한 예를 떠올려 봅시다. 제임스 조이스에서 우리는 양면을 지닌 작품을 발견하게 됩니다. 우리는 대단하면서도 도저히 읽을 수 없는 두 편의 소설을 알고 있습니다. 그 작품들의 이름을 애써 숨길 필요는 없을 것 같습니다. 다름 아닌 『율리시스』와 『피네건의 경야』입니다. 그러나 이것은 그의 작품을(물론 여기에는 아름다운 시와 훌륭한 작품인 『젊은 예술가의 초상』도 포함됩니다.) 반만 말하는 것입니다. 또 다른 반

---

[196] Alfonso Reyes(1889~1959). 멕시코의 시인이자 비평가이며 사상가. 『괴테의 정치 사상』, 『경계 설정』 등이 있다.

이자 아마도 가장 훌륭한 점은 그가 거의 무한한 영어를 사용했다는 것입니다. 그는 통계적으로 다른 작가들보다 훨씬 많은 어휘를 사용했으며 수많은 가능성을 제시했습니다. 구체동사의 경우가 특히 그렇습니다. 그러나 조이스에게는 그것도 충분하지 않았습니다. 아일랜드 출신이었던 조이스는 더블린이 데인족의 바이킹들에 의해 건립되었다는 사실을 떠올렸습니다. 그는 노르웨이어를 공부했고, 입센에게 노르웨이어로 편지를 쓰기도 했습니다. 그런 다음 그리스어, 라틴어를 공부했습니다. 그는 거의 모든 서양 언어를 알았고, 자신이 만들어 낸 언어로 글을 썼습니다. 이해하기 힘든 언어였지만, 그것은 아주 이상한 음감(音感)을 보여 주었습니다. 조이스는 그런 새로운 음감을 영어에 가져왔습니다. 그리고 용감하게(그리고 능청스럽게) 말했습니다. "내게 수많은 일이 일어났지만, 가장 대단치 않은 일은 앞을 보지 못하게 된 것입니다." 그의 대단히 두꺼운 책 중 일부는 어둠 속에서 쓰였습니다. 그는 기억 속의 문장을 다듬고 또 다듬었으며, 심지어는 한 구절을 가지고 온종일 작업하기도 했습니다. 그런 다음 그것을 쓰고 또 수정했습니다. 눈이 제대로 보이지 않는 가운데서 또는 실명의 시기에 이런 모든 것들을 했던 것입니다.

이와 비슷하게 부알로, 스위프트,[197] 칸트, 러스킨,[198] 조지 무

---

197   조너선 스위프트(Jonathan Swift, 1667~1745). 아일랜드의 소설가. 대표작으로 『걸리버 여행기』, 『책들의 싸움』 등이 있다.

198   존 러스킨(John Ruskin, 1819~1900). 영국의 예술 비

어[199]의 발기 불능은 그들의 작품을 성공적으로 집필하기 위한 우울한 도구였습니다. 변태 성욕에 대해서도 같은 말을 할 수 있습니다. 오늘날 그런 현상의 수혜자들은 자신들의 이름을 아무도 잊지 않을 것이라 확신할 테니까요. 아브데라의 데모크리토스는 어느 정원에서 자기 눈을 빼 버렸습니다. 외부 현실의 장관을 보며 정신을 다른 곳에 쓰지 않으려고 했던 것입니다. 그리고 오리게네스[200]는 스스로 거세했습니다.

이 정도면 사례는 충분히 보여 주었다고 생각합니다. 몇몇 사람이 남긴 공적은 너무나 화려해서, 나의 개인적인 경우를 말한 것이 창피하게 느껴지기까지 합니다. 그러나 많은 사람들은 내가 스스로 실명에 관해 고백하길 기대합니다. 그들의 기대를 거부할 필요는 없다고 생각합니다. 내가 기억했던 그런 사람들의 반열에 내 이름을 올린다는 것이 건방지고 말도 안 되는 일이라는 것을 알지만 말입니다.

나는 실명이 인생을 살아가는 방식 중 하나라고 말했습니다. 그것은 전적으로 불행하기만 한 삶은 아닙니다. 여기서 가장 위대한 스페인의 시인인 루이스 데 레온[201] 사제의 시구를

평가이자 사회 비평가. 주요 저서로 『근대 화가론』, 『티끌의 윤리학』 등이 있다.

199   George Moore(1852~1933). 아일랜드의 소설가. 대표 작으로 『한 젊은이의 고백』, 『노예』, 『작별』 등이 있다.

200   Oregenes(185경~254경). 알렉산드리아파를 대표하는 기독교의 교부. 대표작으로 『원리에 관하여』, 『헥사플라』 등이 있다.

201   프레이 루이스 데 레온(Fray Luis de León, 1527 또는

떠올려 보겠습니다.

나는 나 자신과 살고 싶습니다.
하늘의 은혜를 입은 미덕을 즐기고 싶습니다.
아무런 증인도 없이 홀로,
사랑과 질투,
증오와 희망과 두려움에서 해방된 채.

에드거 앨런 포는 이 시구를 외우고 있었습니다.
　내가 생각할 때 증오하지 않고 사는 것은 생각보다 쉬운 일입니다. 증오를 느끼지 않으면 되니까요. 그러나 사랑 없이 사는 것은 불가능합니다. 행복하게도 우리 모두에게 불가능한 일입니다. 그러나 첫 대목인 "나는 나 자신과 살고 싶습니다./ 하늘의 은혜를 입은 미덕을 즐기고 싶습니다."를 음미해 봅시다. 하늘의 미덕 속에 어둠이 있을 수 있다는 생각을 해 봅시다. 그렇다면 자기 자신과 가장 함께 있을 수 있는 사람이 누구일까요? 자신을 가장 잘 탐구할 수 있는 사람이 누구일까요? 자기 자신을 가장 잘 알 수 있는 사람이 누구일까요? 소크라테스의 말처럼, 눈이 먼 사람보다 자기 자신을 잘 알 수 있는 사람이 누구일까요?

I528~I59I). 스페인의 종교인이자 시인. 성서를 스페인어로 번역했다는 이유로 종교 재판을 받고 실형을 살았다. 대표작으로 『완벽한 여인』, 『그리스도 이름에 대하여』 등이 있다.

작가란 삶 그 자체입니다. 시인의 임무는 고정된 시간표 속에서 완수되는 것이 아닙니다. 아무도 8시에서 12시까지, 그리고 2시에서 6시까지 시인이 되는 것이 아닙니다. 시인은 항상 시인이며, 계속해서 시의 공격을 받습니다. 마찬가지로 화가도 삶 전체에서 색깔과 모양의 공격을 받는다고 느낄 것입니다. 음악가 역시 예술에서는 가장 이상한 세계인 이상한 소리의 세계가 항상 그를 찾고 있으며, 그를 찾는 멜로디와 불협화음이 있다고 생각할 것입니다. 예술가의 작업에서 실명은 불행하기만 한 일이 아닙니다. 그것은 유용한 수단이 될 수도 있습니다. 그래서 루이스 데 레온 사제는 가장 아름다운 서정시를 장님 음악가인 프란시스코 데 살리나스[202]에게 바쳤던 것입니다.

작가, 아니 모든 사람은 자기에게 무슨 일이 일어나든 그것이 유용한 수단이라고 생각해야 합니다. 모든 것은 특정한 목적을 위해 그에게 주어집니다. 예술가의 경우엔 더욱 그렇습니다. 그에게 일어나는 모든 것, 심지어는 수치와 장애와 불행을 포함한 모든 것은 점토로서, 즉 예술의 재료로 주어지는 것입니다. 따라서 그것을 받아들여 이용해야 합니다. 그래서 나는 고대 영웅들의 음식을 다루는 어느 시에서 수치와 불행과 불화를 말했던 것입니다. 그런 것들이 우리에게 주어진 것은 우리가 그것들을 변형해서 우리의 삶이 처한 비참한 상황으로부터 영원하거나 영원하려고 소망하는 것을 만들어 내기 위함

---

202   Francisco de Salinas(1513~1590). 스페인의 음악가이
며 인문학자.

입니다.

만일 눈이 먼 사람이 그렇게 생각한다면, 그는 구원받은 것과 다름없습니다. 실명은 하늘의 선물입니다. 나는 내가 받은 선물로 이미 여러분을 지겹게 만들었습니다. 나는 앵글로·색슨어를 선물받았고, 스칸디나비아어도 부분적으로 선물받았습니다. 그리고 내가 과거에 무시했을지도 모를 중세 문학의 지식을 선물받았고, 그런 선물로 인해 여러 책을 쓰게 되었습니다. 그 책들이 좋은지 나쁜지는 모르겠지만, 그것들이 쓰인 순간을 정당화시켜 주었습니다. 그것들 이외에도, 눈이 먼 사람은 모든 사람의 애정을 한 몸에 받습니다. 사람들은 항상 장님에게 호의를 베풀려고 하니까요.

나는 이 강연을 괴테의 시구로 마무리하려고 합니다. 나의 독일어 실력은 형편없습니다. 그러나 "가까이 있는 모든 것은 멀어진다."라는 말을 중대한 실수를 범하지 않고 인용할 실력은 된다고 믿습니다. 괴테는 저녁의 황혼을 언급하면서 그렇게 썼습니다. "가까이 있는 모든 것은 멀어진다." 이 말은 사실입니다. 해가 지면 가장 가까이 있던 것들이 우리 눈에서 멀어집니다. 그것은 눈에 보이는 세상이 내 눈에서 결정적으로 멀어진 것과 같습니다.

괴테는 황혼뿐 아니라 인생을 언급하기 위해 이 말을 했을지도 모릅니다. 모든 것은 우리를 떠나갑니다. 죽음이 최상의 고독이 아니라면, 아마 늙음이야말로 최상의 고독일 것입니다. 또한 "가까이 있는 모든 것은 멀어진다."라는 말은 천천히 진행되는 실명의 과정을 언급하는 것인지도 모릅니다. 그것이 전적으로 불행하지만은 않다는 것이 오늘 밤 내가 여러분에게

말하고 싶은 주제입니다. 그것은 운명 또는 우연이 제공하는
수많은 이상한 수단 중 한 가지임에 틀림없습니다.

후기

　　『7일 밤』이란 제목으로 이 책에 수록된 글들은 보르헤스가 부에노스아이레스의 콜리세오 극장에서 1977년 6월과 8월 사이에 강연한 내용을 개정한 것입니다. 「『신곡』」, 「악몽」, 「『천하루 밤의 이야기』」는 각각 6월 1일과 15일, 22일에 강연한 내용이고, 「불교」, 「시」, 「카발라」는 7월 6일과 13일, 26일에 강연한 내용이며, 「실명」은 8월 3일에 한 강연입니다. 여섯 번째 주제인 「카발라」는 강연 전날에 정해졌습니다. 보르헤스가 마지막 순간에 이미 예정된 계획임에도 불구하고 알렉산드리아의 영지주의 교도들에 관해 말하기를 거부했기 때문입니다. 이 일곱 개의 주제는 지금까지 『모래의 책』 작가가 행했던 가장 긴 강연입니다.

　　대중은 최근 몇 년간 보르헤스의 말을 자주 들으며 그를 친숙하게 느끼게 되었습니다. 그의 걸음 하나하나가 모두 언론

의 주목을 받았습니다. 기자들은 그와 전혀 상관없는 주제에
대해 쉼없이 질문을 던졌고, 텔레비전은 그의 말과 모습을 쉴
새 없이 방영했습니다. 하지만 그에 대해 쓰였고 지금도 쓰이
고 있는 것들 모두를 기록한 것은 없습니다. 그리고 이런 것을
시도하는 것은 무익한 일입니다. 보르헤스의 말은 이미 대중
의 말이 되었고, 아르헨티나인의 일상 언어가 되었습니다. 부
에노스아이레스를 비롯한 다른 지역에서도, 그가 길로 나서기
만 하면 온갖 계층의 사람들이 그를 붙잡고 인사를 합니다. 심
지어는 그의 책을 한 줄도 읽지 않은 사람들까지 그렇게 합니
다. (보르헤스는 이를 두고 "나에게 인사를 하는 것이 아니라, 잡지에
서 보았던 사진과 비슷하게 생긴 사람에게 인사를 하는 것입니다."라
고 말합니다.) 50년 전 『천하루 밤의 이야기』의 번역자에 관한
글에서 자신을 "하찮은 아르헨티나 공화국의 하찮은 작가"로
정의 내린 이 작가는 오늘날 세계 문학의 대가 중 한 사람이 되
었으며, 전 세계는 눈이 먼 이 여든 살 노인의 엄하고 무뚝뚝한
얼굴을 알게 되었습니다.

　　보르헤스가 엄청난 수줍음을 이겨 내면서 처음으로 강연
을 시작한 시기는 대략 1945년에서 1946년경이었을 겁니다.
문화와 자유 수호에 모든 정열을 바친 영광스러운 사립 교육
기관인 자유고등교육학교에서였습니다. 페론 정부의 은총과
작품 덕택에 부에노스아이레스 변두리 도서관의 보조 사서직
을 잃은 보르헤스는(보르헤스는 또한 1955년부터 1973년까지 국
립 도서관장을 지냅니다.) 당시 첫 작품집 『픽션들』(1944)을 막
출판한 작가였습니다. 이 책은 스페인어권 소설사에서 중요한
책이 되었으며, 몇 년 후에는 세계 문학과 언어에 깊은 흔적을

남기게 됩니다. 『픽션들』은 시간이 한참 흐른 후에 재판을 찍습니다. 『알레프』의 초판본도 마찬가지입니다. 그러나 이 두 작품집은 유럽 비평계가 보르헤스를 살아 있는 작가 중 가장 중요한 작가의 한 사람으로 기억하게 했습니다. 광범위한 지역을 다루고 놀라울 정도로 많은 언어를 구사하는 그의 작품은, 오늘날 그의 천재성을 맛보게 해 주고 그의 독창성을 기립니다.

그러나 이런 것들 때문에 아마도 독자들은 그의 첫 번째 강연이 어땠는지 상상하지 못할 것입니다. 그 강연은 거의 비밀 결사 행위와 같았습니다. 보르헤스가 누구인지 전혀 몰랐던 경찰 당국은 제복을 입은 경찰관을 파견하여 야비하고 반란적인 연설문이 넘쳐 나지 않는지 감시했습니다. 보르헤스는 워즈워스의 시에 대해 말했고, 잠시 시간을 내서 콜리지의 장미를 떠올렸습니다. "만일 한 사람이 꿈속에서 천국을 가로질렀고 그가 그곳에 있었다는 증거로 장미 한 송이를 받았다고 합시다. 그런데 잠을 깨 보니 그 꽃이 손에 있다면…… 그렇다면 어떻게 된 걸까요?" 이것은 아주 훌륭한 장난입니다. 이 말에서 우리는 "수세기에 걸쳐 연인들이 사랑의 증거로 한 송이 꽃을 요구하던 일반적이면서 낡은 생각"과 그의 에세이집 『또 다른 탐사』에서 말하듯이 "종착점의 완전성과 통일성"을 지닌 것의 의미를 읽을 수 있기 때문입니다.

나는 그때 처음으로 보르헤스를 보았습니다. 그는 몹시 머뭇거리면서 작고 소심한 목소리로 천천히 말했습니다. 강연 내내 그는 기도하는 사람처럼 두 손을 꼭 잡고 있었습니다. 얼마 전에 내가 35년 전의 그 머나먼 오후를 상기시키자 보르헤

스는 "틀림없이 지붕이 내려앉지 않게 해 달라고 기도하고 있
었을 거네."라고 말했습니다. 그런 다음 "사실은 매우 겁을 먹
고 있었지."라고 덧붙였습니다. 그때 이후 많은 세월이 흘렀습
니다. 보르헤스는 "너무 많이" 강연을 했다고 말했습니다. 그
러나 강연을 시작하기 전에는 항상 긴장되고 초조하다고 합니
다. 아무리 노련한 베테랑 연주자라도 연주 몇 분 전에는 긴장
하고 초조해하는 것과 마찬가지입니다. 오늘날 그는 비록 오
대양 육대주를 지칠 줄 모르고 다니지만, 몇 번 되지 않는 공개
강연에서는 혼자서 행하는 고독한 발표보다는 친구와 대화하
는 방식을 더 선호합니다.

1977년 강연은 녹음되었지만, 녹음 상태는 형편없었습니
다. 부에노스아이레스의 어느 일간 신문은 바로 그 녹음테이
프에서 내용을 옮겨 적어 특별 부록으로 출판했습니다. 그러
나 마음대로 내용을 잘랐고, 옮기는 과정에서 많은 실수가 있
었으며, 오자도 너무 많았습니다. 또한 그의 강연 내용이 음반
으로 만들어져 시중에 나돌기도 했습니다.

여기에 수록된 강연을 시작하기 며칠 전에, 나는 강연에서
다룰 내용에 관해 보르헤스와 대화를 나누면서 그가 다룰 작
품들을 읽어 주었습니다. 그는 아주 정확하게 기억하고 있었
지만, 작품들을 점검하면서 자신의 의견을 밝히고 싶어 했습
니다. 한 가지 덧붙이자면, 그 시기 그는 건강이 많이 나쁘고 기
분도 우울했습니다. 또 청중과 멀리 떨어져 넓고 황량한 무대
에 홀로 있어야 했기에 울적해하기도 했습니다. 누구나 강연
을 할 때는 인간적인 열기를 필요로 하는데, 눈이 먼 사람들에
겐 이런 열기가 더욱 필요했을 것입니다. 어쨌거나 그는 자신

의 강연 방식을 몹시 마음에 들어 하지 않았습니다. 그가 신문에 발표 내용 게재를 허락하고 음반 출시를 허락했던 것은 이 강연을 주최한 측이 경제적으로 쪼들렸기 때문입니다. 그러나 보르헤스는 녹음테이프를 다시 들어 보려고 하지도 않았고, 글로 다시 옮겨 책으로 출판하는 것도 거부했습니다. 돈을 더 주겠다고 해도 막무가내였고, 이 문제에 대해서는 더 이상 이야기하고 싶어 하지 않았습니다.

그런데 1979년에 호세 루이스 마르티네스가 일곱 개의 강연을 모아 멕시코의 유명 출판사인 '폰도 데 쿨투라 에코노미카'에서 책으로 출판하고 싶은데, 그 가능성을 보르헤스에게 타진해 보라고 부탁했습니다. 그래서 나는 예전에 있었던 일을 설명하면서, 내가 중재에 나서도 성공은 보장할 수 없다고 말했습니다. 어쨌거나 나는 그렇게 해 보겠다고 했습니다. 그런데 놀랍게도 보르헤스는 이미 출판된 것을 수정하는 조건으로 그 제의를 수락했습니다. 그래서 나는 그런 사실을 호세 루이스에게 알렸고, 얼마 후 우리는 작업을 시작했습니다.

보르헤스의 어머니인 레오노르 아세베도는 아흔아홉 살의 나이로 세상을 떠날 때까지 자기 침대 머리맡에 항상 보르헤스의 『전집』을 보관했습니다. 그러나 이제는 그 누구도 그 책을 건드리지 않습니다. 보르헤스의 집에는 그 책 말고는 그의 책이 한 권도 없었습니다. 그는 자기가 사랑하고 아끼는 책과 '중요하지 않은' 책들을 뒤섞어 놓는 것은 좋지 않은 취미이며 참을 수 없는 허영기라고 생각했습니다. 이런 엄격한 태도는 친구들의 책에 대해서도 예외가 아니었습니다. 몽테뉴가 그랬던 것처럼, 보르헤스의 서재는 보르헤스 자신의 거울입니다.

거기에는 스페인어권 작가들의 책은 많지 않습니다. 케베도, 그라시안, 세르반테스, 가르실라소, 십자가의 성 요한, 루이스 데 레온 사제, 사아베드라 파하르도, 사르미엔토, 그루삭, 알폰소 레예스, 페드로 엔리케스 우레냐 등이 전부입니다. 다른 언어로 번역되었거나 스페인어로 새로 출판된 자신의 책이 도착하면, 그는 그것들을 바로 다른 사람에게 선물합니다.

이런 괘씸한 겸손함 덕택에, 나는 스웨덴어, 노르웨이어, 덴마크어, 영어, 프랑스어, 이탈리아어, 포르투갈어, 일본어, 히브리어, 페르시아어, 그리스어, 슬로바키아어, 폴란드어, 독일어, 아랍어 등으로 번역된 그의 책을 가지고 있습니다. 번역된 자기 책도 이런 지경인데, 집에다 신문 스크랩을 해 놓았을 리야 만무했겠지요. 강연 내용을 점검하는 데 있어 가장 중요한 원칙은 우선 신문 부록을 구해서 복사하고, 복사된 내용을 잘라서 흰 종이에 붙이는 것이었습니다. 그런 다음 오자를 교정하고, 옮겨 적는 작업에서 발생했던 오류를 수정하고, 강연을 하는 도중에 끼워 넣은 쓸데없는 말들을 가차 없이 제거해야 했습니다. 그렇게 한 후에 그 결과물을 보르헤스에게 읽어 주었습니다.

수년 전부터 나는 보르헤스가 불굴의 책임감을 가지고 자기가 쓴 글들을 검토하고 수정한다는 것을 알았습니다. 특히 이번 경우에는 한 구절도 그냥 넘어가지 않았습니다. 한 번, 두 번, 다섯 번, 여섯 번, 일곱 번이 넘게 나는 각 강연의 각 문단이나 각각의 문장, 아니면 두세 개의 문장을 읽어 주어야 했습니다. 그는 많은 부분을 삭제했지만, 덧붙인 내용은 거의 없었습니다. 그러면서 처음 들었던 생각을 최대한 존중하면서 거의 모든 것을 바꾸었습니다. 사실 강연에서 나온 것을 바탕으로 '다른 책'을 만들어 볼까 하는 유혹이 생길 정도였습니다.

보르헤스와 함께 작업한다는 것은 형언할 수 없이 소중한 경험입니다. 동시에 그것은 지적인 성실성을 보여 주는 최고의 교훈이며, 계속된 겸손과 명민함의 연습입니다. 그는 정확한 표현을 추구하고, 감탄스러울 정도의 인내로 정확한 단어를 찾아 사용하고, 순간적으로 약간의 분노를 표현하기도 하지만 거의 대부분 흐뭇한 미소를 짓고 있습니다. 그는 강도 높게 작업에 집중합니다. 사용하지도 않을 단어의 어원을 찾으며 반시간 이상을 보내면서도, 그는 그 작업을 일탈이라고 생각하지 않습니다. 왜냐하면 수세기에 걸쳐 천천히 축적된 지식을 존중하고, 창조적 모험을 즐기고, 꺼지지 않는 호기심을 느끼는 태도야말로 그가 항상 젊은 시절의 열정을 유지하는 핵심 비결이기 때문입니다.

이 책에서 다루는 주제는 항상 보르헤스를 뜨겁게 달구던 위대한 주제들입니다. 훌륭한 독자라면 아마 지금의 우리 세대를 풍요롭게 만들었고, 거의 70년에 걸친 그의 열정을 증명해 주는 에세이, 단편 소설, 시 들을 기억할 것입니다.

어렸을 때부터 보르헤스는 자신이 문학을 할 운명이라는 것을 알았습니다. 처음에는 독자로서, 나중에는 작가로서의 운명을 깨달았습니다. 또한 시간과 공간 속에서 시간과 공간의 반론이 자기를 기다리고 있으며, 마찬가지로 거울과 미로, 도서관과 꿈, 밤과 앞에 보이는 오솔길, 빗물 통과 천체 관측기, 신학과 산수의 간결한 기호, 어둠과 너울거리는 경계, 우연, 신화, 변두리, 죽음 그리고 "또 다른 그림자", 칼잡이들, 동

양과 서양, 북유럽과 남반구, 드 퀸시와 마세도니오 페르난데
스, 일라리오 아스카수비와 오마르 하이얌, 케베도의 소네트
와 알폰소 레예스의 산문이 자기를 기다리고 있다는 것을 알
았습니다. 또한 "목구멍에서 느끼는 물의 시원함", 원형, 암호,
하느님(헤아릴 수 없고 말로 표현할 수 없는 하느님의 얼굴), 말, 전
쟁, 겸손, 영원, "먼지와 재스민의 세계"와 "기억이라는 4차원
적 운명"도 자기를 기다리고 있음을 알았습니다. 그리고 「『신
곡』」, 「악몽」, 「『천하루 밤의 이야기』」, 「불교」, 「시」, 「카발라」,
「실명」도 자기를 기다리는 주제임을 알았습니다. 그는 어렸
을 때부터 눈이 멀 날을 기다렸습니다. 그의 조상 중 몇 명이 눈
이 먼 채 세상을 떠났기 때문입니다. 그리고 날카롭고 예의 바
른 심리학 교수였으며, 보르헤스에게 단순한 "보기"를 들듯이
신화와 형이상학의 문제들을 이야기하면서 가르쳐 주었던 이
상한 문화의 불가지론자이고, 보르헤스가 열다섯 살이었을 때
제네바로 데려가 세상의 시민이 되게 했던 그의 아버지도 "눈
이 먼 채 미소를 지으며" 세상을 떠났습니다.

작업이 끝나고 책의 제목을 붙이자, 보르헤스는 내게 이렇
게 말했습니다. "나쁘지 않군. 나를 그렇게나 사로잡았던 주제
라는 점에서 보면 이 책은 나의 유언장이라고도 할 수 있겠어."

**1980년 2월 12일,
아드로게에서
로이 바르톨로메우**

작품 해설

보르헤스와 강연집의 의미

송병선

언젠가 보르헤스는 이렇게 말했다. "나라는 인물이 정말로 존재하는지 잘 모르겠다. 내가 읽은 모든 작가들이 바로 나이며, 내가 만난 모든 사람들이, 내가 사랑한 모든 여자들이 바로 나이다. 또 나는 내가 갔던 모든 도시이기도 하며 내 모든 조상이기도 하다." 보르헤스의 자아는 이렇게 많고, 그중에서 강연자로서의 독립된 존재도 있다. 보르헤스의 강연을 묶은 이 책은 보르헤스의 문학과 사상을 이해하는 데 핵심이 되는 주제를 그의 말을 통해 직접 접근한다.

보르헤스는 1946년 부에노스아이레스의 변두리 도서관에서 사서로 일하다가 해고되면서 주요 생계 수단으로 강연을 시작했다. 강연을 할 때면 그는 항상 긴장한 상태였다고 한다.

무엇보다 시력 때문에 원고를 읽어 내려갈 수 없었기 때문이다. 그래서 그는 어머니의 도움을 받아 강연을 준비하면서 강연 내용을 모두 외워 버렸으며, 심지어 참고 문헌이나 인용문도 상당 부분 그냥 암기해서 강연할 수밖에 없었다.

보르헤스의 글이 언어를 가지고 놀이를 하는 것이라면, 그의 강연은 말을 통해 아이러니와 유희를 즐긴다. 그는 종종 터무니없는 말을 하면서 일부러 장난을 치고, 그것을 논하면서 의미를 부여한다. 가령 "모든 문학은 아이들을 위한 것이다."라는 황당한 말을 하고는, 아무도 생각하지 못했던 이유를 대면서 그 주장을 신빙성 있게 만든다. 또한 그는 자기 스스로의 논리에 따라 강연을 전개한다. 예를 들어, 어떤 이유로 오스카 와일드를 인용하면서 와일드에 대해 이야기하다가 프랑스어에 대해 이야기하고, 제네바에서의 학창 시절과 칼뱅, 스코틀랜드의 영어에 대해 말하다가 자기 기억 속의 도서관으로 되돌아오는 식이다. 이렇게 보르헤스는 언어와 시간을 초월하여 상이해 보이는 여러 나라의 문화와 문학을 서로 연결한다.

이 책 『말하는 보르헤스』는 보르헤스가 1978년에 벨그라노 대학에서 강연한 내용을 담은 『말하는 보르헤스』(1979)와 1977년 부에노스아이레스의 콜리세오 극장에서 강연한 내용을 다듬고 수정한 『7일 밤』(1980)으로 구성되어 있다. 두 개의 강연집이 다루는 주제는 다르지만, 그 주제들은 서로 연결되면서 보르헤스의 관심이 무엇인지, 그리고 그의 기억이 어떻게 움직이는지 보여 준다.

여기서 한 가지 지적해야 할 것은, 보르헤스의 경험은 대부분 책에 바탕을 두는데, 책은 간접 경험으로 남아 있는 것이 아니라, 실제 경험보다 더욱 생생하고 감동적이라는 사실이다. 다시 말하면, 우리는 이 두 경험의 차이를 느낄 수 없다. 그래서 책과 작가에 대해 들려주는 보르헤스의 이야기는, 마치 여행하면서 보았던 경치에 대해 말하는 것처럼 너무나 생동적이다. 그는 우리가 문학을 통해 여행할 수 있는데 그것이 바로 시간 여행이라고 주장하면서 우리가 모든 인간이 될 수 있으며, 알레프가 될 수 있다고 말한다. 이렇게 그의 강연은 그의 관심사에 따라 진행되면서, 개인적인 기억에서 다른 작가들로 옮겨 가고, 다른 사람들의 주장을 살펴보다가 다시 자기의 관심사로 되돌아온다.

보르헤스의 강연집은 헤아릴 수 없는 문학적 · 역사적 가치가 있는 증언일 뿐만 아니라, 보르헤스의 세계로 들어가는 입문서라 할 수 있다. 보르헤스를 매료시키고 그의 작품을 지배했던 커다란 주제들, 다시 말해 책, 시간, 기억, 문학, 시, 꿈, 불교, 철학, 불멸, 카발라, 탐정소설과 같은 것들이 어떤 의미를 지니고 있는지 그의 작품에서보다 분명하게 설명되기 때문이다.

사실 이런 주제들은 보르헤스가 작품에서 자주 사용했지만, 정작 그것이 의미하는 바는 파악하기가 쉽지 않았던 주제들이다. 가령 「틀뢴, 우크바르, 오르비스 테르티우스」에서 보르헤스는 "거울과 부권(父權)은 가증스러운 것이다. 그것들은 눈에 보이는 세계를 증식시키고, 분명하게 그런 사실을 보여 주기 때문이다."라고 말한다. 우리는 이에 대한 보르헤스의 개인적인 설명을 『7일 밤』의 「악몽」에서 찾을 수 있고, 왜 그가 그토록 악몽이나 꿈 혹은 거울에 집착하게 되었는지 알게 된다.

보르헤스의 단편집은 우리나라의 많은 작가들에게 영향을 끼쳤다. 그러나 이것은 "우리가 보르헤스를 이해하는가?"라는 질문과는 다른 차원의 문제다. 보르헤스의 강연집은 어렵고 현학적이라고 여겨지던 보르헤스의 문학 사상에 보다 쉽게 접근할 수 있도록 도와준다. 또한 문학 속의 보르헤스와 더불어 현실의 보르헤스를 보여 주면서 인간적인 보르헤스를 알게 해준다. 단편집을 통해 우리에게 다가온 보르헤스와 강연을 통해 우리가 느끼는 보르헤스, 이 두 보르헤스가 하나가 될 때 비로소 우리는 진정한 보르헤스를 알게 될 것이다.

———

I부인 『말하는 보르헤스』는 보르헤스가 평생 집착하던 주제인 책, 불멸, 스베덴보리(구원에 관해), 탐정 소설과 시간을 중심으로 이야기가 전개된다. 그는 그리스 고전주의와 철학 혹은 문학을 언급하거나 인용하면서 자신의 느낌을 엮어 간다. 그가 제시하는 다섯 개의 중심 주제와 그 내용들은 우리가 이 세계를 어떻게 이해해야 하는지 보여 준다. 그러나 그것 말고도 나는 보르헤스가 불멸에 관해 말하면서 자신을 평가하는 행위가 가장 인상 깊다.

우리에게는 많은 갈망이 있는데, 그중에는 삶에 대한 갈망과 영원을 추구하는 갈망이 있습니다. 그러나 또한 그만 살고자 하는 갈망뿐 아니라 두려움, 그리고 그에 반대되는 희망에 대한 갈망도 있습니다. (……) 내가 계속 살리라는 걸 안다는 것은 정말 끔찍한 일이고, 내가 계속 보르헤스로 산다는 것은 생각만 해도 몸서리가 쳐지는 일입니다. 나는 나 자신과 내 이

름 그리고 내 명성이 지겹습니다. 이런 모든 것에서 해방되고
싶습니다.

이것은 20세기 세계 문학의 가장 높은 자리에 올랐던 보르
헤스의 말이다. 마음껏 여행하고 여러 나라를 찾아다니며 당
대의 중요한 인물들과 대화를 나누고, 당대를 초월할 수 있었
던 사람의 말이다. 그런데 한 시대의 최고 지성이었던 이 사람
은 자기 자신이 지겹다고 말한다. 그리고 자신의 명성을 누리
고 싶어 하는 게 아니라 거기서 벗어나 다른 사람이 되고 싶어
한다. 이것은 앞을 못 보는 자신의 처지가 지겹다는 소리일까?
아니면 자기가 하는 모든 것, 자기가 생각하는 모든 것, 그리고
앞으로 다가올 자기 미래의 모든 것이 지겹다는 말일까?

그런데 보르헤스는 부에노스아이레스의 에메세(Emecé) 출
판사가 출간한 첫 전집(全集)에서 이렇게 말한다.

사람들은 나를 위대한 작가라고 말한다. 이런 흥미로운
의견에 나는 고마움을 표하고 싶지만 동의하지는 않는다. 내
일이 되면 어떤 똑똑한 사람이 그런 의견을 거부하고, 나를
보고 사기꾼이나 엉터리라고 말할지도 모른다.

이 말과 앞에 인용한 말을 함께 읽으면, 작가가 너스레를
떨면서 거짓으로 겸손해하는 게 아니라, 자기가 문학의 중심
이라는 것을 거부하면서 진리와 중심을 부정하는 그의 문학
사상을 단적으로 보여 줌을 알 수 있다.

이 책의 2부는 『7일 밤』으로, 여기에서 보르헤스는 단테의

「『신곡』」, 「악몽」, 「『천하루 밤의 이야기』」, 「불교」, 「시」, 「카발라」와 「실명」에 관해 말한다. 주제는 1부와 다르지만, 내용만큼은 1부를 보완하기에 충분하다. 아니, 이 강연이 먼저 이루어졌으니, 1부가 2부를 보완한다고 말하는 게 나을 것이다.

1부의 『말하는 보르헤스』가 개념은 복잡하지만 그래도 비교적 투명한 언어를 사용한 것과는 달리, 2부의 『7일 밤』은 번역자에게 많은 고민을 안겨 준다. 그것은 문맥상 완전히 반대로 이해되어야 할 구절들이 나타나기 때문이다. 예를 들어 보르헤스는 "가장 중요한 환멸이 바로 '자아'에 대한 생각"이라고 말하는데, 여기서 환멸은 아마도 환상이 되어야 이치에 맞을 것 같다. 또한 동양에 대해 말하면서 "실제 동양이 아닌, 개념이 존재하지 않는 동양을"이라고 지적하는데, 이것도 "실제 동양이 아니라 개념으로만 존재하는 동양을"로 이해되어야 한다. 그리고 "단테는 그들보다 유명하지도 않고 자기도 잘 모르는 두 사람을 봅니다. 단테와 동시대의 세계에 속해 있던 파올로와 프란체스카입니다."라는 말에서도 "단테는 그들보다 유명하지 않지만 잘 알고 있는 두 사람을 봅니다."가 되어야 한다고 생각한다.

이런 오류는 분명 녹음테이프를 옮겨 적는 과정에서 생겼으리라고 추측된다. 하지만 보르헤스가 잘못 말했을 가능성도 배제할 수 없다. 그러나 번역자의 문제는 이런 실수를 추정할 경우 어떻게 옮겨야 하느냐는 것이다. 이럴 경우 원문을 수정해야 할까, 아니면 그대로 번역해야 할까? 여기서는 그대로 번역하는 편을 택했다. 그 이유는 독자들이 실수를 저지르는 보르헤스의 '인간적'인 면을 느끼면, 보르헤스에 짓눌리지 않고 즐겁게 읽을 수 있을 것이기 때문이다.

작가 연보

1899년 8월 24일 아르헨티나 부에노스아이레스에서 변호사의 아들로 태어남.

1900년 6월 20일 산 니콜라스 데 바리 교구에서 호르헤 프란시스코 이시도로 루이스 보르헤스라는 이름으로 세례를 받음.

1907년 영어로 다섯 페이지 분량의 단편 소설을 씀.

1910년 아일랜드의 작가 오스카 와일드의 『행복한 왕자』를 번역함.

1914년 2월 3일 보르헤스의 가족이 유럽으로 떠남. 파리를 거쳐 제네바에 정착함. 중등 교육을 받고 구스타프 마이링크의 『골렘(Golem)』과 파라과이 작가 라파엘 바레트를 읽음.

1919년 가족이 스페인으로 여행함. 시「바다의 송가」발표.

1920년 보르헤스의 아버지가 마드리드에서 문인들과 만남. 3월 4일 바르셀로나를 출발함.

1921년 부에노스아이레스로 돌아옴. 문학 잡지《프리스마(Pris-ma)》창간.

1922년 마세도니오 페르난데스와 함께 문학 잡지《프로아(Proa)》창간.

1923년 7월 23일, 가족이 두 번째로 유럽으로 여행을 떠남. 플리머스 항구에 도착하여 런던과 파리를 방문하고, 제네바에 머무름. 이후 바르셀로나로 여행하고, 첫 번째 시집『부에노스아이레스의 열기(Fervor de Buenos Aires)』출간.

1924년 가족과 함께 바야돌리드를 방문한 후 7월에 리스본으로 여행함. 8월에 리카르도 구이랄데스와 함께《프로아》2호 출간.

1925년 두 번째 시집『맞은편의 달(Luna de enfrente)』출간.

1926년 칠레 시인 비센테 우이도브로와 페루 작가 알베르토 이달고와 함께『라틴아메리카의 새로운 시(Indice de la nueva poesia americana)』출간. 에세이집『내 희망의 크기(El tamano de mi esperanza)』출간.

1927년 처음으로 눈 수술을 받음. 후에 노벨 문학상을 받게 될 칠레 시인 파블로 네루다와 처음으로 만남. 라틴아메리카의 최고 석학 알폰소 레예스를 만남.

1928년 시인 로페스 메리노를 기리는 기념식장에서 자신의 시를 낭독. 에세이집『아르헨티나 사람들의 언어(El idioma de los argentinos)』출간.

1929년 세 번째 시집『산마르틴 공책(Cuaderno San Martin)』출간.

1930년 평생의 친구가 될 아돌포 비오이 카사레스를 만남.『에바리스토 카리에고(Evaristo Carriego)』출간.

1931년 빅토리아 오캄포가 창간한 문학 잡지《수르(Sur)》의 편집 위원으로 활동함. 이후 이 잡지에 본격적으로 자신의 글을 발표함.

1932년 『토론(Discusión)』 출간.

1933년 여성지 《엘 오가르(El hogar)》의 고정 필자로 활동함. 이 잡지에 책 한 권 분량의 영화평과 서평을 발표함.

1935년 『불한당들의 세계사(Historia universal de la infamia)』 출간.

1936년 『영원성의 역사(Historia de la eternidad)』 출간.

1937년 버지니아 울프의 『자기만의 방(A Room of One's Own)』과 『올랜도(Orlando)』를 스페인어로 번역함.

1938년 아버지가 세상을 떠남. 지방 공립 도서관 사서 보조로 근무함. 큰 사고를 당하고 자신의 지적 능력이 상실되었을지 몰라 걱정함. 프란츠 카프카의 『변신』 번역.

1939년 최초의 보르헤스적인 작품으로 평가되는 「피에르 메나르, 『돈키호테』의 저자(Pierre Menard, autor del Quijote)」를 《수르》에 발표함.

1940년 아돌포 비오이 카사레스와 실비나 오캄포와 함께 『환상 문학 선집(Antología de la literatura fantástica)』 출간.

1941년 『두 갈래로 갈라지는 오솔길들의 정원(El jardin de senderos que se bifurcan)』 출간. 윌리엄 포크너의 『야생 종려 나무(The Wild Palms)』와 앙리 미쇼의 『아시아의 야만인(Un barbare en Asie)』 번역.

1942년 비오이 카사레스와 공저로 『이시드로 파로디의 여섯 가지 사건(Seis problemas para Isidro Parodi)』 출간.

1944년 『두 갈래로 갈라지는 오솔길들의 정원』과 『기교들(Artificios)』을 묶어 『픽션들(Ficciones)』이라는 제목으로 출간.

1946년 페론이 정권을 잡으면서 반정부 선언문에 서명하고 민주주의를 찬양했다는 이유로 지방 도서관에서 해임됨.

1949년 히브리어의 첫 알파벳을 제목으로 삼은 『알레프(El

Aleph)』출간.

1950년 아르헨티나 작가회의 의장으로 선출됨.

1951년 로제 카유아의 번역으로 프랑스에서 『픽션들』이 출간됨.

1952년 에세이집 『또 다른 심문들(Otras inquisiciones)』출간됨.

1955년 페론 정권이 붕괴되면서 국립 도서관 관장으로 임명됨.

1956년 '국민 문학상' 수상. 부에노스아이레스 대학에서 영국 문학과 미국 문학을 가르침. 이후 12년간 교수로 재직.

1960년 『창조자(El hacedor)』출간

1961년 사무엘 베케트와 '유럽 출판인상(Formentor)' 공동 수상. 미국 텍사스 대학 객원 교수로 초청받음.

1964년 시집 『타인, 동일인(El otro, el mismo)』출간.

1967년 예순여덟 살의 나이로 엘사 아스테테 미얀과 결혼. 비오이 카사레스와 함께 『부스토스 도메크의 연대기(Cronicas de Bustos Domecq)』출간.

1969년 시와 산문을 모은 『어둠의 찬양(Elogio de la sombra)』출간.

1970년 단편집 『브로디의 보고서(El informe de Brodie)』출간. 엘사 아스테테와 이혼.

1971년 영국 옥스퍼드 대학에서 명예 박사를 받음.

1972년 시집 『금빛 호랑이들(El oro de los tigres)』출간.

1973년 국립 도서관장 사임.

1974년 보르헤스의 전 작품을 수록한 『전집(Obras completas)』출간.

1975년 단편집 『모래의 책(El libro de arena)』출간. 어머니가 아흔아홉의 나이로 세상을 떠남. 시집 『심오한 장미(La rosa profunda)』출간.

1976년 시집 『철전(鐵錢, La moneda de hierro)』출간. 알리시아 후라도와 함께 『불교란 무엇인가?(¿Qué es el budismo)』출간.

1977년   시집『밤 이야기(Historias de la noche)』출간.

1978년   소르본 대학에서 명예 박사를 받음.

1980년   스페인 시인 헤라르도 디에고와 함께 '세르반테스 상'을 공동 수상. 에르네스토 사바토와 함께 '실종자' 문제에 관한 공개서한을 보냄. 강연집『7일 밤(Siete noches)』출간.

1982년   『단테에 관한 아홉 편의 에세이(Nueve ensayos dantescos)』출간.

1983년   미국 위스콘신 대학에서 명예 박사를 받음. 프랑스 국가 최고 훈장인 레지옹 도뇌르 훈장을 받음.『셰익스피어의 기억(La memoria de Shakespeare)』출간.

1984년   도쿄 대학과 로마 대학에서 명예 박사를 받음.

1985년   시집『음모자(Los conjurados)』출간.

1986년   4월 26일에 마리아 코다마와 결혼. 6월 14일 아침에 제네바에서 세상을 떠남. 1936년부터 1939년 사이에《엘 오가르》에 쓴 글을 모은『나를 사로잡은 책들(Textos cautivos)』출간.

옮긴이
송병선

한국외국어대학교 스페인어과를 졸업하고, 콜롬비아의 카로 이 쿠에르보 연구소에서 석사 학위를, 하베리아나 대학교에서 문학 박사 학위를 받았다. 하베리아나 대학교 전임 교수로 일했으며, 현재는 울산대학교 스페인·중남미학과 교수로 재직 중이다. 저서로는 『보르헤스의 미로에 빠지기』, 『영화 속의 문학 읽기』, 『'붐소설'을 넘어서』(2008년) 등이 있으며, 역서로는 『거미 여인의 키스』, 『콜레라 시대의 사랑』, 『내 슬픈 창녀들의 추억』, 『부에노스아이레스 어페어』, 『내일 전쟁터에서 나를 생각하라』, 『꿈을 빌려 드립니다』, 『피델 카스트로: 마이 라이프』(2008년), 『매드 무비』(2009), 『판탈레온과 특별봉사대』, 『데지레 클럽, 9월 여름』, 『루시아, 거짓말의 기억』, 『나쁜 소녀의 짓궂음』, 『썩은 잎』 등이 있다.

말하는 보르헤스
보르헤스 논픽션 전집　　　**3**

1판 1쇄 펴냄	2018년 1월 31일
1판 3쇄 펴냄	2022년 3월 14일

지은이	호르헤 루이스 보르헤스
옮긴이	송병선
발행인	박근섭 박상준
펴낸곳	(주)민음사

출판등록	1966. 5. 19. 제16-490호
주소	서울시 강남구 도산대로 1길 62(신사동)
	강남출판문화센터 5층 (우편번호 06027)
대표전화	02-515-2000　팩시밀리　02-515-2007
홈페이지	www.minumsa.com

한국어판　© (주)민음사, 2018. Printed in Seoul, Korea

ISBN	978-89-374-3651-2(04800)
ISBN	978-89-374-3648-2(04800)(세트)